Der KLUB ÖSTERREICHISCHER LITERATURFREUNDE UND AUTOREN hat in seiner Vorstandssitzung den Beschluß gefaßt, dem Münchner Schriftsteller

Pepin F.

in Würdigung seiner literarischen Verdienste um eine neue Prosa den

Wiener Literaturpreis 1978

Goldener Pegasus

in Anwesenheit von offiziellen Vertretern der Stadt Wien zu verleihen.

Der Preis wird dem Autor zuerkannt, weil es ihm gelungen ist, bereits mit seinem ersten Werk einen führenden Rang im literarischen Gegenwartsschaffen einzunehmen.

Seine originell-variablen Wortmalereien in der Darstellung und seine geradezu materiebelebende Ideensubstanzierung, mit der er sein realitätdurchpulstes Werk der besonderen Form einer Live-Literatur zuführt, weisen den Weg in eine neue dichterische Schaffensform.

Der Preis wurde von Herrn Dr. Wolfgang Unger in persönlicher Vertretung des Herrn Bundesministers für Unterricht und Kunst, Dr. Fred Sinowatz, heute überreicht.

Gegeben zu Wien am 7. September 1978

Für den Vorstand

Peter Andel

Prof. Jakob Rudolf Panagl

Autor Pepin F.

Pepin F.

MAGIC 17

Erotische Begegnungen

Wilhelm Goldmann Verlag

Made in Germany · 11/79 · 1. Auflage · 1.–20. Tsd.

Die Originalausgabe ist im Limes-Verlag, Wiesbaden und München, erschienen
Umschlagentwurf: Atelier Blaumeiser, München
Gesamtherstellung: Mohndruck Graphische Betriebe GmbH, Gütersloh
Verlagsnummer: 3855
Lektorat: Martin Vosseler · Herstellung: Peter Papenbrok
ISBN 3-442-03855-3

Ein Sexverhältnis zu einem Zeiss Binokular ... Doch, so was gibt's.

Teenager. Teenager. Teenager ...

Schlenkernde Schulmappen. Mofas schnurren. Radstrampelnde Mädchenbeine aus knappen Röcken. Fliegende Haarmähnen ... Konformer Zukunft entgegen.

Mittags strömen sie von Maria Ward rüber am Schreibtischfenster vorbei.

Buntes Gewimmle. Klischeebewußt. Selbstgefälligkeit in Dralon und Ninoflex.

Gekichere lockt hell durch die Jahrtausende.

An heißen Tagen klettern sie die Böschung runter ... Füttern und nekken die Schwäne. Waten mit angehobenen Röcken in den Schloßteich. Spritzen. Balgen. Kokettieren ... Vergessen sind Differentialgleichungen und Punische Kriege.

In Panikstimmung rangezerrt ans Fenster, das plumpe Ding mit den Stativstelzen ... Fummeln an den Okularen ... Weltklasse aus Jena.

Mühelos lassen sich auf diese Entfernung Schlagzeilen der Tageszeitung reinvisieren in die beiden schwarzen Kreise.

Oder die Baumwollstruktur eines T-Shirt erkennbar machen ... Sogar der blonde Flaum über einem Mädchenknie ...

Dort wo Canaletto einst seine Nymphenburger Gondelbilder malte ... Auf den Steinstufen über dem Rondellteich flanieren sie mittags herum, so 'ne Handvoll Gören. Die Sonnenbrillen ins Haar geschoben. Zigarette im Mundwinkel.

Dann tastet sich die vierzigfache Optik zwischen die braunen Knie. Entlang an blauen, weißen, rosigen Helancadreiecken.

Gierig lauern auf jede Bewegung. Ekstatisch grunzen und gebärden wie ein Pavian.

Die multiple Verzückung über sie alle verströmen ... Entleeren in ein Kleenex die Illusion ... die ins WC runtertrudelt zu den tausend andern.

* *
*

Die paar glücklichen Jahre mit Dagmar waren im Alltag versickert ... Dann war wieder alles offen in mir.

Beatschuppen. Turnplätze. Eislaufhallen. Jahrmärkte. Go-kartpisten Popfestivals ...

Das kindweibliche Flair begann mich wieder in den Sog zu ziehen.

Das mit den Coronargefäßen hatte sich langsam wieder gebessert ...

* *
*

Warum eigentlich kümmere ich mich so wenig um die so naheliegenden Damen der Society ...

Um ihre mißhandelten Fließbandträume. Um ihr Rubinstein bodygemilktes, desodoriertes, dankbares Fleisch ...

Warum bloß treibt es mich raus in die von Schulmädchen und Mikroben wimmelnden Würmtalbäder.

Wie oft bin ich hinter den Bikini-Pogrübchen hergeschlichen.

Belauerte zwischen zerfallenen Wechselkabinen ihre optischen Streifzüge ... So 'ne Art Feriensport, aufregender vermutlich als Omas Blindekuh.

Bis sie es hinter einem Astloch endlich gefunden haben ... Dieses adrige sich vor der kindlichen Neugier aufrichtende Ungetüm.

Später knieten sie auf den Holzplanken rum und stocherten in dem gallertigen Etwas. Programmierte Proteine ... Desoxyribonukleinsäure.

Dagmar hörte sich diese Happenings über ihrem Kreuzworträtsel gelangweilt an ... Hauptsache ... du läßt mich aus dem Spiel!

* *
*

Endlich so was in die Pfoten kriegen! So ein Sugarbaby.

Und ob ich's versucht habe ...

Überhebliches Gelächter. Demonstratives Fingertippen an die Fransenstirn . . . Ja, so was kann die angekalkte Selbstgefälligkeit ganz schön durchlöchern.

Ekel . . . Mitleid strafte aus katzigen Augen.

Fast dreißig Jahre von der Boyschablone der Teenmagazine entfernt. Lichtjahre in kindlicher Zeitrelativität . . .

* *
*

Am Englischen Garten unterwegs zum Notariat IV, stieg ich wieder mal unsanft in die Dunlopscheiben.

Hinter einer riesenhaften Sonnenbrille fand sich doch tatsächlich so was wie Sympathie. Oder kindliche Neugier?

Unentschlossen wetzte sie ihre bemalten Tennisschuhe im Kies.

Von den zwei frechen Dingerchen unter dem Ringelpulli zu mir hin hatte sich schon ein Spannungsfeld angebahnt.

Als ich plötzlich bemerkte, daß ein paar Leute um den Spider stehenblieben.

Lästig, wenn man einen Namen zu verlieren hat. Ein Gesicht.

Eine ehrbare, kundenfreundliche Maske, für die man seinen schwenkbaren Bürosessel zwanzig Sommer wetzte . . . Nicht mal einen Streifen Blau über rußigen Betonfassaden sah.

* *
*

Alles drängt zur Communication.

Die Hand klatscht schon neurotisch an die Wand. Es muß endlich was passieren!

Aber wie . . . ?

Irgend 'ne Masche ausknobeln . . .

Rausisolieren so 'ne Puppe aus ihrem kollektiven Verhaltensmuster.

Situationen konstruieren, die es ermöglichen, so was Ahnungsloses regelmäßig um sich zu haben.

Die Sexdosis behutsam abstufen.

Und dann die biologischen Strukturen selbsttätig weiterwirken lassen.

* *
*

Infantile Vorstellungen, die zur realen Oberfläche drängen und brodeln.

Und dann ... irgendwann sind sie auch plötzlich wieder vergessen.

Verschüttet unter Terminen. Steuererklärungen. Verhandlungen. Umsatztabellen. Börsenorders. Kontakten. Konsumexzessen.

Oder sie schlummern unter der kühlen Schneedecke der Wintermonate.

Und wenn die Frühlingsbrise wieder unter die Röcke greift, tauen sie, die Fiktionen. Schwelen ...

* *
*

... so ein föhniger Wetterdruck auf die Thymusdrüse lastet sich wie eine Lähmung über die Verkaufsagitationen.

Treibt einen unwiderstehlich raus in die Isarauen ... Das Flöten der Syrinx in den Ohren.

Man muß sie nur kennen, die arkadischen Plätze, bis rauf zur Floßlände.
Dann hat man sie bald aufgespürt, so 'ne Handvoll Gören in den Uferböschungen.

Ballastlos, heiter ... Alles Maskuline, was ihrer Langeweile in den Weg kommt, wird angepflaumt.

Längst graue Vergangenheit, daß sich der Trieb in Leistung umwandeln ließ.

Geschärfte Bella-Nussyblicke, denen kein Exciting entgeht.

Und wenn sich im Weidengestrüpp Faunisches anpirscht . . . Gekichere, in dem kehlige Verlegenheit schwingt. Einem bis ins Mark vibriert.

Oreaden. Najaden. Dryaden.

Aber dann, wenn sie auf Touren kommen . . . sich die Frotteetücher wegziehen . . .

Einander die Diolen-Schottenröcke hochreißen.

Entmythifizierter Eros.

He! Zeig uns mal was, Onkelchen . . . Na leg schon los . . . ! Fummeln an 'ner leeren Colaflasche.

Es kann allerdings auch mal andersrum laufen . . .

Die Sensationsgier sucht Steigerung . . . will Blut lecken. Sadismus.

Fummelbär! Sittenstrolch! Triebverbrecher! Hinter Gitter gehört so was! Funkstreife! Schnappt euch dieses fiese Schwein.

Die bürgerliche Moral alarmiert sich im Grün. Gruppiert sich.

Alle werfen sie ihn mit heiligem Eifer, den biblischen Stein.

Die Treibjagd beginnt.

Scheiße . . . bloß schnell rein da ins Dickicht! Besser um die Freiheit rennen als auf relative Rechtsauslegung warten.

Wie ein Irrer laufen. Laufen, laufen.

Sich hinschmeißen! Irgendwo umschlossen vom schützenden Grün . . .

Keuchen. Schwitzen. Blutig geschunden. Das Gesicht auf die Erde gepreßt . . . die kühle, große, gute.

Bis die Stimmen der Entrüstung dünner werden.

Brennesseln die einzigen Freunde . . .

* *
*

Aus Neapel oder Palermo 'ne nußbraune Bambina mit schwarzen Schulterlocken ranholen, als Haustochter ... ?

In Tunis oder in Saigon so was Halbverhungertes, Schambeflaumtes einhandeln ... ?

Hätte wohl ewig so weitergeträumt. Mit bunten Seifenblasen gespielt ...

Aber plötzlich – da war eine Idee!

* *
*

Eine Idee ... die sich zur Lawine ballt.

Einfach eine Story machen aus so einer Begegnung eines nachholhungrigen Fünfzigers mit einem Teenager?

INCONTRO ... so hieß doch das italienische Parfüm, das ich Traudl mal mitbrachte aus Capri ... Das wäre doch kein übler Titel?

Eine Story, die präzise einen realen Erlebnisablauf registriert ... Oder genauer gesagt ... wie ich eine dieser langmähnigen Nymphen unter Anwendung sämtlicher Tricks in die Abschußlinie reinmanövriere.

Ausgeträumt ...

Rangehen an ein Projekt, so wie man es auf dem freien Markt schließlich zwanzig harte Jahre praktiziert hat.
Planen. Kalkulieren. Organisieren. Rationalisieren. Forcieren.

Eine zweckhaft programmierte Bumserei ...

Manipulierte Meinung. Manipulierte Zukunft. Manipulierte Natur. Chemisch manipulierte Empfindungen. Genetic Engineering ...

Warum nicht ein Liebeserlebnis manipulieren zur literarischen Verwendung?

Der Begriff Schicksal, hat er nicht schon Patina angesetzt?

* *
*

›Au pair girl gesucht!‹

›Ferienplatz . . .?‹

›Schüleraustausch . . .‹

›Fotomodell für Teenagermoden gesucht . . .‹

›Welche Handelsschülerin übernimmt kleine Schreibarbeiten . . .?‹

›Hübsches Zimmer mit TV für Lehrmädchen von auswärts zu vermieten. Familienanschluß . . .‹

›Nachhilfeunterricht für unsere Tochter‹

›Schülerin für Aufgabenaufsicht 1 × pro Woche‹

* *
*

. . . stell dir vor, Dagmar, ein Happening schreiben. Keine am Schreibtisch erfaselte, gemachte Geschichte! Kein Klischee. Keine Ersatzträume. Live . . .!

Das Geschehen warm aufs Papier bringen . . . Nicht mal die nächste Seite kennen . . . weil sie erst gelebt werden muß.

Autor und Hauptdarsteller sein!

Ungeduldig hakt sie die Kleiderbügel in den Kasten . . . Schon wieder Neues anfangen? Na ja . . . ist deine Sache!

Sie spürt es schon längst, das Vakuum, das Erfüllung sucht.

Ihre Stimme noch angerauht von der Angina . . . Mach du erst mal das alte Manuskript zu Ende . . .! Was heißt da nebenher dran weiterschaffen. Dreieinhalb Jahre hast du dich nun schon von der Firma beurlauben lassen . . . Verlierst doch jeden Kontakt mit deiner Existenz! Paß mal schön auf, daß dir die Felle nicht davonschwimmen, du . . .

* *
*

Die Manuskriptnotizen reißen ab . . . es hat geläutet draußen!

Das melodische Bimbam . . . Nie klang es so vielversprechend.

Der Parker 2001 rollt über die porige Nußbaumplatte. Vierzehnuhrzwo . . .

In diesen Sekunden beginnen die Geschehnisse nun sich selbst zu inszenieren.

Ich atme kaum . . . die Mädchenstimme da draußen, das ist sie . . .!

Carolyn empfängt ihre neue Aufgabenaufsicht selbst an der Haustür.

Die Erwartung hat ihre Stimme spröde gemacht in dem Dialog da draußen, der sich langsam rundet.

Irgendwas von Schulklasse . . . von Nietenhosen.

Vokale eiern durchs Dielengewölbe.

Jetzt schwingt es sich wieder voll Wärme empor, dieses fremde Mädchenlachen . . .

Hat sie die Schuhe ausgezogen? Keine Tritte auf den Ziegelfliesen. Nur Stimmen entfernen sich zum Kinderzimmer.

Stille . . .

Draußen der Januartag, feucht und trüb.

Das Ticken der Boulle-Uhr. Über Zeiten und Schicksale hinweg . . .

Meine Schritte tasten sich hinaus ins Entrée.

Hinter den rostigen Gitterschnecken lehnt eine verwetzte Schultasche, bescheiden ins Eck gerückt.

Ach ja, irgendwas mit Sprachenschule . . .

Seit dem Freitag, an dem sich die Annoncenmädchen vorstellten, versuche ich mich an dieses Gesicht zwischen den langen Blondsträhnen zu erinnern.

Es kristallisiert und zerfällt in mir . . . Zurück bleibt so was wie das sanfte Flair der Botticellimadonnen.

Dort in der Garderobennische ein abgetragener Dufflecoat.

Meine Fingerspitzen greifen über das lappige Gewebe.

Ich sauge den fremden Duft in mich ein.

* *
*

Eins und . . . zwei und . . . drei und . . . vier und . . .

Die Fitness-Kniebeugen . . . wie die trocken knacksen in den Gelenken.

Immer weniger Elastizität!

Also, weiterschreiben . . .

* *
*

Acht Tage später betrete ich Carolyns Zimmer . . .

Hallo . . . ich freue mich, Sie wieder bei uns zu sehen, Fräulein Peinelt!

Beinahe wäre ich noch über dieses blöde Recorderradio gestolpert . . .

Sie reicht mir ihre zerbrechliche Mädchenhand. Ihre geraden, liebenswürdigen Augen sehen mich an ohne Koketterie.

Stop!!! Immer wieder schlüpft mir beim Schreiben so ein ICH rein . . . Oder meine, mich, mir . . .

Möchte diesen verdammten Dualismus Autor-Leser endlich rauskriegen aus der Prosa . . . diese Distanz auslöschen. Einer muß ihn ja tun, diesen letzten Schritt der Prosa!

Also noch mal! Neue Seite . . .

* *
*

Acht Tage später . . .

Hallo . . . schön, Sie wieder bei uns zu sehen, Fräulein Peinelt!

Beinahe über diesen blöden Radiorecorder gestolpert . . .

Eine zerbrechliche Mädchenhand . . . Zwei gerade, liebenswürdige

Augen ohne Koketterie . . . Und gleich sind sie wieder vertieft, die beiden Köpfe über ihrer Collagenschnipselei.

Bilderbücher. Pingpong-Schläger. Schulhefte. Alles beiseite geschoben.

Na, ihr zwei, seid ja schon mitten drin . . .!

Die beiden Scheren fressen sich in Illustriertenblätter . . . Operieren jede Menge Großstadtoptiken heraus. Um dann die Fragmente neu kombiniert auf Karton zu kleben.

Für die ersten Storynotizen genau registrieren, dieses Teenagergesicht vor der Mickeymouse-Tapete . . . Dürftig bewimpert. Harmonisch. Bißchen farblos. Wunde Katarrhröte um die Nase.

. . . also gut, wenn man Christiane zu dir sagen darf?

In der Erinnerung war sie eigentlich ganz anders. Immer muß die eigene Phantasie alles verkitschen, übersteigern.

Gedämpfte Radioevergreens.

Draußen über dem tropfenden Balkongitter liegt immer noch der vertrocknete Christbaum.

Ganz doll macht ihr beide das! Wie die verschiedensten Häuserfronten da aneinanderprallen . . . Gewohnte Wirklichkeitsbegriffe zertrümmern . . . Ah, in der Schule habt ihr so was schon öfter praktiziert . . . so, so?

Nicht doch, Papi . . . hast zuviel aus dem Kleber rausgedrückt!

Vom Regal starren ein Dutzend längst verwetzte Plüschtiere runter.

Wird immer schwieriger, Communication zu finden mit jungen Menschen . . .

Das fremde Blond ist zu einem lächerlich dünnen Schwänzchen zurückgebunden.

Nicht die glatte, braune Haut von Pinup-babies.

Der Emaillering an ihrem Finger . . . auch das noch?

Sie nimmt anscheinend den Job hier ziemlich ernst.

. . . doch, interessant montiert. Fast gruselig, diese Reizflut! Anhäufung ohne Zusammenhang. Ganz richtig . . . Großstadt-Symbole schlechthin.

Vielleicht auch Chaos . . . unbewältigtes Dasein? Das menschliche Bewußtsein zwischen zwei Weltbildern?

Doch . . . rundherum ist irgendwie alles im Lot bei diesem Mädchen.

Aber das Gefühlszentrum in der Großhirnrinde springt einfach nicht an!

Alles an ihr atmet bürgerliche Sauberkeit.

Die ge-ixten Baumwollbeine unter dem Kindertisch wippen zu 'ner alten Jazznummer.

Das Schicksal spult seine ersten Windungen ab . . .

* *
*

. . . angerufen? A ja, die Gemeinde Tutzing wegen der Plannummer 1101.

Nee, das Grundstück laß ich mir doch von der Gemeinde nicht für'n Butterbrot abstoßen . . . kalte Enteignung ist das! Mit Traudl gekauft vor sechzehn Jahren. Harte Mark waren das noch damals.

Der dunkle Wuschelkopf verschwindet hinter der Deepfreezerklappe.

Was meintest du, Dagmar . . . Landschaftsschutz? Klar, mit 'ner Baugenehmigung ist da nie was drin . . . Aber immerhin 'n Weekendplätzchen . . . Seeufer!

Und wenn wir 'ne Strafe riskieren . . . Veitinger könnte mal was wegmähen von dem Schilfgürtel. Sieht sonst so sumpfverdächtig aus . . . Und dann sollen sich die Makler damit rumärgern!

Um ihren Courrègespulli baumelt verschlungen dieser Tinef aus der Citta 2000 . . . Wozu hab' ich eigentlich zehn Jahre lang Antiqueshops nach altem Schmuck für sie durchgeschnüffelt?

Dienstag kommt sie also wieder, diese Christiane Peinelt. Um 4 Uhr? Schon um 3 . . .?

Mach mir 'n bißchen Sorgen ... Für die Story brauch ich nun mal 'ne 200prozentige Begeisterung, verstehst du ... So recht glücklich bin ich eigentlich nicht mit der Wahl ... Überhaupt kein Zeittyp, dieses Mädchen ... Gewiß, aus diesem Dutzend Gören war sie halbwegs die beste. Das schon, aber ...

Dagmar schnipselt unbeirrt ihre Paprikastreifen auf die Ahorntheke. Na und ...?

Würde gar nicht ungern tauschen ... ob das noch geht? Wir haben sie doch noch, die Telefonnummer von dieser Berger? Anita Berger ... Nein, das war die mit dem Blümchensamt. Und den komisch nach oben rasierten Brauen ... Im Ernst, findest du Christiane besser ...? Viel besser ...?

Doch schon, 'n feines Mädel ist sie ... Möglicherweise wäre stofflich mehr Profil drin als bei irgend so 'ner anderen Biene. Aber ...

Jedenfalls einsame Klasse, Dagmar ... wie vernünftig du zu der Sache stehst. Zu unserem Experiment. Experiment 17 ... Doch nicht schlecht, der Buchtitel?

Sie schraubt energisch die Pfeffermühle über dem Salade Niçoise.

Liebes ... in zehn Wochen ist der Stoff unter der Haube ... Dann auf nach Capri und ausgiebig dolce far niente gefeiert im Canzone del Mare ... wir beide!

* *
*

Das mit Christiane will nicht so recht anspringen ...

Was dann ... wenn sie einfach nicht zu schaffen wäre?

Was bliebe schon übrig, als aus der Niederlage 'ne Story zu bauen!

Story ohne Erfüllung ... Nicht reizlos? Irgendwie unstofflicher sogar. Eine Möglichkeit jedenfalls ...

Und die andere ...?

Eiskalt 'ne zweite Besetzung ranholen. Nebenher laufen lassen. Was sollte dann noch schiefgehen!

Iris . . .?

Zweifelsohne 'n Sugarbaby! Wäre gar nicht übel als Kontrast zu Christiane?

Aber jene §-174-Albträume damals . . . Der Schreck steckt noch tief in den Knochen.

Als sie Carolyn das Tauchen beibrachte im Dantebad. Uns in den Ferien so oft besuchte . . .

Zwei, drei Jahre könnte das zurückliegen?

Dagmars eingelaufene Badesuits füllte sie schon mühelos aus mit ihren dreizehn.

Auf diesen Boutiquekram war sie ganz wild . . . Abgelegte Clipse. Hals- und Gürtelketten betonten so aufregend den Kontrast zum kindlichen Schmelz.

Ungeheuer ›in‹ war das alles für so ein niedliches, außengeleitetes Kindweibchen.

Hasen und Rebhühner haben wir drei in der Fasanerie aufgescheucht.

Im Schloßpark auf den Bäumen rumgekrabbelt . . . Immer hinter ihrem gelben Faltenrock her.

War befreiend, die Alltagsratio für Stunden abzustreifen . . .

Vielleicht auch so was wie Nachholbedarf der eigenen im Klosterinternat abgeschnürten Kindheit?

Schulter an Schulter blätterten wir uns durch Teenagerzeitungen. Sie ließ sich vollstopfen mit Cocos, Candies und smarten Komplimenten.

Mäuschenstill hielt sie sich mit Carolyn beim Doktorspielen. Ließ sich abtasten, die kindlich aufgeregte Herzpumpe abhorchen . . .

Von Verdrängungen. Von libidinösem Infantilismus würde die Psychopathologie nicht ganz grundlos schwafeln . . .

Aufregend quietschte ihre masochistische Angst durchs ganze Haus beim Haschen und Jagen.

In Dagmars dunklen Augen war manchmal dieser betont nachsichtige Ausdruck.

Beim Balgen auf der Veloursliege kokettierte das kleine Biest gekonnt mit ihren bunten Slips.

Beim Versteckspiel hinter dem Bookcase, ganz dicht an ihren bonbonfarbenen Pulli gepreßt, war es plötzlich nicht mehr möglich, diesen festen kleinen Dittchen zu widerstehen!

Und da war sie schon, die Panik ...

Angeekelt von drei Jahrzehnten Altersunterschied riß sie sich los ... Rühren Sie mich noch mal an ... Sie wissen genau, daß ich noch zu jung bin!

Das klang ziemlich vorgekaut. Nach Mama ...? Moderte nach Paragraphen und Gerichtssälen.

Saß ihre Mutti nicht in der Rechtsabteilung eines Konzerns? Ausgerechnet ...

Tagelang verengten sich die Coronargefäße, wenn das Telefon schnarrte.

Hat sie geplappert, diese kleine Göre?

Mit Lobesworten, Geschenken, Versprechungen wurde Iris abgeschoben zum Ferienende.

Noch mal so einen Balanceakt riskieren auf dem § 174 ...? Nee, bloß das nicht!

Es wird andere Möglichkeiten geben ...

* *
*

Heißer Kaffee blubberte runter in die morgenflaue Kehle. Strahlt wohlig aus in die Magenkapillaren.

Der NEW YORK HERALD knistert durch die Finger.

SELF HELP FOR ASIA

STOCKS RISE . . . MOST ACTIVE XEROX +3

IBM +2

LITTON +2

MEDICINE FOR ILL CURRENCIES . . .

BLACK MARKET FOR NUCLEAR WEAPONS . . .

NORTHERN BANKS . . . Erst kaufen, dann sparen!

Die Messerklinge läßt hauchdünne Salamischeiben aufs Holzbrett kippen.

Den Briefstoß rangeschoben zwischen die Teller.

Hypo-Bank . . .

Fotostudio Becker . . . für Dagmar?

Pianohaus Lang . . . Mittwoch 14 Uhr kommt der Klavierstimmer!

Baugeschäft Bartl . . . Wahrscheinlich die Rechnung für die Seeuferbetonierung?

Bootswerft Rambeck . . . Überwinterungskosten.

St.F.Nr.234 Knabeninternat. Mh . . . was für ein stinkvornehmer Briefumschlag. Mein süßer Schneckelkopf . . . dein Papi läßt dich immer viel zu lange allein hinter diesen kühlen Mauern. Nächsten Sonntag wirst du endlich besucht, Stefan . . .

. . . ach so, die Einladung bei Schädlers.

* *
*

. . . noch was nachschenken, Christiane?

Stellen Sie sich vor, Paps' neueste Idee . . . Dieses bißchen Taschengeld soll ich auch noch auf die Sparkasse tragen!

Außerdem meine langen Haare abschneiden ... Möglichst nicht ausgehen. Nicht telefonieren ... Doch, atmen darf ich noch ... aber nicht zu verschwenderisch!

Vor den florentinischen Kacheln am Grill bewegen sich schneeweiße Kochmützen.

... nichtsdestoweniger komm ich irgendwie aus mit Paps ... Debattieren, das führt natürlich zu nichts. Ja, genau ... der letzte Patriarch! Der Kellner hetzt an der Eßbar entlang, ignoriert den Wink.

... hätte schrecklich gerne in Kunstgeschichte gemacht. Aber er bestand drauf, es muß 'ne »richtige« Arbeit sein.

Zylindrische Leuchten hängen tief über den Tischen, reihen sich in den Spiegelquadraten unendlich weiter ins Dämmrige.

Klar, Christiane ... Wem klingen sie nicht in den Ohren, die väterlichen Slogans vom Ernst des Lebens. Seine Pflicht tun. Was leisten. Zu was bringen ... das dreidimensionale Weltbild der Väter ...

Alle Werte zu barer Münze reduzieren.

Allen Raum in Planquadrate teilen.

Alle Zeit in Daten, Termine, Minuten und Sekunden zerhacken ...

Am Nebentisch das zischende Aufflackern einer Flambierpfanne.

... also schließlich einigten wir uns auf Flugsicherung oder Bodenstewardess ... So büffle ich eben auf mein Italienisch-Diplom.

Vor der Tischplatte das weiße Jackett des Kellners. Ein kühles Froschauge ... Russian Dressing? Princess Dressing? Vinaigrette? Öl, Zucker, Zitrone?

... doch keinen Salat, Christiane? Dann eben keinen. Danke.

Tadel in seiner Schulterdrehung.

Die zwei Fältchen unter ihren Augen amüsieren sich. Und die nicht unbedingt pepsodentweißen Zähne lassen sich für Augenblicke nicht verbergen.

Laß dir helfen, die Stückchen vom Spieß ziehen ... Nee, für 'ne Offizierstochter hätt' ich dich nie gehalten. Wieso? Du bist ein ganz wundervoll unkriegerisches Wesen ... als kämst du direkt aus Märchenbüchern ferner Kindertage ... die Holde mit dem Goldhaar ... deren Sanftmut die Kühnen in die Knie zwingt.

... da sind noch ein paar knusprige Pommes frites ... die magst du wohl? Ooch, laß dich doch 'n bißchen füttern ...

Herzig, wie sich ihre Schnute beim Kauen verlegen spitzt und dehnt.

Im Ernst, Christiane ... du findest es nicht o. k., daß wir hier sitzen? Sicher, natürlich ist das nicht dein Job ...

Dagmar hatte nichts eingekauft ... der Kühlschrank wird abgetaut ... Vermutlich wollte sie dich nicht hungrig heimgehen lassen ...

Wollen wir der alten Coolbox deshalb unbedingt böse sein?

Im tiefen Lichtkegel ein paar Pusteln ums amüsiert gekräuselte Kinn ... Ein harmonischer Mund.

Weiter im Hintergrund baumelt ein lässiges Nylonbein vom Barhocker mit Goldkettchen um die Fessel.

Schmeckt's dir denn nicht?

... doch schon. Sie atmet beengt durch.

Affektierte Lache von der Bar herüber ... Eine Welle Kerzenrauch ...

Etliche Dutzend friedliche Lunchmahlzeiten mit Dagmar nach dem Sonntagsspaziergang hier gesessen ... Die Rindsroulade. Unsere Topfenpalatschinken. Die mageren Gespräche ... Und manchmal Alfons und Stefan hinten am Spielautomat ...

Nimm doch die Strickjacke ab, Christiane ... dir ist doch zu warm ... nein?

Die Bluse scheint wohl nichts Besonderes.

Sie bläst eine Strähne aus dem hektisch angehauchten Gesicht.

Hast du etwa Fieber? Mal fühlen ... keine Erkältung, wirklich nicht?

Für Augenblicke knistert Dichte dazwischen ... Und verflüchtigt sich wieder.

In der Sitznische daneben vier neue Köpfe hinter überdimensionalen Speisekarten.

... sieh mal dort, das dolle Parfait Grand Marnier ... Keinen Nachtisch?

Wieder dieses wippende Nylonbein dort auf der Hockerleiste ... Über dem Knierund dehnt sich hauchdünnes Gewebe. Alles bis oben konisch mit Weiblichkeit gefüllt.

Diese reifen, nervigen Hautzellen in Aufruhr bringen. Diese Fleischzange um den Hals geklammert ...

Die Schaumkrone vom Pils ist schief eingesackt.

Scheinwerfer ziehen unaufhörlich durchs Blumenfenster.

Reifen zischen über den schimmernden Regenasphalt draußen ...

* *
*

... ergab die Bodenuntersuchung des Baugrundes Flur Nr. 111/1/3, Band 94/Blatt 3329, Heimstättenstr. Nr. 6, einen tragfähigen, wasserdurchlässigen Boden.

Tragfähigkeit min. 2,5 kp/cm³. Höchster anzunehmender Wasserstand etwa 2,80 m unter Oberkante des derzeitigen Terrains ...

* *
*

... der olle Knudsen, unser Abteilungschef, sagt immer ... Iris ... bei uns sind Sie ein behüteter Mensch! Ohne Zukunftssorgen ...

... doch, der Konzern tut 'ne Menge ... Fortbildungskurse. Freizeitclub. Verbilligte Reisekontrakte. Jederzeit Kredite. Kündigungsschutz. Die Essenbons sind nicht teurer als 'n Cola. Der Firmenbus bringt mich fast vor die Haustür ...

Das Puppengesicht mit der porigen Nase wird ungeduldig ... Was fummeln Sie an meinem Pflaster ... hält sowieso nicht mehr ... der Betriebsarzt drübergeklebt ... Ach, bloß gezwickt mit so 'nem scheiß Klammerhefter ... Was soll'n das sein, süße Babypfoten? Blödsinn ... Ja, der ist von Helmut, der Anhänger. Sonst noch was?

Sie fingert sich Peanut Crispies aus dem Plastikbeutel.

... und ob's mir besser gefällt wie in der Schulbank! Doch 'ne Show, was sich da tut in den Großraumbüros.

Nur freundliche Gesichter ... Kein bißchen Terminhetzerei ... Musik aus 'n Wänden. Air Condition. Schallschluckende Plüschböden. Blumenarrangements, Papageienkäfige. Wasserspiele. Trimm-dich-Zonen.

Kaum angefangen mit der Arbeit, rollt schon der Kaffeewagen an. Kleiner Plausch. Telefonieren und so ...

Mittags können wir uns 'n Film ansehen. Oder im Hallenpool paar Bahnen kraulen.

Alles in Glas, der ganze Verwaltungsbau ... Irrer Blick über die Isarauen bis ins Alpenmassiv.

Fühl mich richtig high in meinem Drehsessel.

Auf Fußspitzen begutachtet sie die Rallye-Pokale in der Bookcase-Vitrine.

Ein unverschämt praller Arsch in Nappajeans gezwängt ... Vulgär geteilt, wie es ihn nur da draußen im Osten gibt, wo Lagerplätze und Wohnblocks zusammenfließen ... Bist gewachsen, Iris!

... fernsehen mit Ihnen ... wie käm' ich dazu? Carolyn geht eben schlafen ... Im Ernst, Sie fahren mich heim? O. k. Aber nur die Tagesschau!

* *
*

Sieh mal, Paps . . .!

Carolyn, hör sofort auf, an dem Zahn rumzuwackeln, das geht einem ja durch und durch . . .! Bist du auch sicher, daß das wirklich noch ein Milchzahn ist . . . du Milchzahn?

Klar, Paps . . . der letzte Mohikaner, sagt Dr. Schweitzer.

* *
*

Haaah . . . du kannst einen erschrecken, Dagmar!

Auf Zehenspitzen huscht sie aus Carolyns dunklem Zimmer.

Fast unheimlich, ihr Ateliermakeup . . . Wimpern wie Kistennägel.

Psst, leise . . .! Wozu eigentlich Carolyn aus dem Tiefschlaf reißen? Warum sollte sie sich aufdecken . . . doch kein kleines Kind mehr.

Mit ungeduldigem Seufzer bläst sie die Kritik von sich . . . Stopft Bücher und Hefte in die Schultasche . . . schnallt die Riemen zu.

Was . . . sechs Stunden im Studio gestanden? Immer diese Fotolampen im Gesicht, na danke . . . Und nervös spielen diese Typen auch noch?

Sie greift sich 'ne Milchflasche aus der Coolbox . . . knallt die Tür mit dem Knie zu.

Wenn's Existenznotwendigkeit wäre, Dagmar. Aber, Carolyn braucht dich in diesem Übergangsalter noch . . . und der Haushalt läuft auch nicht alleine . . .

Na ja . . . wenn so was für deine Erfüllung primär ist . . . diese optische Selbstbestätigung?

Sie hockt schräg über der Tischkante. Der perlrosé Daumen knallt in den Flaschenverschluß.

Ganz schön hat er dich infiziert, Liebes . . . dieser jahrelange Illustriertenkitsch! Was nützen da meterweise Bücherwände . . .

Ein Mysterium warst du immer, Dagmar . . . Gelegentlich tauchen bei der Story sogar Bedenken auf, du könntest so was wie 'ne unglaubhafte Figur darin abgeben.

Seltsam ... die Realität ist mitunter verdammt unrealistisch!

Wieder saugt sich ihr Lackmund an die Flaschenöffnung.

Zeitmaske mit Schattencouleurs. Der marzipane Luminant Coverfluid über die vertrauten Kanten und Dellen geschmiert ... Artifizielle Fremdheit.

Dahinter auf dem Mauersockel die verwaschene Eichenmadonna ... Verfallenes Dulden. Zerwurmte Innigkeit ...

Rülpsend, die Flasche zwischen den Beinen, fragt ihr Kopf rüber zum Gästezimmer.

Christiane ...? Schon schlafen gegangen ... Zwischenprüfung in Italienisch morgen. Na ja ... was den Gören so alles einfällt, um einen loszukriegen ...

Übrigens ... ausgerechnet Carolyn entwickelt sich langsam zum Handikap auf der Szene ...

Sperrt ihren eigenen Papi beim Basteln einfach aus dem Zimmer ... möchte Christiane für sich!

Carolyn ... 'n Knacks wegkriegen ... wovon denn? Sei beruhigt, niemand wird dir je die Schuld dafür geben ... Versprochen, sie darf mit nach Zürs fahren, weil sie so gut assistiert bei der Story.

Das Blümchenhemd ... ein bißchen kindisch findest du es ...? Verdammt anstrengend, dieses Jungspielen, kannste glauben ...

Im Olympiastadion letzte Woche ... die alten Eishockeystiefel klammerten sich wie Folterinstrumente um die Füße.

Übrigens sollten wir Carolyn mit den Mädchen nicht mehr in die Wohnanlage rauslassen zum Badminton ... Gibt Gequatsche ...

Beim Gähnen pendelt Dagmars Hand an den Mund.

Hast du sie eigentlich schon, die Strandmodenfotos ...? Noch im Labor?

Sag mal, wo kleidet ihr euch da um im Atelier? Schaun sie dir dabei zu, die geilen Böcke ... bei 500 Watt Lichtstärke ...? Geschmacklose Witze, so so? Im eigenen Stall kehren, aha ...

Nun, da gibt's nicht viel zu kehren . . . geht lahm vorwärts mit der Story. Geduld scheint das Wichtigste zu sein an diesem Autorenjob! Das Papier wartet ungeduldig auf Stoff . . .

Christiane, sie hat nicht ein bißchen Pep . . . Diese käsige Haut schon. Und das verzopfte farblose Zeug, was sie da immer anhat . . . Was heißt da Tiefstapelei?

Der Stoff dehnt und dehnt sich . . . und es passiert nix!

Übrigens, was sagst du zu der Idee, mit 'ner versteckten Filmkamera zu arbeiten . . . wegen der Details! Oder genügt das Tonband?

Du . . . Könntest du Christiane überreden, nächstes Mal in die Kleine Komödie mitzugehen . . . 'ne Einladung nimmt sie nur von dir an! Hat fürchterliche Komplexe, dir in die Quere zu kommen . . . Aber nein, du brauchst doch nicht mitzugehen . . . bist natürlich verhindert im letzten Moment . . .

Dagmar hat eine Wimpernlasche ruckartig abgezogen. Das nackte Auge mustert kühl aus dem Spiegelquadrat.

Das ist 'ne Sisyphosarbeit, Liebes! Und immer nach 'ner Woche wieder von vorne anfangen . . .

Irgend jemand . . . irgendwas steckt dahinter bei Christiane.

Mal war von einem gewissen Hermann die Rede . . . Tennisclub-Freundschaft. So 'n germanischer Hüne. Bundeswehr-Flugausbildung . . . Wie tief so was lotet, niemand weiß es . . .

Mitte April muß sie mal in die Klinik. Mandelresektion . . . wieder Zeitverluste!

Aber was wiederum sehr, sehr beruhigend ist . . . Im Herbst fliegt sie mit ihrem Diplom nach Connecticut, USA. Verwandte dort . . .

* *
*

. . . laß sie dir von den Boys bloß nicht wegeifern, diese paar Jahre des Experimentierens . . . Mir haben sie jedenfalls sehr gefehlt damals . . .

Sie zieht ihre Synthetik-Felljacke auseinander. Puhh . . . 'ne Affenhitze ist da drinnen . . . Schaun Se mal, die Palme dort wächst demnächst da oben durchs Glasdach!

Iris . . . wieso solltest du nicht auch mal mit 'ner anderen Clique losziehen?

Sind sie nicht komisch, diese unzertrennlichen Minipärchen . . . vom Schulweg bis zu den Pyjamaparties. Pure Angst, dieses Aneinanderklammern.

Raumfrei denken, leben . . . Damit kann man nicht früh genug anfangen.

Eine Studentenschlange mit Gefäßen und Notizblöcken drängelt sich vom Kakteenhaus rüber.

In sich selbst Halt finden, Kleines! Nicht nach Geborgenheit suchen. Balken im Wasser . . .

Quark . . . da kennen Sie Mami aber schlecht . . . Der Dubble Bubble fletscht von einer rosigen Wange in die andere.

Brillengläser schielen durch fleischige Bananenstauden. Kleben sich an die spitzen Pullibrüstchen.

Vorbei an der Emailletafel . . . *Das Entwenden und Beschädigen von Pflanzen wird strafrechtlich verfolgt!*

Wie Sie sich das wieder vorstellen! Weekend beispielsweise sind Barbies Eltern Skifahren . . . Steigt natürlich 'ne Fete.

Aber Mami? Nee . . .

Ungeduldig schiebt sie ein paar exotische Farne aus dem Weg.

Oder gestern . . . Harry schickte mir doch übers Aktenfließband die ulkigsten Briefchen . . . 'n richtiger Scherzkeks ist das nämlich. Programmiert in 3C . . .

Mami . . .? Faucht ihn an in der Kantine . . . wo ich doch auf ältere ohnehin nicht stehe . . . schon fast dreißig!

Wieder die eigenwilligen Wangengrübchen . . . Nein, nein . . . Sie verwechseln aber auch alles! Sie meinen Hans Jörg Biermann . . . an der

Teleschreibmaschine ... Na, das ist vielleicht so 'n Muster ohne Wert ... alles dieselbe Fließbandware ... Quatschen von Bausparbriefen und Rentenkalkulationen bis ins Jahr zweitausendundwasweeßich.

Die festen Stiefelettenbeinchen balancieren über den Wasserschlauch ... ja, Canadian Style!

... und zu Riccis Geburtstag sind wir alle im PLANET PARADISE, 'n dufter Nostalgieschuppen ...

Mutti bringt mich hin. Mutti holt mich ab. Mutti quetscht mich aus ... Raumfrei leben? Ha, haa ... kann ich da nur sagen!

Die Bodenziegel holpern sich durch fleischig grüne Surrealismen. Blätter gigantisch wie Wagenräder.

Armes Kleines ... Und da denkt man ... endlich 'ne Generation, die Mut hat zu sich selbst. Sich ihr Leben nicht verplanen läßt. Halb soviel reden würde nicht schaden ...

Kapierst du nicht? Die wollen angelogen sein ... das beruhigt nun mal so ein mit Angst und Sündekomplexen vollgestopftes Elterngewissen!

Doch, da ist was dran ... Aufregend, wie sich dieser Teenagermund zuspitzt, eine Bubbleblase raustreibt.

Mit Mühe verbeißen wir das Lachen im autoritären Blickfeld eines Aufsehers.

Einfach niedlich du, wie deine Locken so hinter dir herwippen.

... beim Friseur? Quark! Petra Haller von A4 läßt mir gelegentlich ihren Ondulierstab in der Steckdose ... Na das ist doch sonnenklar, daß sämtliche Cosmetics in der Bürozeit erledigt werden. Wozu haben wir denn Waschräume wie Hollywoodstars ...

Stellen Sie sich vor, heute ist mir der Präsident im Foyer übern Weg gelaufen ... 'n kleiner Herr mit weißen Haaren ... Hat mich richtig angelächelt, ja ...

He ... das sind ja richtige Orangen dort! Was steht da auf der Tafel?

POMERANZENBAUM ... Von General Steuben 1790 aus Amerika mitgebracht.

Niedlich im Profil, dieses Kindergesicht mit der halbgeöffneten Schnute.

Siebzehnhundertneunzig, Iris ...? Ganz recht ... Französische Revolution ... hallt es von den Glaswänden zurück.

Der Kopf Ludwigs XVI. muß rollen ... Schluß mit Prunk und Ausbeutung. Egalité!

Weiter dieses sozialistische Märchen ... Der Befreier, endlich ein Mann des Volkes, zog in die Bourbonenpaläste ein, setzte sich selbst die Kaiserkrone auf ... aber das reichte noch nicht. Für einen ruhmvollen Platz auf der historischen Rangliste der Geschichte trieb er das Volk auf die Schlachtfelder und in Armut.

... das läßt sich doch rauskriegen, wie Pomeranzen schmecken? Eben ist niemand da, Iris ... komm, laß dich schnell da raufheben. Und nachher verschwinden wir ins Dickicht dahinter!

Schwungvoll hochgestemmt das ganze Mädchen, als wäre es mit Daunen gefüllt.

... nein, die Reife dort auf dem oberen Ast! Und gleich rein in die Tasche damit ... dalli, dalli!

Stramm fühlen sie sich an, diese kindweiblichen achtundfünfzig Kilo ...

Beim Weitergehen das überanstrengte Keuchen hinter ihrem Rücken verbergen.

... was weghungern würdest du gerne von deinem Gewicht ... wozu denn? Fühlst dich doch wie 'ne Wespe an, Kleines ... Ja eben, dann haste oben auch nix mehr ... man nimmt doch immer an den verkehrten Stellen ab!

Das ließe sich zwar mit Hormonpräparaten ausgleichen ... Zeig mal, Umfang achtzig ...? O entschuldige, achtundachtzig ...

Schulterhoch die tropischen Halme ringsum.

Hören Sie, ich mag die Anfasse nicht ... Kaugummi malmende Entschlossenheit.

... probier's mal mit 'ner Östrogenkur! Kannst dann beruhigt paar Kilo abnehmen ... trotzdem kommen deine Dingerchen sooo ... Aber laß dich warnen, die Boys laufen dir hinterher wie Schoßhündchen!

... Gewebestruktur natürlich ausschlaggebend ... Lieber Himmel, sei bloß nicht so verklemmt!

Das Näschen mit den schwarzen Punkten schnüffelt ratlos.

Bißchen angeekelt bewacht sie die geäderte Hand auf dem körperwarmen Orlon.

... wozu? Eigentlich überflüssig ... doch alles goldrichtig bei dir ... Probier's mal mit Isometric. So ... die Handflächen zusammenpressen, wie beim Abendgebet ... soo.

Doch Quatsch! Die Pupillen sind einen unheilvollen Moment geweitet.

Was soll die Fummelei ... halten mich wohl für unterbelichtet??

Plötzlich beinahe hinten selbst ins Sumpfbecken gestolpert.

Nur noch das Rotieren der Wasserpumpe ...

Geduld ... wird sich noch rausfinden lassen, das spezifische Liebesverhalten dieser Generation ... Diese außengeleiteten Puppen wollen es ganz präzise nach dem Schema wissen.

Der kleine Lackdaumen quetscht den Bubblegum an das Bambusrohr ... also was ist? Soll ich Carolyn noch in Biologie abfragen oder nicht? Diese verdammte Schwüle da geht mir an den Nerv.

O sieh mal, Iris ... wie anmutig! Wie zart gerüscht dieses Weiß mit den violetten Tupfen.

Bleib so für einen Moment daneben stehen ... die ist wie für dein Gesicht geschaffen.

Orchidacea lelia anceps, Honduras.

Neben Tuschekrümeln und verschmiertem Lidschatten strahlt die Reinheit der Blüte.

Die Stirnfalte zwischen den hellen, kühlen Mädchenaugen hat sich wieder geglättet.

... mag dich einfach gerne, Kleines ...

Tropische Feuchtigkeit schwitzt und tropft aus den Hängegewächsen.

Die Puttenhand wischt ein Guckloch in die angelaufene Scheibe ... mal sehen, was Carolyn und Gaby treiben da draußen.

Sie klettert auf das Mauerpodest, beugt sich an die Lüftungsklappe.

Einen aufregenden Moment schiebt sich das Faltenröckchen hinten hoch über schwellenden Strumpfhosenbeinen.

Irrsinnig ... Ein aufgeregter Blutstrom drängt in die Gefäße.

... schauen Sie sich bloß diese zwei verrückten Bienen da draußen an!

Nylonprall das kindweibliche Fleisch hinter zerschlissenen Maschen ... Ah ... wär das ein Spielzeug!

Ungelenk hüpft sie runter ... Die beiden da draußen zupfen sich gegenseitig den Schnee von den Zweigen ... Kommen pitschnaß nach Hause ... wo doch Ihre Frau so ängstlich ist ...

Warum beispielsweise darf Carolyn eigentlich nicht allein schlafen, wenn Sie beide mal ausgehen ... Einbruch? Kidnapping ... oder so was?

Darf ich heute abend wieder ein Videoband bei Ihnen bespielen, ja? Die *Zehn Besten der Woche!*

... du Iris, ich glaube, hier darf man nicht rauchen!

... wenn schon ... Mit der Oberlippe zieht sie 'ne Marlboro aus der Packung ... wühlt nach einem Streichholz.

He, was ist das ... wo kommt der Zehner da her? Haben Sie mir den in die Tasche gemogelt? Wissen genau, das mag ich nicht!

Die Pomeranze spitzt aus ihrer Lammfelltasche ... Laß mal sehen unsere Beute! Wird zu Hause feierlich geteilt, mit Zucker und Maraschino verspeist ... Oder bist du für einen Orange Fizz?

Vorbei an den zwei Tanten, die durchs fächrige Blättergitter tuscheln.

Insektivoren ... was das ist?

Steck mal den Finger da oben rein in die Blüte, dann weißt du's ... aha, Angst?

... ahnungslos spazieren die Insekten da rein in den Blütenkelch zum Honiglunch. Inzwischen schließt sich die Blüte oben diskret und erbarmungslos über der Beute ... C'est la vie!

Auch 'ne Art Communication.

Vorsichtig entlang an stachligen Agaven. Bizarr programmiertes Chlorophyll ... Von den Palmen runter hängt das haarige Zeug.

Dschungelträume von Kipling bis Tarzan.

... werden Sie bloß nicht kitschig ...! Der Rauch kriecht aus den Babynüstern, umspielt die Pfirsichwangen.

Kleines ... das wär schön, 'n bißchen so was wie ein Vati für dich sein ... Mit dem du über alles plauschen kannst ... der einfach da ist, wenn du ihn brauchst. Der dir ...

Quatsch ...! Hab' keinen Vati und brauch' keinen Vati, basta!

'ne halbe Zigarette zischt zwischen die Sumpfgräser ...

* *
*

... die großen Bewußtseinsmutationen der Menschheit. Im Ernst ... Christiane, die möchtest du kennenlernen? Na bitte ... lese sie dir gerne runter, in Stichworten, ja?

Also ... Nulldimensionales Bewußtsein ...! Das ist der Archaische Mensch. Selbst ein Stück Natur. Problemlos wie ein Einzeller. Wie 'n Grashalm. Ohne Bewußtsein, verstehst du ... Ähnlich wie ein Baby im Mutterleib ... falls du dich an diesen Lebensabschnitt noch erinnern solltest?

Immer wieder liegt Anmut in der Bewegungsautomatik, mit der sie das ins Manuskript fallende Haar zurückstreicht.

Eindimensionales Bewußtsein ...! Der Magische Mensch beginnt zu wollen, sich gegen Naturkräfte zu wehren. Jäger und Hirtenvölker vergangener hunderttausend Jahre ... Ziemlich unbewußtes Dahinvegetieren. Vergleichbar mit unserer Kindheit etwa . . . raumzeitlos. Das Außen geschah ihm einfach. Gruppenseele wie Bienen und Ameisen. Fast Ichlosigkeit . . . Jagdzauber. Ernteopfer. Fruchtbarkeitsbeschwörung. Noch heute leben Urwaldvölker dieses Bewußtsein fast unverändert . . . Und es ist gar nicht so weit entfernt von ein paar arbeitsscheuen Schwabinger Gammlertypen, was . . .?

Zwischen zwei blonden Strähnen kommt es manchmal zum Vorschein, das nicht gerade zierliche Mädchenohr . . . Doch, lesen Sie weiter bitte . . . finde ich unheimlich interessant, wie sich das menschliche Denken so entwickelte . . .

Na schön . . . Zweidimensionales Bewußtsein . . .! Das Mythische Denken . . . Der Mensch Jahrzehntausende vor Christus. Bewußtwerden des Innen. Der durchdachtere Kampf gegen die Naturmächte macht das Gegenüber bewußt. Das Ego wächst . . . Der Einzelmensch tritt aus der Gruppe. Der Held kommt mit Liedern und Mythen . . . Die Seele erwachte . . . so ähnlich wie in einem Jüngling, der dich mit Gedichten umschwärmt. Hm? Nix mehr mythische Liebe? Säuselt ins Telefon . . .?

Aber nun greift der Mensch zu Werkzeugen. Nimmt seine Existenz selbst in die Hand. Sein Bewußtsein mutiert in eine neue Ebene . . . Die Göttermythen verlieren ihre Kraft.

Das Dreidimensionale Bewußtsein folgt . . .! Die Menschheit trat in die mentale Denkphase . . . In Athen erwacht das mentale abendländische Denken. Sokrates. Euklid. Aristoteles . . . Seit Platon ist der Dualismus Grundlage des Denkens . . . messen, zählen, wiegen. Ratio . . . Künstler ringen um raumhafte Darstellung. Perspektive. Verräumlichung auf allen Lebensgebieten, auch geistig. Formen, Schablonen, Begriffe, Systeme werden geschaffen . . . wie man Balken ins Wasser baut.

Es immer wieder mal streifen . . . dieses vom Schreibtisch baumelnde Cordknie. Wie zufällig berühren . . . Aber nicht ein Fünkchen . . .! Freundliche Augen. Respektvolle Distanz.

Aber alles wandelt sich stetig . . . Auch unser 2000 Jahre gewachsenes dreidimensionales Denken beginnt sich zu verbrauchen. Und genau dieser Zeitpunkt, das ist unsere Gegenwart . . .! Täglich, stündlich erleben wir an uns das Dämmern der neuen Bewußtseinsmutation. Formensprengung. Dynamik. Relativität. Ganzheitsdenken.

Die Vierte Dimension kündigt sich an . . . macht unser erstarrtes Denken durchsichtig.

Hat es nicht eben geläutet . . .? Sicher Carolyn, die vom Eisstadion zurückkommt!

* *
*

Gaby kriegt zu Ostern 'n Meerschweinchen . . . Wieso, die sind doch soo putzig, Papi!

Immer klemmt diese Schiffskommode da . . .! Von der Feuchtigkeit wohl . . .

Gequietsche aus der Wanne . . . Carolyn, ein bißchen verschämt . . . Dagmar rubbelt ihr mit der Bürste den Rücken, in behutsamem Abstand zu ihrem neuen Samtkleid . . . Apart in die Wange reinfrisiert die lokkere Innenrolle.

Zu Dagmars Eltern heute . . . Geburtstag. Für Harmonie sorgen . . . Sonst wird die Story zum Nervenkrieg!

Papi . . .! Machst du wieder mit nächsten Donnerstag?

Sie läßt den Duschestrahl an ihren staksigen Beinen hochkriechen.

. . . wieso nicht Monopoly gespielt. Was haben wir, Monopoly geblödelt? Monopoly geschummelt? Das stimmt . . . Iris hat geschwindelt mit ihren Aktien.

'ne Spraywolke stäubt unter die eigenen Achseln.

Iris . . . Eine Danaidenarbeit ist das . . . einen langen Nachmittag so 'ne Biene hofieren, bis endlich mal so was wie ein Hauch von Kontakt spürbar wird.

Und dann kühlt alles wieder ab 'ne ganze Woche lang . . . Wie soll da Stoff aufs Papier kommen?

Und ausgerechnet jetzt ausgehen . . .! Nebenan lümmelt Iris auf der Couch, langweilt sich zwischen Illustrierten.

Und ausgerechnet heute hätte sie abends noch Zeit gehabt . . .

Wollte im II. Programm ihre Harrisonboys vorführen mit dem Weltraumsound.

Im angedampften Spiegel . . . der neue Jockeyslip mit dem potenten Schnitt . . . Wäre verdammt reizvoll, Iris' kindliche Neugier drauf zu spüren . . .

Warum nicht einfach rübergehen zu ihr? Irgendwas suchen im Sekretär . . . oder telefonieren . . . Hemmungen? Dann eben im leicht geöffneten Frotteemantel . . . Vielleicht wird's doch noch 'ne Seite für die Story.

Von Dagmars Augen gerade noch erwischt in der Tür . . .

Hallo, Iris . . . hat man dich ganz allein gelassen . . .? Wenn du noch 'n bißchen Geduld hast, bringen wir dich heim.

Über der halbgeschälten Mandarine kriecht ihr Blick den Bademantelspalt rauf.

Ganz in Türkis ist sie heute.

Hol dir doch 'n paar Zeitschriften da aus dem Regal . . . deine Mutti wird schon nicht nörgeln, wenn's mal später wird?

VOGUE . . . MAISON & JARDIN . . .!

. . . Fotos? A ja, die Fotos von Alfons und Stefan wolltest du mal sehen! Nächstes Mal kram' ich dir 'n Album raus. Aus der Zeit mit Traudl . . . Partyfotos von der Schwimmhalle und so . . . provençale Einbauten mit herrlichen Eichenbalken . . . Ja genau, 'n richtiger Prestigeschuppen war das . . .! Verkauft nach der Scheidung und weg vom Konsumzeitalter . . .

Magst du HARPER'S BAZAAR?

. . . wie lange verheiratet . . . ein Dutzend Jahre vielleicht . . . Meine Schuld, ja . . . War noch ziemlich hellgrün hinter den Ohren, damals.

Hoppla, das Magazin da interessiert dich wohl kaum . . .

PENTHOUSE . . . hauchen ihre Revlonlippen.

Kannst ruhig mal durchblättern . . .

Die Colorseiten öffnen sich über dem Samtquadrat.

YAMAHA 350 . . . wherever you go, take along an exciter . . .!

'ne Wucht, das Girl hinten drauf mit dem verrutschten Seidenjersey?

Carolyns helles Stimmengespinst webt sich fort drüben im Bad.

RARE SCOTCH INVERHOUSE . . . soft as a kiss . . .! Chic, diese durchbrochenen Maschenkleider!

Großzügig übersieht sie die Hand am Frotteeschlitz.

Gar nicht ängstlich, wenn sie Dagmar in der Nähe weiß.

. . . sieh mal, Iris, dieses Medusengeschneckle da, wär das 'ne Frisur für dich . . . nein . . .? Viel zu schade für dein Haar . . . fühlt sich an wie Seide . . . Ehrlich . . . deine Naturfarbe?

Ihre bloße Nähe spannt schon im Slip.

Die Mädchenhand mit den vielen Grübchen blättert weiter . . . Himmlische Masturbierpfötchen . . .

SHELBY COBRA GT . . . FIRE & REFINEMENT

Drüben ist ein Fläschchen oder so was ins Waschbecken gerollt.

Alles Denken und Fühlen hat sich nach unten verlagert . . .

Aufregend . . . dieser kindliche Schmelz, diese Unberührtheit von Zeit und Schicksal . . .

Animalische Unruhe knistert.

Guck mal, 'ne irre Jacht! Mit dir einen Sommer durch die Meere kreuzen . . . Die Blonde da links auf dem Sonnendeck . . . is' das nicht ein beunruhigendes Hinterteil . . . Wie zwei Bälle . . . zum Verrücktwerden!

Ihre Antworten sind brüchig geworden . . .

Zwischen Unbehagen und Neugier ignoriert sie die Fingerspitzen im fremden Frottee.

Das schneckige Profilchen glänzt beklommen . . .

Türgeräusch . . . Carolyns Stimme kommt näher durch den Kastenraum. Zerreißt die Dichte.

Iris katapultiert sich aus der Samtliege . . . he, warte doch, Carolyn! Ich les am Bett noch Asterix mit dir . . .

* *
*

Wohl oder übel . . . Es bleibt also bei der vielgeschmähten Chronologie.

Ein Happening lebt nun mal aus dem Unvorhersehbaren.

Das Geschehen liegt nicht fixiert überschaubar zurück . . . Es liegt vorne, kristallisiert dynamisch.

* *
*

Im Dunkel das eben Geschehene registrieren, ehe es in den Kosmos verstrahlt.

Der Leuchtblock kuschelt sich unter die Daunendecke . . . startbereit.

Christiane hockte beim zweimaligen Anklopfen über ihren Schulheften . . . den Reißverschluß am Rock schon gelockert. Das Haar strähnig mit 'nem Gummi nach hinten geknotet.

. . . stören, aber nein. Bitte, wenn Sie unbedingt wollen, können Sie mich gerne Vokabeln abfragen.

Immer mal Blödsinn dazwischen reingemogelt in die Wortreihen. Und versteckte Komplimente.

Melodisch schwang ihre Aussprache . . . die grübchenumspielten Lippen zugespitzt.

Das freche Halstüchlein, das sie immer zurechtzupfte, sah nach Taschengeld aus.

Präsens. Perfekt oder *Imperfekt* . . .? Macht übrigens Spaß, beim Schreiben alles relativ ineinander zu vermanschen zu einem Ganzheitsbrei . . .

Der Kunstdruckband POST POP, den sie aus dem Regal zog . . . klar, natürlich kannst du den über die Osterferien haben!

. . . wollte mir eigentlich von den Eltern so was zu Weihnachten wünschen. Aber die Eitelkeit siegte über den Geist . . . der mausgraue Samtanzug war doch wichtiger.

Op Art. Cinetic. Environment. Land Art. Neuer Realismus und noch ein Dutzend weitere Kuriositäten. Inflation der Ismen.

. . . aber vergiß darüber das Schwimmen und Tanzen nicht, es würde sich nicht lohnen.

Im Ernst . . . die Auflösung der Kunst bedeutet das?

. . . ausgeschlachtet wie ein Autokadaver. Ausgeplündert. Kunst als verräumlichter, dreidimensionaler Begriff zerfällt wie tausend andere vertraute Formen.

Aber was nun . . .? Niedlich, wenn sie den Kopf so nachdenklich zur Seite legt.

Werbegrafik. Warendesign. Anspruchsvolle Unterhaltung. Vorfabrizierte Erlebnisse . . . Kunst und Leben fließen ineinander . . . Sie hat ihren Selbstzweck verloren, die hehre, heilige Kunst. Schlicht und einfach . . . Ware.

Sie schob das zusammengerollte Heft am Näschen hoch zwischen die aufmerksamen Augen.

Was dann als vierdimensional zu bezeichnen wäre . . .? Sagen wir . . . von der Kunst bleibt das Können. Warum nicht ein Couturier? Ein Meisterfriseur. Oder ein virtuoser Spekulant. Perfekter Bankeinbruch, doch . . . ist auch gekonnt.

Wozu war bloß all das Gequatsche . . . statt ihr mal kräftig untern Pulli zu greifen??

Und doch . . . sie wollen ernst genommen werden, diese Gören. Sie strebt nach Niveau . . .

Oder verschanzte sie sich hinter diesen Themen vor Attacken?

Wie ging's weiter . . .

Zu blöd, es gab nicht eine einzige Gelegenheit, das Magnetofon unter der Couch mit einem Band nachzufüttern . . . Sonst immer ein brauchbares zusätzliches Sinnesorgan.

Kam gar nicht ungelegen, dieser Dick-und-Doofstreifen, der cinematografisch durchs Telequadrat flimmerte.

Endlich Dunkelheit zwischen uns. Schulter an Schulter . . . wie mit Dagmar sonst.

Licht und Schatten ballen sich auf der Mattscheibe.

Ziemlich an den Couchrand hatte sie sich abgesetzt. Die Beine bleiben fest am Boden. Das Kissen ließ sie sich nur zögernd in den Rücken schieben.

Sekunde für Sekunde sensible Antenne.

Richtig befreiend war das, uns so aus der Verkrampfung rauszulachen mit den beiden unsterblichen Witzbolden.

In ihren gedehnten Seufzern beim Luftholen schwingt alle Mädchenhaftigkeit.

Als der Farbkübel von der Leiter kippt, sich über den Polizistenkopf stülpt, explodieren wir fast.

Aber die spontan ergriffene Teenagerhand schlüpft immer wieder sanft weg.

Nachdem die zwei Cola Rum heranbalanciert waren, lassen sich auch die beiden Baumwollbeine widerspruchslos auf die Couch heben . . . ist doch viel bequemer so!

Panisches Rockgezupfe . . . Aber es war im geisterhaften Blauschimmer nicht ein bißchen Aufregendes zu registrieren.

Der Gag mit dem Geldtransport, der durch die Hauswand rast, schien taktisch geeignet, ganz erschöpft vom Lachen auf ihre Schulter rüberzukippen . . . Aber die sensible Autorencourage reichte nur für Sekunden.

Na ja . . . schließlich heißt es Wirtschaften mit ihrer Achtung.

Verdächtig . . . bald darauf entdeckte sie ihre Müdigkeit.

Ein bißchen ratlos ließ sie die fremden Fingerspitzen über ihre sanften Gesichtsschwünge streichen. Träum was Schönes!

Wieder 'ne ganze, lange Woche ...

Seltsam. Irgendwas blockierte ... lähmte die animalischen Instinkte.

Vielleicht diese Ausstrahlung von Sauberkeit ...?

Mit welcher Engelsgeduld sie Carolyn wieder paar Gitarrenakkorde beibrachte.

So ein ahnungsloses Geschöpf mit faulen Tricks überlisten ...? Programmierte Love Story ...

* *
*

... 14 Uhr Termin mit Herrn Blume und zwei Herren der Bau- und Bodenkreditbank.

Was heißt da nicht beschwatzen lassen von diesem Blume ...

Das sagt man so leicht dahin ... nie mehr Risiko, nie mehr Streß! Aber letzten Endes ... was bleibt übrig als weiterackern, Dagmar! Unser Lebensstil läuft nun mal nicht ohne diesen gewissen Stoff ... Geld.

Von Zinsen leben ... so was gab's mal. Aber bei diesen Steuern und Inflationsraten müßte man ja drauflegen.

Und die Aktien ... Das war auch bloß 'ne große Illusion, diese letzten zehn Jahre ...

So ist das mit Vermögen, wie mit aller Materie ... Zerfall und Erneuerung. Ohne stete Dynamik läßt sich kein Besitz halten!

* *
*

Da im Schaufenster ... diese marokkanische Fransentasche mit der knautschigen Patina ... Auf die wär sie heiß, Christiane!

Aber nicht mal an der Hand ließ sie sich reinzerren in diese Boutique.

Heiliger Strohsack, warum denn bloß . . . wieso kannst du so was nicht annehmen? Jedenfalls keine Tasche? Aha . . . also ein Gedichtbändchen oder irgend so was würde dein sensibles Taktgefühl noch akzeptieren? Ein Tennisschläger, nein? Ne Zahnbürste . . . nein? Unsinn . . . niemand will dich verulken, Christiane. Im Gegenteil, es ist bewundernswert, dein Feingefühl!

Wie wär's mit einer Karte für ein Klavierkonzert mit Bruno Leonardo Gelber . . . notfalls ja?

Und würde es dich stören, ganz zufällig am Nebenplatz dieses Gesicht da zu sehen . . . Ja, ziemlich? Schade . . .

Schauderhaft verschnitten ihr Cordhosen-Po . . . An diesen langen Beinen raufstreicheln . . . ob das je sein wird?

* *
*

$(x+y-z) \cdot a = xa + ya - za$

. . . ist das so richtig, Papi? Jeden Term einzeln mit a multiplizieren . . .

Das weißt du nicht? Na ja . . . dann werde ich morgen Christiane fragen.

Sie meinte, ich könnte auch zu ihr nach Hause kommen . . . sie würde mich dann immer von der Schule abholen . . . Wieso, warum eigentlich nicht . . .? Paps, gehen wir heute 'ne Pizza essen?

* *
*

. . . für einen Moment den Fitlauf gestoppt.

Frühling im Februar. Schmutzige Schneeränder. Durchs knospige Geäst . . . turnende, lärmende Kinder.

Sie schaukeln, die Knie in die Stange gehakt, das lange Haar im Sand schleifend. Überkippende Röckchen.

Die Größere vorne hat schon 'n unverschämten Popo. Versucht sich unbeholfen hochzuziehen . . . Karierte Kniestrümpfe strampeln durch die Luft.

Als klebten die eigenen Augen an jeder Bewegung. Dort wo sich pralle Rundungen teilen unter verwaschener Baumwolle ... Die Schenkelzangen öffnen und schließen das kleine Dreieck.

Der hochgepeitschte Hormonspiegel signalisiert bis in die letzten Nervenbahnen ... drängt nach Energieumwandlung.

Ein Dutzend Quatschweiber auf den Sonnenbänken nehmen alles männlich Flanierende mißtrauisch ins Visier.

Also weiter ... den Kiesweg entlanggeknirscht. Vorbei an der grünen Tafel ... KINDERSPIELPLATZ.

Minengelände ist das für § 183-Labile.

Immer schon sind es diese andeutenden Naivitäten, die so aufregen ...

Und ausgerechnet jetzt Vorladung für 16 Uhr beim Finanzamt für Grundbesitz und Verkehrssteuern, Meiserstraße 8 ... Zimmer 205. Überschreitung des Einreichungstermins. Band 93, Blatt 2936 ... zum Kotzen, dieser Krimskrams.

Noch mal durch die silbrigen Buchenstämme zurückschielen nach dem bunten Minisex.

Angeschlagen ... Irgendwas muß passieren jetzt!

Mal reinsehen ins Pissoir drüben in der Agnesstraße?

Ganz zufällig abends mal reingeraten dort in so 'ne Massenwichserei ... Damals als Dagmar ununterbrochen mit Pauline weg war.

Eine Stufe und rein in diese urinstinkende Düsternis.

Erwartungsschwer fällt er aus der Hose ... ah, tut das gut.

Wasser zischt die rostigen Wände runter.

Ringsum brünstiges Wandgekritzel. Erstarrte Verdrängungen.

Die Tür hinten quietscht ... Ein Kerl im Arbeitsmantel steht plötzlich daneben. Messerschnitt mit Schiebedach über der Trennwand.

Die eigene Hand deckt ab ... verschämt. Ohne auch nur aufzusehen.

Warten. Warten auf den Wasserstrahl nebenan. Sekunden einer Ahnung ticken . . . blähen sich. Ein Lastzug draußen dröhnt durch die klamme Stille.

Hin- und Hergelauere . . . Das Spannungsfeld dazwischen wächst.

Drüben diskrete Rhythmik.

Irgendwie ist sie abstoßend, die Realität . . . Flaue Mutlosigkeit.

Immer aufdringlicher die Augen über der Trennwand.

Abhauen . . .?

Einen verklemmten Blick rübergewagt.

Aus dem verschmuddelten Mantel drüben wächst ein ansehnliches Ding . . . wie aus Pornoillustrationen. Von der groben Pranke mit Chronometer geknetet, animierend gestreichelt.

Spürbar strömt Geilheit in die Gefäße ein.

Die plumpe, fremde Neugier kitzelt auf der Haut. Soll er doch zusehen . . . ja, soll er doch!

Die Knie bibbern vor Aufregung . . . Verklemmtheit züchtiger Internatsjahre.

Da dreht er sich offen rüber. Auf dem hellen Arbeitsmantel schwimmt ein Firmensignum.

Selbstsicher, fast hypnotisch, demonstriert er seinen Apparat.

Die Augen kommen nicht mehr los.

Breit wie 'ne Flunder, sich vorne seltsam verjüngend, richtet es sich auf, dieses Tier, das er mit schmuddeligen Fingerspitzen bestreichelt . . . Das immer näher kommt, sich als Spielzeug anbietet. Communication . . .

Die eigene Hand ist wie in ein Magnetfeld gezogen, umschließt diesen Prügel aus Fleisch und Blut. Schiebt die Samthaut hin und zurück.

Jaah . . . dieses Monstrum ejakulieren sehen . . . explodieren aus diesem rosig geschlitzten Kopf vorne.

Den flachen Augen ausweichend . . . sich völlig hingeben der fremden rauhen Hand, die abtastet, Besitz ergreift. Tausend lüsterne Nervenzellen in Aufruhr versetzt.

Die Umwelt ist versunken im Gefühl . . . Bis ein hartes Türgeräusch uns auseinanderzucken läßt.

Ein knochiger Alter war eingetreten . . . Postiert sich direkt daneben.

Ungewisse Stille zwischen den Urinwänden.

Lauern über die Trennwand . . . Ein Glotzer??

Das Wasser zischt mit den Sekunden runter.

Ohne übertriebene Hemmungen vor fremder Neugier kommt sie wieder rüber, die rauhe Hand. Greift ungeschickt in den Hosenschlitz . . . Krault. Streichelt. Schiebt.

Aber das indiskrete Auge drüben unter dem Trachtenhut irritiert unerträglich . . .

Konzentrieren. Konzentrieren! Bloß nicht wieder unerlöst raus auf die Straße!

Ja, es zieht schon wieder . . . ah, tut das gut!

Da plötzlich beginnt er an seinem Gürtelbund zu fummeln unter dem Firmenmantel. Seine Hose rutscht die Knie runter.

Dann hebt er den Mantel, bietet seine splitternackte Rückseite an.

Verwirrte, ratlose Sekundenbruchteile, ehe sich dieser Sympathiebeweis begreifen läßt.

Drüben lauern die hartnäckigen Voyeuraugen.

Plötzlich wieder dieses quietschende Türgeräusch hinten.

Die Verwirrung nutzen?

Ja . . . vorbeieilen an der eintretenden massigen Gestalt . . . Raus auf die sonnenhelle, dynamische Straße!

Die kühle, reine Luft filtert den Ekel . . .

* *
*

Dreidimensionales Weltbild!

Quantifizierung. Vermassung. Fließband. Preisspirale. Überproduktion. Wegwerfgesellschaft. Umweltzerstörung. Besitzgier. Erstarrte Systeme. Menschliche Konflikte. Neurosen.

Denkklischees. Reformen. Revolten. Ganzheit teilende Ideologien. Dualistische Politik. Weltkriege. H-Bombe ... Das rationale Denken übertreibt ins Negative!

Dualismus der Ismen, Faschismus. Marxismus. Sozialismus. Expressionismus. Existentialismus. Strukturalismus. Rationalismus ... Zerteilte, zerstückelte Kunst.

Dogmen. Dreidimensionale Religionsauffassung ... Die Münze im Opferstock klingt, eine Seele in den Himmel springt. Gebetsmühlen ...

Die Zerstörung der Natur bedroht das biologische Gleichgewicht.

Das rechnende, messende, teilende Denken des Pythagoras hat in diesen zwei Jahrtausenden zu Wissenschaft und Technik geführt ... Von der Ackerwerkzeugkultur zur Dampfmaschine, zur Raumrakete.

Aber der Rationalismus, der eigentlich weiter nichts als eine Arbeitsweise sein kann, hat sich zur Weltanschauung erhoben.

Dieses alles verräumlichende, einseitig materialisierende Denken bis ins tiefste Menschliche hinein zeigt immer deutlicher selbstzerstörerische Konsequenzen.

Vergewaltigung, Verräumlichung der Zeit. Terminzwänge. Großstadthetze. Chemische Schadstoffe im menschlichen Organismus. Atemloses Accelerando. Go-Go-Restaurants. Go-Go-Kredite. Go-Go-Girls. Konsumerziehung. Neuerungssucht und 1000 anderes ...

Zerstörung der Seele. Wegwerfmensch. Menschheitsneurose. Zweckkontakte. Belächelte Sentimente. Einsamkeit. Unerfülltheit. Sinnlosigkeitsgefühl ... Flucht aus unerträglicher Wirklichkeit durch Drogen. Rückzugsexperimente, Attacken gegen das Establishment ...

Die stets vorausahnende Kunst sprengt, durchlöchert, deformiert die starre, dreidimensionale Form. Dynamisiert, relativiert sie. Verbindet teilende Dualismen zur Ganzheit. Die Kunst versucht sich selbst aus ihrem dualistischen Selbstzweck zu lösen und mit dem Leben, dem Alltag eine Ganzheit einzugehen. Symbiose Kunst-Leben.

Ein Trend zu neuer Innerlichkeit, zu menschlicher Selbstfindung ist spürbar. Die Materie wird durchsichtig.

Überall mobilisieren sich die Kräfte der Menschheit zur Bewältigung der großen Bewußtseinsmutation ... Das Vierdimensionale Denken nimmt seinen Lauf.

* *
*

Iris ... das klingt wie 'n Spülmittel ... So in dem Stil ungefähr lästert dieser Typ um sich. Mann, da bin ich gleich auf hundert, wenn er mir so kommt.

... quatscht überall rum, er arbeitet bei Standard Esso. Inzwischen hat Mutti rausgefunden, daß er Autos wäscht ... dieser kleingestrickte Playboy!

Uiih ja! Da fahren Sie mal mit mir hin, dann lassen wir den Buick auftanken. Oder besser noch Öl wechseln, damit er ordentlich dreckige Pfoten kriegt ...

Möcht' ihn mal leise treten sehen, diesen kleinen Angeber. Mal sehen, wie er schaltet.

... 'n cleverer Boy ist er schon irgendwie ... So 'n bißchen die Masche von Ellis Warner in dem Streifen Southamptonfire ... Doch, er kommt irgendwie an!

Diese KAWASAKI MACH IV ... 'ne Rakete ist das! Zischt ab bei Grün, daß es im Bauch kribbelt ... Petra sagt, der brummert ohne Führerschein?

... doch, er sieht schon nach was aus in seiner Pilotenjacke ... Bloß diese Quatsche immer ... steiler Zuckerwetzer und so ... Das geht mir gegen 'n Strich. Wird er sich abgewöhnen müssen.

... was? Aber nein ... ich rede doch ununterbrochen von Bernie! Mann, Sie verwechseln doch alles!

Der Junge aus der Nachbarschaft, das ist doch Helmut ... Klicke de klick? Ja ... den ich schon ewig kenne. Genau ... der mit seinem Goldhamster Mucki. Doch, schon nett, aber ... Mit seiner doofen Amateurfunkerei ...

* *
*

Das rückgespulte Tonband rastet ein.

Die Beine flegeln sich auf die Nußbaumplatte zwischen Akten und Bücher.

Ans Ohr gepreßt den Plastikrecorder. Der Daumen drückt die Starttaste ein ...

Da ist sie, die gedehnte Stimme von Christiane. Im Background ein störender Geräuschfilm ...

... Paps als Planungsoffizier für sieben Jahre hierherversetzt ... O ja, doch es fehlen mir paar Dinge ... Die Blödeleien mit Margit und anderen Freundinnen ... und an Sommertagen der Froschsee ... die schmalen Bürgerhäuser um den Marktplatz ... die Eisdiele neben der Schule ... Alles viel unpersönlicher hier in der Großstadt ...

Aufregend melodisch, dieses weibliche Timbre aus dem Lautsprechergitter.

Zeitrelativität. Vergangenes wird wieder zu spürbarer Gegenwart ... Wie sie danebensaß, den Streifenschal über der Mantelschulter. Ihr Blick auf dem Armaturenbrett, mit der Andacht, die einer Kathedrale würdig wäre.

Perfektion, Eleganz, Prestige. So hieß doch der Slogan auf dem Vierfarbenprospekt der General Motors.

... sag mal, Christiane! Ist das 'n Erbstück von Mami oder Papi ... dieses putzige Schönheitsfleckerl da unterm Ohr?

Seltsam fremd klingt die eigene Stimme vom Band. So knatschig ...

Ein bißchen ratlos duldet sie die fremden Fingerspitzen, die das Muttermal zärtlich umkreisen ... dort wo die Blondsträhne aus dem Strickmützchen fließt.

Hinter dem wortlosen Bandrauschen ist sie noch spürbar, die Verlegenheit, die sich über das sanfte Mädchenprofil hauchte.

Dagmars Dior-Sonnenbrille rutschte in den Kurven immer wieder quer übers Armaturenbrett.

Hinter der kleinen Lautsprecherwabe haben sich die Nebengeräusche beruhigt.

Der Wagen rollte wohl in diesem Augenblick über die glatte Ringstraße.

Das eigene bronchitische Hüsteln war eben mal ganz deutlich im Vordergrund.

Da waren mal Tennisplätze . . . dort drüben, wo das neue IBM-Building steht. Ein gigantischer Kasten aus Stahl und Glas! Neondurchflutet . . .

. . . macht die Dynamik der schaffenden Menschen durchsichtig . . . Das duale Außen und Innen verbindet sich zur Ganzheit. Der Zweck wird zum Ornament.

Schlechthin ein Symbol der Vierten Dimension . . . dieser gläserne Würfel!

Immer wieder war er spürbar, ihr taxierender Blick auf der geäderten Hand am Steuer. Auf dem maskulinen Murmelpelz. Den angegrauten Schläfen.

. . . hm, 'n bißchen schwierig zu verstehen, zugegeben . . . Vielleicht so . . .? Einfach mal den Kontrast nehmen!

Das dreidimensionale Bauwerk von gestern beispielsweise . . . Dicke Mauern, ornamentale Repräsentation. Schwere Vorhänge. Massives Portal . . . Eisenzaun mit geschärften Spitzen. Privatbesitz!

Bissige Hunde! Abstand gebietender Dualismus. Ausdruck substanzbetonten Denkens . . . eines epochalen Bewußtseins. Eines Weltbildes, das mal . . .

Ein Rollen und Dröhnen verschluckt die Worte.

War ja auch blödsinnig weit hinten im Auto gelagert, das Mikrofon! Und dann auch noch die Mappe drüber . . .

Wahrscheinlich einer dieser Essotanker von der Autobahn rüber . . . die einen ewig nicht vorlassen.

Oder schon die Tram?

Jetzt formen sich wieder Worte durch den abklingenden Lärm.

... Carolyn Schmerzen? Nein, nicht schlimm ... war beim Zahnarzt bloß noch 'n 16-Uhr -Termin frei ... Macht dir hoffentlich nichts aus, daß wir dich mit einspannen für die Stadtbesorgungen ... doch, schätzen wir sehr an dir, diese Hilfsbereitschaft ...

Ouh ... Was machen Sie denn da ... Nein, bitte nicht, iiiih ...!

A ja, auf dem Königlichen Platz war das ... Die bulligen 8x18 Goodyear tanzten unter übermütigen Gasstößen Slalom auf dem Glatteis.

Ihre zerbrechlichen Hände suchten Halt an Griffen und Leisten ... Aus dem Recorder das kehlig unsichere Mädchenlachen ...

Am Obeliskring schleusten wir in den Cityverkehr ein.

Durch all die akustischen Start- und Schaltgeräusche ist ihre Nähe gegenwärtig. Zeitlose Madonna im Dufflecoat.

Neonfarben schimmerten durch die Dämmerung.

Es plante und kalkulierte durch den Kopf ... Die Opernhaustiefgarage sollte sich nach Routineerfahrungen nicht schlecht eignen für 'ne Attacke.

Diese Mädchenhand auf dem Lederpolster ... War nicht schwer vorstellbar, wie sie sich auf der eigenen Haut anfühlen könnte ... Zärtlich. Neugierig. Verspielt.

Da ist sie wieder, die Mädchenstimme.

... diese Durchsichtigkeit, sagten Sie, hat also dem Würfel eine neue Dimension nach innen gewonnen. Bloß, wie äußert sich eigentlich so was in unserem grauen Alltag?

Wie ...? Erstmals hat die Kunst vorausahnend den Gegenstand durchsichtig gemacht. Strukturen dahinter angedeutet. Raumzeithaftes versucht zu überwinden ...

Interessierte sie so was eigentlich wirklich? Oder war das nur taktische Ablenkung von Annäherungsversuchen ...

... na ja, und derselbe Prozeß hat auf unseren Alltag übergegriffen. Unser Denken und Handeln stetig umformend. Wie ...?

Du brauchst beispielsweise deinen Spargel nicht mehr artistisch über die Gabel zu balancieren ... Knigge Ade!

Zur Sinnlosigkeit erstarrte dreidimensionale Formen öffnen sich.

In der Rechtsprechung beispielsweise ... Der erstarrte Paragraph ist durchsichtig geworden im Auge der Relativität.

Oder die Religion? Sie löst sich vom gegenständlichen Bild. Vom Dogma.

Da wo Starres dynamisch und relativ wird ... Dualismen sich zur Ganzheit runden, da offenbart sich die *Vierte Dimension!*

Genaugenommen ist das Neue eigentlich längst geschehen. Unser Bewußtsein muß es erst mühsam nachholen ...

Was ist da für eine fremde Stimme dazwischen?

A ja ... das Autoradio wurde angeknipst. Nachrichten. Störgefechte im Nahostraum ...

Und plötzlich darüber hinweg explodierend unser beider Lachen. Duett der Beschwingtheit ...

Klar, da war doch dieser Kauz am Fußgängerstreifen, an den wir so knapp ranbremsten ... meckerte und meckerte.

Die übertriebene Grandezza versöhnender Handbewegungen reizte ihn anscheinend bloß ... Immer wieder blieb er stehen, drohte dualistisch mit dem Regenschirm rüber. Herüber aus tiefer Vergangenheit des Daseinskampfes. Auge um Auge ...

Jetzt Klaviermusik ... Gefiltert durch den Verkehrslärm.

... läßt er dich nicht mal 'n bißchen probieren am Steuer, dein Paps ... so, Angst hat er um sein heißgeliebtes Blech ...? Und trotzdem, mit achtzehn willst du die schwerste Prüfung deines Lebens bestehen?

Allerhöchste Zeit, mit einem kleinen Exercise zu beginnen, findest du nicht?

Paß auf ... Drive ... Neutral ... Bei Reverse die Arretierung mit Vorsicht lösen! Auch bei Park ... Sonst gibt's Getriebesalat.

Am Odeonsplatz war das? An der roten Ampel ...

... o. k. Du übernimmst den Schaltbügel? Das Steuerrad verbleibt dem Käpt'n.

Gelb!

Nein, das kann ich nicht ... im Ernst, lassen Sie mich aus dem Spiel!

Grün ...!

... na los, mein Kleines ... zwanzig Autos hinter uns warten auf deine Schaltkünste. Solltest die Geduld von denen nicht zu sehr strapazieren!

Selbstsicher die eigene Stimme. Dutzendmal erprobt den Trick.

Eine Hupe meldet sich aus dem blockierten Verkehr ... dann noch eine. Kadenzen. Bedrohliche Dissonanzen trompeteten ins Mikrofon.

Hektisch manipulierte sie am Bügel. Haarsträhnen im Gesicht ... Tun Sie schon endlich was dagegen!

Erlösend fast kam die helfende Hand, die sich schützend über ihre legte ... einrasten half. Na also!

Ein heller Seufzer der Erleichterung aus dem Waffelgitter ...

Die Mädchenhand blieb umschlossen ... widerstandslos.

Könnte Debussy sein, dieses gläserne jeux perle aus UKW 1. Nahtlose Klänge. Schwerelos ...

Als wäre es rauszuspüren aus der Tonbandkonserve, unser beglückendes Emporschwingen über den Großstadtalltag ...

Rücklauftaste. Ein Stück zurückspulen ... Die Wange ans kühle Plastikgehäuse gepreßt. Noch mal zurückholen die süße Dichte dieser Sekunden ... Gegenwart und Vergangenheit zur Ganzheit eingeschmolzen.

Noch mal und noch mal abspielen diesen kostbaren kleinen Streifen Magnetband.

Spürbar verbraucht sich das Wunder . . . verflüchtigt sich. Verblaßt zur Tonkulisse.

Die beiden Bandspulen eiern unbeirrt weiter hinter dem Plastikfenster.

* *
*

Hotel Zürserhof . . .? Da ist sie ja endlich gekommen mit der Post . . . die Reservierungsbestätigung!

Carolyn muß mal wieder raus aus diesem dauernden Aufgabenstreß . . . Die Arbeiter haben ihre Vierzigstundenwoche, die Schulkinder sind noch bei sechzig!

Hoffentlich wird's nicht wieder so 'n tropfnasser Haxenbrecherschnee wie in den letzten Osterferien . . . Die Buben bolzen nämlich ganz schön drauf los!

Warum denn nicht . . .? Ach fahr doch wieder mal mit, Dagmar . . . War doch immer 'n Riesenspaß, wir alle zusammen . . .

* *
*

Himmlisch wär' das, Christiane . . . So einen ganzen Sommer lang wir beide allein durchs Mittelmeer kreuzen . . .

* *
*

. . . sicher, das war Iris . . . wer sonst! Mitten im Seidenvelours 'n Zigarettenloch . . .

Rechts und links müßte man ihr eine kleben . . . diesem Biest.

Letztes Mal war's eines von den Muranogläsern . . . Soo knapp an die Tischkante gestellt . . . aus purstem Phlegma.

Und dann gelassen zuschauen, wie sich andere nach den Scherben bükken!

Glaubst du, die käme je auf die Idee, mal ihren Teller abzuspülen, wie Christiane . . .?

Ihre Hitparade läßt sie durchs Haus dröhnen . . . bis sich Baerens mal beschweren.

Glaub mir . . . alle Übel unserer Gegenwart haben ihre Ursache in der antiautoritären Erziehung!

Ansprüche ohne Leistung. Selbstüberschätzung. Egozentrische Gefühllosigkeit. Hm . . . klingt übertrieben . . .? Sicher hast du recht, Dagmar. Immer wieder kommt man in Versuchung, in Dualismen zu denken. Autoritär-antiautoritär. Schließlich pendelt die Wahrheit irgendwo dazwischen . . .

Was übrigens langsam problematisch wird . . . Carolyn langweilt sich mit Iris. Liegen wohl auf verschiedener Wellenlänge? Und von Iris in Englisch unterrichtet zu werden findet sie absurd – umgekehrt wäre es notwendiger . . .

Überhaupt ist Carolyn so 'n bißchen ruppig geworden . . . so was wie Eifersucht, meinst du . . .?

Und wenn schon . . . vielleicht sollte man ganz ehrlich mit ihr reden, um was es geht . . . um die Story!

Hat ihr ja auch einen Riesenspaß gemacht zu assistieren, als wir beim Kickern die getarnten Filmaufnahmen von Christiane machten . . . aus der durchlöcherten Papiertüte mit dem Verlängerungskabel . . .

Immerhin ein Lichtblick, das kleine Agreement mit Iris . . . Sie bleibt abends lieber noch ein bißchen fernsehen und ratschen, wenn sie dafür heimgefahren wird.

Aber was nützt das schon, wenn sie sich dann stundenlang ans Telefon hängt und mit ihren Boys rumschäkert.

Da draußen bei ihr im Osten, das sind vielleicht vergammelte Wohnmaschinen . . . direkt in der Flugschneise! Das eigene Wort versteht man da nicht . . . Und ihre Wäsche können sie nicht mal 'ne Stunde raushängen . . . dann ist sie schwarz.

Letztes Mal kam sie doch tatsächlich mit dem Taxi an vom Büro . . . Tram und Bus findet sie zum Kotzen.

Immer noch bleibt es ihre schärfste Abwehrwaffe, dieses Gepappel von Jugendschutz und so . . . Sie spürt direkt die Angst . . . kostet sie sadistisch aus.

War doch irgendwie 'ne Fehlspekulation, diese Besetzung . . . Wenn das bloß nicht ins Auge geht! Stofflich wäre sie zwar keine üble Ergänzung . . .

Jedenfalls, die kleinen Extrascheinchen . . . die läßt sie sich zustecken. Mit 'ner Herablassung, als wär's Klopapier . . .

Wie wär's eigentlich, diese Göre mal so richtig zappeln zu lassen? Einfach abtelefonieren paar mal . . .

Soll sie sehen, wie sie auf ihren Samtanzug weiterspart . . .

Idiotisch . . . Und da balanciert man über die hauchdünne Eisdecke vom Pagodensee . . . bloß für ein bißchen Anerkennung aus ihren Kälbchenaugen.

* *
*

. . . 'n Astloch in der Bretterwand, vielleicht so groß wie Schokomints.

Das Auge dahinter, das in Intimitäten dringen will, was Unheimliches. Fast Magisches . . .

So was geht unter die Haut. Allergisch. Oder auch . . .

Nadja . . . fummelte an ihrem Rocksaum, zog einen imaginären Faden aus dem Jersey, um den da drüben scharf zu machen.

Hob das sommerliche Plissee, bis es rosa aufblitzte . . .

Ein bißchen verklemmt noch alles . . . Zwischen den Pfählen unten plätscherte gleichmäßig rhythmisch das Spiel der Wellen.

Ich . . . in die Kabinenecke gekrümmt, registriere fast nichts durch meine Bretterritze . . . Für Sekundenbruchteile mal ein Stück schütteres, schwitzendes Haar . . . einen narbigen Nackenmuskel. Dann wieder nichts . . . Jetzt ein Streifen schmutziggrauer Hosenträger. Formzertrümmerung . . .

Der Typ da drüben sollte natürlich denken, Nadja sei allein in der Kabine.

Zögernd begann sie den Cottonjersey über dem glasigen Playtex aufzuknöpfen. Und das Oberteil mit einem entschlossenen Ruck über das vornüberflirrende Kastanienhaar zu ziehen.

Sie kennt den Effekt ihrer exhibitionistischen Birnenditten, die bei jeder Bewegung mitwippen. Mit denen sie jede Menge Selbstbestätigung verbuchen konnte, während ihr Mann in den Rheinlandbezirken patentierte Kunstharzzahnräder verklopfte.

... entschuldige die Unterbrechung, Kleines! Reichst du mir mal 'n Schluck Gin Tonic rüber? Man kriegt so 'ne trockene Kehle vom Vorlesen ... Nadja? Ob's die gegeben hat? Klar, 'ne Schulfreundin von Dagmar. Aber sicher ... alles hundertprozentige Wahrheit! Bei Nadja war's Langeweile, Leere, Neugier ... Für mich die Jagd nach der Beute »Stoff« ... also weiter!

Noch bißchen lustlos offerierte Nadja ihre Reize ... Hab' sie wieder mal zu plötzlich aus ihrer Strandliege aufgescheucht ... schnell, schnell!

Außerdem war es letztes Mal schiefgegangen im Luzerner Strandbad ... Trotz Planung und dutzendmal durchgeträumt.

Also ... Nadja nimmt ihren Lackgürtel ab ... schielt verstohlen zur Bretterwand. Immer wieder prallt sie ab an dem starren Auge, das dieses Astloch reglos füllt.

Aufregend, dieses Anonyme ... Der Gegenstand, die Substanz ist ausgespart. Spielraum für Phantasie.

Sie hat Mühe, ein aufgeregtes Schmunzeln zu verbeißen.

Der Reißverschluß schnurrt seitlich an ihrem Rock runter. Aus meiner Ecke das Regiezeichen: moderato espressivo.

Aufregend wie 'ne Orgie! Wieso eigentlich ... sah sie doch dutzendmal beim Auskleiden.

Nicht die körperliche Substanz ist es ... sondern die Beziehung der Dinge zueinander. Struktur!

Unter dem Stretchgewebe zeichnet sich jede Buchtung ab, jeder Schatten ...

Ihr Mann steht wohl auf diesen bourgeoisen Benger Ribana mit Bein und Elasticrand, den ich im ersten Manuskriptentwurf glaubte umfälschen zu müssen in so ein klischiertes, glasig dreieckiges Fastnichts ...

An die Bretter gepreßt, sehe ich durch diese gottverdammt schmale Ritze einen sehnigen Ellenbogen mit aufgekrempeltem Hemd. Und jetzt ... für einen Sekundenbruchteil, von der Spalte kubistisch zerschnitten, dieses hektische Profil. Reglos saugt er sich optisch an sein voyeuristisches Objekt.

Weiß doch, was sie alle suchen zwischen den Wechselkabinen. Schuldgefühle abstrahlend ...

Ein Volkssport wird das langsam an schwülen Sommertagen ... Und der nächste rüttelt schon an der Tür.

Boys, deren pubertäre Neugier nach prallgefüllten Damenschlüpfern schielt.

Lustgreise, die kleinen Schulmädis durch Ritzen und Löcher Aufklärungslektionen erteilen.

Gourmants, die der Plumpheit der Realität ausweichen.

Verklemmte. Verdrängte. Verspielte. Unerfüllte.

Orgasmen, in die man nicht Zeit und nicht Geld investiert. Accelerando ...

Warum schreibt eigentlich niemand darüber ... Das ist wohl noch nicht vorrätig in der Klischeekiste?

... mal unterbrechen, Kleines ... Würdest du mal das große Licht ausknipsen, es blendet beim Lesen ... Was findest du verwirrend? Ah, die expressionistischen Optiken ... Ja, es wird nicht länger zu übersehen sein, daß sich mit dem Sex der Kunst ein neues Feld öffnet für stilistisches und sensibles Darstellungsempfinden. Kann doch nicht alles mit Schund und Porno in einen Topf geworfen werden ... Hm, weiterlesen? Na, ich warne dich, es kommt noch ziemlich frech!

Halb ausgezogen stand sie da, Nadja. Unentschlossen weiter zu strippen. Noch ist sie nicht angesprungen auf diesen Widerling da drüben ... Bei dem Bübchen im Würmtalbad neulich hat es ihr höllischen Spaß gemacht, alle Facetten der Optik auszuspielen, um die Schülerbegierde hochzukriegen.

Auch G. B. Shaw fand ... die Realität sei nur der Ersatz der Phantasielosen!

Verschämt fummelt und faltet sie mit den Kleidungsstücken vor sich rum. Versteckt sich dahinter?

Blitzschnell reiße ich ihr die Fetzen aus der Hand, lasse sie ratlos dastehen ... Ein Touch von rosiger Kleinmädchenverlegenheit huscht über ihre Wangen.

Wie hypnotisiert schielt sie dorthin zur Öffnung. Sie ist in die Defensive geraten? Fühlt sich verschlungen von der voyeuristischen Gier. Zoom total.

Himmlisch. Ich spiele nun mal gerne mit Seifenblasen.

Abstraktes und Konkretes bleiben gleichwertige Realitäten ... Auch wenn unser Ratiozeitalter nur das Greifbare, Besitzbare zählt.

Eine Welle Chanel 19 zieht sanft durchs stickige Holz.

In meine Ecke gekrümmt, verrenke ich mir fast den Hals bei dem Versuch, durch die schmale Spalte was zu erkennen. Die Knie schmerzen nicht mehr, sind gefühllos geworden.

Unruhe drüben ... Hosenstoff? Ein Streifen verbeult schlaffer Jokkeyunterhose. Spannemann?

Subjektive Phantasie füllt die Lücken zwischen den Fragmenten.

Da fällt mir gerade was ein, Kleines ... Diesen Widerling in der Kabine drüben hatte ich in der ersten Manuskriptfassung retuschiert, verjüngt, klischiert ... Kehrte aber dann reumütig zur Wirklichkeit zurück ... Gedruckt? Nee, verkauft habe ich keine Seite. Mal eingeschickt für einen Kurzgeschichtenwettbewerb eines Magazins. Aber die bourgeoisen Tabus waren damals nicht zu durchbrechen – abgelehnt. Könnte es eigentlich wieder mal versuchen? Na schön, weiter!

Wieder Regieanweisungen aus meiner Ecke . . . Sie soll den da drüben anheizen. Endlich mal rüberglotzen, ihn animieren.

Aber immer wieder prallt sie an dem starren Auge dort ab.

Ihr Schildpattkamm knistert durchs Haar . . . Sie dreht sich attraktiv, schielt zur Öffnung.

Ganz unbewußt kämpfte immer ein Motiv in ihr mit . . . sich freizuboxen von anerzogenen Zwängen und Verklemmungen des elterlichen Beamtenhauses.

Das rosig gestretchte Gewebe, wie es sich um den geteilten massiven Mädchen-Po spannte. Voyeuristische Zielscheibe . . .

Happening des Unvorhersehbaren.

Endlich faßt sie Mut . . . bückt sich, preßt ihr Auge auf die Öffnung. Vermutlich Beachtliches?

Von unten gesehen ist fast unsichtbar die Zellulitis von morgen über ihren Schenkel gehämmert.

Ich kenn'e ihren Gesichtsausdruck mit dem halbgeöffneten Mund hinter der Haarsträhne. Das Sphinxlächeln signalisiert Erfolg . . . Vorgeträumte Vorstellungen beginnen sich zu realisieren.

Sie prallt wieder zurück von den Brettern. Da scheint es wieder rüberzustarren, das Auge . . . diese fordernde anonyme Gier im Astloch.

Sie war wieder dran bei diesem erotischen Pingpong.

Sie streift den BH hoch . . . Ihre Bewegungen befreien sich. Steigt aus dem Slip.

Während sie Kleidungsstücke in den Drahtbügel hängt, bückt sie sich sadistisch nach vorne, bis ihre Ditten animalisch vor der Öffnung runterhängen.

Meine eifersüchtig bewachte Sommerliebe bot ich dem fremden Orgasmus an . . . Masochismus? Was Neues in mir . . . Umpolung?

Jetzt dreht sie sich, bückt sich über die Badetasche, wühlt nach imaginärem Kram . . . die Beine von hinten auseinandergestellt.

Brutal, dieser hypnotische Hingabezwang. Wie sie die anonyme Begierde auf ihrer Haut kribbeln läßt. Bestimmung.

Gepreßter, rauher Atem von drüben. Gestammle. Infizierend ...

Durch die Ritze wird eine verschlampte Hose sichtbar, die zwischen knorrigen Knien hängt. Ein Chronometer am derben Handgelenk in rhythmischer Bewegung. Ein baumelnder Hosenträger ... alles von der Spalte geometrisch zerschnitten.

Expressionistische Faszination. Dynamischer als in jeder Kunstgalerie.

Immer wenn ein Boot draußen vorbeituckert, beschleunigt sich das rhythmische Wellenspiel.

Rück doch 'n bißchen näher ran, Kleines! Kannst mit reinschauen ins Manuskript, stilistisch nicht uninteressant ... Was? Ob Nadja sich als Modell mißbraucht fühlte? Überhaupt nicht. Sie sagte mal ... ihre Hochzeitsnacht mit sämtlichen Flitterwochen zusammen war nicht halb so aufregend wie unsere Sommerspiele ... Nein, nein, nicht mehr unterbrechen!

Nadja bestreichelt Hüfte und Bauch mit dem Piz Buin, das ich rüberreichte ... Tiefer, tiefer!!

Die drängenden Regieanweisungen, die beschwörenden Blicke ignoriert sie mit wegwerfender Handbewegung ... sie wünscht mich wohl zum Teufel?

Ich ... dieses zusammengekrümmte Bündel Lust da unten, spüre ihre Verachtung. Hab' mich meilenweit entfernt von dem Libidoklischee Supermann ... das sie alle von Kindheit an mit dem Lebertran schlukken.

Ihre kreisenden Bewegungen streicheln immer tiefer um den braunen Bauch mit der blassen Blinddarmnarbe. Ihre Augen stetig in den Sog des Astlochs gezogen ... nach diesem faszinierenden Objekt, das Zentimeter für Zentimeter ihre Begehrenswertigkeit bestätigt?

Fummeln, fummeln! Deuten die Regiesignale an ... Ein allergischer Blick straft rüber.

Bin out!

Nicht mehr mit einbezogen in diesen kommunikativen Strom, der sich durch die kleine Öffnung zwängt.

Das Abstrakte drängt zum Konkreten ... zur Realität.

Würde sie ihn jetzt rüberlassen, wenn sie allein wäre?

Plötzlich ... Wir erschraken fast, beide. Ein Finger kroch durchs Astloch!

Presto! Ich versuche, die Unschlüssige hinzuschieben, bis ihre Haut sich Zentimeter für Zentimeter der lockenden Fingerspitze nähert.

Sie zögert ... Schon zuviel Realität? Zerreißt er ihr subjektives Phantasiegespinst, dieser sich krümmende Finger, der schon elektrisierend ihre Haarspitzen berührt?

Was ist? Sie stemmt sich gegen den stetigen Druck von hinten ... Prallt plötzlich angeekelt zurück vor dem schwarzgeränderten Fingernagel, der langsam die Geduld verliert.

Ohne jede Logik ... fast hysterisch preßt sie den zusammengeknüllten Bademantel verkrampft gegen die Bretter ... Als wolle sie den Kommunikationsstrom durch das Loch ersticken, abhacken.

Die Wellen spülten ihren gleichförmigen Rhythmus an die Kabinenpfähle.

Irgendwann fiel drüben hart die Kabinentür ins Schloß.

Leere dehnte sich zwischen uns.
Unerträglich die Schwüle im stickigen Holz ...

* *
*

... wird allmählich selbstmörderisch, unser dualistisches Weltbild! Dieses erstarrte *Entweder-Oder* ... Dualismen.

Wahr-Falsch ... die Wahrheit liegt dazwischen in steter Bewegung ...

Schwarz-Weiß ... Rassenhaß, ist das etwa nicht teilendes Denken?

Dualismus-Ganzheitsdenken . . . Mit Platon kam das dualistische Denken, das positiv zu abendländischer Kultur, zu Zivilisation und Wissenschaften führte. Ein Denken in Gegensätzen . . . das die Dinge teilt, herausspaltet aus ihrer Ganzheit. Sich nun negativ übersteigert!

Nordpol-Südpol . . . sind doch auch keine Dualismen. Pole, die durch Kugelganzheit miteinander verbunden sind.

Plus-Minus . . . die Pole schließen den Stromkreis.

Bewußtsein-Unterbewußtsein . . . beides kompensatorisch verbunden als Ganzheit.

Mann-Frau . . . 'ne Serie Hormoninjektionen kann das Geschlecht umwandeln.

. . . an ein Jenseits glauben? Dualistischer Quatsch.

Diesseits-Jenseits . . . ein ganzheitlich umfassender Kreislauf.

Gott-Mensch . . . Dreidimensional gesehen hat Gott einen langen Bart und seine Adresse ist der Himmel . . . Vierdimensional empfunden ist Gott in jedem Grashalm, in jeder Zelle, jedem Atom . . . Wir nehmen sein Wirken wahr in den Strukturen, die uns durchsichtig werden.

* *
*

In der Eßnische unter dem Wappenfragment würdevoll plaziert. Zwischen den beiden übermütigen Töchtern.

. . . noch ein Stückchen Apple-pie, Frau Peinelt? Oder vielleicht noch etwas von dem Teegebäck?

Der Salzburger Hut steif über dem besonnenen Gesicht. Nur der Mund bewegt sich, formt gemessene Sätze.

. . . von alter Offiziersfamilie aus dem Litauischen . . . Gutsbesitz. Zurückgelassen alles, alles . . . Flüchtlingstreck. Und wir Kinder auf dem Pferdekarren. Lagerbaracken. Kartoffeln. Kartoffeln . . . Aufgewachsen zwischen Bombentrichtern und Schuttbergen . . .

Christiane gießt den Tee nach . . . mit verhaltenem Schmunzeln. Danke! Diese siebzehnjährige Nähe ist fast schmerzhaft körperlich spürbar.

Nicht leicht, diesen Mädchenaugen distinguiert ausweichen zu müssen ... So 'ner Mutti entgeht doch gar nichts.

Durch dies verrückte Cacharel Superslimshirt hindurch fühlt man sich geröntgt von diesen grauen Augen.

... In Murnau zwölf Jahre gelebt, so ...? Und ob ich das kenne, Frau Peinelt ... das lag doch auf meiner Reiseroute. Zwei Tage pro Woche von Kunde zu Kunde. An heißen Sommertagen pflichtbewußt vorbei an den Staffelseebädern ... immer den väterlichen Schreibtisch vor Augen ... Punkt acht morgens hatten die Verkaufsergebnisse numeriert genau dort vorzuliegen.

Das Brotkügelchen, das über die Tischplatte rüberrollt ... diskret übersehen.

... aber sicher, schon mit vierzehn ganz unten als Lehrling angefangen ... sogar scheußlich weit unten, im Kellerlager. Erdkabel abgemessen, Unmengen von Kilometern. Das teerige Zeug war nicht mehr wegzukriegen von Händen und Gesicht.

Christiane hält die Zuckerdose einen Augenblick hoch. Die Mami richtet ihr den verdrehten Gürtel am schlanken Popelinanzug mit dem grausig verschnittenen Po.

Hinter dem Salzburger Hut stehlen sich unsere Augen zueinander. Um den Teenagermund Unmengen sensibler Grübchen ...

Dieses geschwungene Schnütchen ansaugen ... einsaugen. Lutschen wie ein Bonbon ...

... klar, besonders interessant war in der väterlichen Firma die kaufmännische Spezialausbildung mit Eimer und Besen ... Paar Sommer lang das Tageslicht nur zu sehen bekommen, wenn die Arbeiter ihren kleinen Spezialisten raufschickten um den heißen Leberkäs.

Almuts feste, vierzehnjährige Knie pendeln gelangweilt durch die Wohnküche. Sie fummelt interessiert an dem rostigen Bauernschloß, das auf die Glastür montiert ist.

... zu schade. Meine Frau war richtig neugierig, Sie kennenzulernen, Frau Peinelt ... aber mittags wurde sie telefonisch abberufen von ihrer Werbeagentur.

Tauwetter draußen tropft in das Schweigen.

... diese Gewölbebögen, da? Nein, nein ... das alles war nicht ursprünglich hier ... Zwar äußerlich ein historischer Bau geblieben, dieses Kavaliershaus, aber innen neu umgebaut ... zwei Apartments.

Almut holte sich Carolyns Jumping-ball. Ihr Karoröckchen improvisiert ein aufregendes Spiel mit Variationen ...

... unzählige Wurmlöcher, ja. War mal 'n Tennebalken, ganz abgerundet da vorne ... dreihundert Jahre Heu drübergeschoben.

Alles Holz hier wurde mal beim Abbruch eines Berghofes zusammengekauft. Es reichte auch für unser Sommerhaus draußen am Starnberger See ... War damals 'ne ganze Woche oben in den Miesbacher Bergen. Von Milch und Käse gelebt ...

Gespeichert in irgendeiner Erinnerungsritze der Großhirnrinde, werden sie für Zehntelsekunden wieder lebendig, die glücklichen Tage mit Dagmar da oben. Die hohen Bauernbetten, die Wälder ... Unsere Stierkämpfe mit den Kühen.

Tatsächlich? Jahre haben Sie gebaut und gesammelt an Ihrem Zuhause, beneidenswert ...! Wenn ich da an das Nomadendasein unserer Nachbarn denke ... Scherkamps mit ihren verstellbaren Innenwänden ... den Fertigmahlzeiten aus dem Pappgeschirr. Leihmöbel, Leihwagen. In zwei Jahren viermal umgezogen ... arbeitet im technischen Team einer Baumaschinenfabrik.

Schau mal, Mami, die hübschen Fayencen da oben. Aus Brüssel, ja ...? Brüssel ... Wenn sie wüßte, daß das vor zweiundzwanzig Jahren war ... mit Traudl.

Und die uralte Kaffeemühle da ... ganz verdellt! Darf ich ...? Sie räkelt sich kokett rauf zur Herdkutte ... Dieses wohlbehütete Kind auf der Abschußliste ... wahrlich keine unangenehme Autorenpflicht.

Die Erwartungen sind unbestreitbar um einen Quantensprung nähergerückt.

Was meinst du ... Carolyn? Ja, wo steckt eigentlich Carolyn ... Immer diese Scheu bei ihr, wenn neue Gesichter auftauchen! Verschwindet einfach in ihr Zimmer.

Ja, schau mal nach ihr, Christiane . . . Klar kannst du mitgehen, Almut!

Dämmrige Stille bleibt zurück. Besser kein Licht machen . . . Unausgesprochen schwingt im Raum, was dieser Frauenmund verschweigt . . .

Bißchen lächerlich, so vor ihr dazustehen in den jung geschnittenen Samtjeans mit Nietengürtel.

. . . bitte? Ja, ziemlich quecksilbrig, meine Almut . . . langsam ein Problem. Jeden Tag möchte sie neuerdings in diesen Jugendclub rennen . . . Bin für Disziplin. Christiane hat doch gerne mal gelesen, musiziert . . . auch viel ernster gearbeitet. Hat Sie Ihnen übrigens gesagt, daß sie demnächst nicht kommen kann . . . Mandeloperation . . .

Und Sie haben auch noch zwei Jungens, hörte ich von Christiane . . . Aus erster Ehe so, so . . . im Internat erzogen? Sicher in diesem Fall wohl das Beste . . .

Gemessen klappern ihre beiden Stöckel über den Ziegelboden.

. . . aha, italienisch? Diese honigfarbene Kredenz . . . Die wackeligen Türchen quietschen beim Öffnen. Alles prall gefüllt mit Meißener Weißblau. Ohhh . . .!

Für Augenblicke ist es hinter den Ringen um Mund und Nase wieder ein Kleinmädchengesicht, in dem niedergewalzte Sehnsüchte aufflakkern. Und wieder abkühlen . . .

Dieses verflixte Ahnen in den resignierten Augen läßt sich nicht beiseite manövrieren . . . Dieses Wissen, daß die Kugel rollt.

Fliesenmuster schwimmen über die Netzhaut. Sekunden tropfen schwer. Kraftlos bis in die letzte Zelle . . . Wenn sie dazwischenpfuscht, ist die Story im Eimer!

. . . noch einen Cointreau, Frau Peinelt . . . wirklich nicht?

Auf dem Hocker liegt Christianes marokkanische Fransentasche.

Oder hätten Sie nach dem süßen Zeug auch Lust auf ein schönes Landgeräuchertes mit Essiggurken?

Die Wortsilben prallen ab im Delfter Blau.

Schielen auf die Uhr . . . Hinter ihrem taillenlosen Gabardinerücken rasch ein Gläschen runtergekippt.

Etwas melancholisch Bitteres kommuniziert aus ihrer Gegenwart . . . Sie sind wieder da, die vergessenen Nachkriegsjahre, die kargen, mühevollen, farblosen.

Die rundliche Frauenhand tastet über die buckeligen Herdsteine . . . Attrappe? Mikrowellen-Konstruktion eingebaut mit Elektronic Automatic? Tastenreihen wie ein Klavier, was?

Unfair ist das alles gegen diese Frau. Ja unfair, aber . . .

Aus dem Kinderzimmer Gepolter und Geschrei . . . Augenblick, Frau Peinclt, werde mal nachsehen, ob alles o. k. ist da drüben . . .

Die Tür ist kaum aufzukriegen. Durch fliegende Kissen und Decken finden sich unsere Augen. Christiane . . .!

Schnell die Nackenrolle von der Couch genommen und rechts und links damit gepeitscht ins Gebalge und Gequietsche.

Alles Lastende lockert sich, löst sich.

Von allen Seiten knallen die Attacken unsanft über den Kopf . . . immer wieder.

Alles wird frei. Leichter, leichter . . .

* *
*

. . . sind isolierende Bimetallbänder eingegossen, und diese ergeben Stromreizungen der umliegenden Nervenbahnen.

Der Phänolitring verhindert den Rückfluß aus den blutgestauten Geweben.

Das Oval muß mit dem Ringverschluß nach oben gerichtet sein.

Der Energizer soll hinter dem Organ mit der Metallplatte am Körper anliegen. Es ist darauf zu achten, daß keine Haare oder Hautteile beim Einklicken des Verschlusses eingeklemmt werden.

Der Ring sitzt bequem, wenn sich der Zeigefinger dazwischenschieben läßt.

Bei Erektion ist das korrekte Anlegen nicht gewährleistet.

Computerbestellnummer 1417893. Englisches Patent. (Umtausch nur in der unbeschädigten Zellophanpackung.)

* *
*

... ah, da sind sie ja, die Werbefotos für diese Frankfurter Lederfirma!

Sind nicht gerade aufregend, Dagmar ... Plumpe Optik. Nicht 'ne Spur von Raffinesse! Keine Dynamik. Keine Transparenz. Einfach dreidimensionales Abbild ... Was hab ich ... 'n 4-D-Koller?

Laß dich bloß nicht von diesen Möchtegernen von Fotografen mit Verträgen festnageln!

Was heißt hier überhaupt 4-D-Koller. Siehst diese Denkkategorie neuerdings als 'ne Art Spleen? Nicht, aber ...?

Ein paar Schritte vor dem Waschbecken greift ihr Arm über den Kopf, zieht mit einem Ruck die Perücke nach hinten ab.

Also mal im Ernst, Dagmar ... empfindest du wirklich das Weltbildthema als Ballast für den Leser ...? Schließlich gibt es doch auch neben der Beschäftigung mit den Teenagern so was wie die Realität einer geistigen Dimension des Autors ...

Dieses Suchen im Gestrüpp der Zeitphilosophien und Ideologien ... Dieses Ringen und Tasten nach einer neuen Denkdimension einfach aussparen ... weglassen? Das wäre Lüge!

Sie klammert die ausgekämmten Haare hoch über dem überlangen Hals.

... verbraucht und erneuert sich doch täglich, unser Denken. Dynamik!

Das erstarrte rationale Weltbild wird zum Negativum ... Quantifizierung. Akzeleration. Menschheitsneurose. H-Bombe.

Sintfluten ... Weltuntergänge ferner Vergangenheit waren vermutlich nichts anderes als unbewältigte Bewußtseinsmutationen.

Umdenken ist eben nun mal das Weltthema Nummer 1 ... Wir leben doch alle im Gestern!

Unsanft läßt sie den Wattebausch mit Abschminkvaseline in die Augenhöhlen gleiten ... Der verkleckste Schminkmantel schiebt sich hinten hoch ...

Heei! So hauchige Slips trägt man im Fotostudio. Ist denn die Klimaanlage überheizt dort ...? Seriös, deine Fotografen, so, so ... Viel zu beschäftigt, um sich für so aufregende Details zu interessieren, aha ...

Wie magisch angezogen gleitet die eigene Hand über die ausgeprägten Hälften ... Auch Lust auf'n Fick ...? Ooch, Kopfweh haste ... versuchen wir's mit 'ner Nackenmassage ... Zu müde?

Na schön ... wird eben noch 'n bißchen weitergefeilt an diesem verflixten Iris-Kapitel.

Der Wasserhahn tutet.

Wie du mit dem hübschen Fransenkleid umgehst, Dagmar, alles am Boden ... runtergerutscht? Sieh mal, da ist was eingerissen unterm Ärmel ...

Was heißt da deine Sache. Mit selbstverdientem Geld gekauft ... ist wohl dein neuester Slogan? Gibst doch dreimal aus, was dir der ganze Fotozauber da einbringt ... Kaufst wohl die Kleider bündelweise in letzter Zeit! Als ob du nicht genau wüßtest, daß für jeden dieser Fetzen in der Firma 'ne Fuhre Ware mühsam verkauft werden muß.

Das glänzende Gesicht im Spiegel ist entzaubert ... farblose Leere ... Zum Verrücktwerden, dieses spröde Cool. Dieser Widerstand, der sich durch das Schweigen spannt ... Elemente, die sich nicht verbinden können.

Für Augenblicke wird er sichtbar im schattenlosen Neon ... dieser winzige Knick auf ihrem Nasenbein. Wo sich letzten Sommer meine angestaute Haßexplosion entlud, brutal für immer einkerbte. Einen Frakturriß im Röntgenbild hinterließ.

Etwas wie Gewissen zieht sich da drinnen zusammen bis in die Kapillaren.

Nein ... sie läßt sich nicht ändern. Auch nicht mit Gewalt.

Du ... wenn die Story mal auf den Bestsellerlisten rangiert, wartet auf uns beide 'ne neue Aufgabe ... Zusammenfinden auf eine gemeinsame Spur ... wir beide.

Ihre Bademütze fühlt sich an der Wange kühl und stachlig an.

Kleines ... man muß dankbar sein für Kritik. Aber du hast mich fast 'n bißchen scheu gemacht, daß du dieses Denken für geistigen Luxus hältst? Das ist nicht wieder mal irgendeine Ideologie ...

Was nützt es schon, raumzeitlose Symbole in Kunstgalerien zu beglotzen, wenn diese Signale nicht auf den Alltag übergreifen ... nicht gelebt werden!

Dagmars Holzpantinen klappern über die verwaschenen Sechskantziegel ... Aus ihrem Knie schlängelt sich die Ader.

Ist es nicht wichtiger, Bildung und Philosophie zu sozialisieren ... statt eine unersättliche, geistlose Masse mit Konsum vollzustopfen?

Sie drückt aus der Plastikflasche paar giftgrüne Spritzer in die Wanne.

Man sollte dem Leser helfen, ein neues Sehorgan zu entwickeln ... durch die Oberfläche hindurch Strukturen wahrzunehmen.

Aus dem goldenen Delphinmaul prasselt ein breiter Wasserbogen in die Wanne.

Aufquellende Schaumgebilde ballen sich und zergehen ...

* *
*

Strahlenbündel in Rosa ... Violett. Weiß.

Exotische Blütenkelche gerüscht und plissiert, verströmen ihre Düfte ineinander.

Die Registrierkasse klingelt wieder.

Wie ein Filmstreifen rollt der permanente Großstadtverkehr durchs Schaufensterrechteck.

Selbst ganz in Träume versponnen am Stehpult, den Schreibstift in der Hand. Die steifkalten Finger stecken die Grußkarte in das pralle Bukett.

. . . möglichst bitte vor neun Uhr abliefern . . .! Zustellung an Christiane Peinelt, Klinik Josefinum, Zi. 212.

Nach der Operation werden sie über ihrem Bett sein, die bunten Fresien. Uns beide in ihre matten Gedanken hineinlotsen.

* *
*

Kunst ist Weglassen . . .

Den Raum andeuten, nicht ausprägen.

Alles auf den kleinsten Nenner bringen.

* *
*

Carolyns Flötentöne holpern unentschlossen durch den trüben Nachmittag.

* *
*

Kleine Komödie . . .

Oben auf der Bühne verschwimmen Gestalten, Gesten, Vokale, Konsonanten.

Nichts ist da als das süße Spiel um deinen Mund, der das Sehnen spürt durchs Dunkel.

Wie eine Blüte deine Hand, von Rüschen umrandet . . .

Und draußen dann unter den Sternen unsere Schritte im Kies. Christiane . . .

* *
*

. . . wieso nörgelt deine Mutti, Iris?

Stocksauer ist sie, seit sie dem neuen Vize als zweite Sekretärin zugeteilt . . . Mr. Keller vom Stammwerk Milwaukee ist noch nicht mal da und jagt sie schon von einer Nervenkrise in die andere!

Auf Häusersuche bolzt sie in ihrem kleinen Fiat schon wochenlang kreuz und quer. Telefoniert mit Dutzenden Immobilienheinis . . . Es darf nur 'ne Adresse mit gutem Klang sein! Exklusivviertel . . .

Ganze Stöße Maklerfotos hat er schon abgelehnt . . . Aber wieso interessiert Sie das eigentlich . . .?

Mit etlichen Topclubs muß sie jetzt schon verhandeln . . .

Für 'n bayrischen Jachtclub Starnberg müssen zwei Mitglieder als Bürgen rangeschafft werden.

Irgend so einem versnobten Golfclub, auch da draußen, muß der Konzern 'ne Poolheizung stiften, damit Mr. Cesar P. Keller auf die Mitgliederliste kommt.

Routine des Einlebens, genau . . . So was kriegen die eben ganz automatisch, wenn sie 'n dutzendmal umgezogen sind. Gesprengter Raum . . . wieso?

Jetzt stellt sie für ihn gerade 'ne Namensliste der Stadthonoratioren und der hundert wichtigsten Familien zusammen. Wegen Parties und so . . .

Im Umkreis von dreißig Kilometer soll sie nun auch 'n Fischwasser organisieren und . . .

Heei . . . zupfen Sie mir nicht die Jeansnieten da raus!

* *
*

. . . aber wieso toleriert Ihre Frau das alles?

* *
*

... berechnet sich das Architektenhonorar nach der Gebührenordnung GOA für Planung und Bauoberleitung 6,484% aus den Baukosten sowie Außenanlagen und besonderen Betriebseinrichtungen.

Hinzu kommt die Gebühr für örtliche Bauaufsicht, welche 25% des vorgenannten Honorars beträgt sowie ...

* *
*

Dienstage.

Ja ... das gehört jetzt alles zum Dienstag.

Das flackernde Televisionsquadrat durchs nivellierende Halbdunkel.

Die beiden Cola Rum auf dem Bücherbord. Popcorn. Peanutflips. Videokassetten.

Hinter dem Gobelinsessel Carolyns umgekippter Schlittschuhbag.

Der chaotische Stoß Discs.

Die Schreibmaschine mit Carolyns Umweltschutzreferat.

Halbbemalte Ostereier.

Und später dann ... Das sanfte Streicheln, das unermüdliche ... Erst war es nur die zerbrechliche Hand mit dem weißen Sportband, die sie den fremden Lippen überließ ... jedes Knöchelchen. All die zierlichen Buchtungen. Die Narbe. Die blaßgeäderten Flächen bis hinauf zum Oval der rosigen Nägel. Christiane ...

Nun tasten ... kreisen sie schon behutsam, die routinierten Fingerspitzen auf dem körperwarmen Jersey ... Hinweg über unser Agreement.

Bildschirmchen, Bildschirmchen, flimmre, flimmre ...

High Tuesdays ... wär das ein Titel??

Quer über dem abgehefteten Veloursrechteck ... Den Kopf an der Mädchenschulter ... sickern sie ins Dunkel, unsere kleinen Gespräche.

... VON ZEN würde ich gerne mehr verstehen ...

Honda Minibike, ist die nicht süß!

Im Ernst? Ne richtige Haschclique ist aufgeflogen in Stefans Internat...? Versteh ich, daß Sie ihn rausnehmen...

War vielleicht 'n ulkiger Tischpartner bei Paps' Brigadeball...

Carolyns Stirnfransen zackig geschnipselt heute, süß...

Manchmal läßt sie die fremde Hand unter den Pulli kriechen.

Spürbar dynamisch schickt die Thymusdrüse Adrenalinwellen in den Blutstrom.

Immer öfter duldet sie die über die Wangen gehauchten winzigen Küsse.

Dann wieder plötzlich... wie nach irrationalen Gesetzlichkeiten, weicht sie dem Finger aus, der den Schattenriß ihres Profils nachzeichnen will. Kriecht in sich zurück... So was wie Gewissen?

Es gibt wohl jemand?

Vielleicht hat Dagmars gerahmtes Foto dort auf dem Bücherbord sie ernüchtert?

Oder dieses Geräusch draußen im Treppenhaus?

Die sensiblen Schwankungen ununterbrochen ausgleichen wie eine Quecksilberwaage.

Verdammt peinlich war das neulich... Spät abends, den Arm gerade noch schnell von Christianes Schulter gezogen. Da stand plötzlich Carolyn vor uns. Wir hatten sie nicht aufs Klo gehen hören.

Sehr bald später hatte Christiane den Mantel schon übergezogen... Hören Sie, das hat doch alles keinen Sinn!!

Kleines, niemand kann dich aufhalten, wenn du so darüber denkst... Eiskalt gepokert.

Verblüfft saß sie auf der Couchkante. Ratlos. Entmutigt, ausgeliefert kuschelte sie sich in die fremden Arme. Überließ sich selbstbetrügerischem Geflüster.

Du... würd' dich am liebsten nie mehr heimlassen...

Findest du nicht, Kleines . . . eigentlich ist es wie in der Chemie. Manche Elemente verbinden sich, verschmelzen. Andere vermischen sich nur, stoßen sich ab. So was spürt man jedenfalls gleich.

Na ja, die alte Platte seit eh und je!

Und wenn es wieder da ist in den Mädchenaugen, dieses Schräge, Fremde, Forschende . . . Schnell irgendwas tun!

Das Juiceglas mit den Zähnen packen, leerkippen.

Das plüschene Koalabärchen irgendwas Ulkiges tun oder sagen lassen.

Den hübschen Glasperlen-Buckle für ihren Pferdeschwanz auspakken . . . doch bloß 'ne kleine Überraschung!

Und wieder tasten . . . streicheln.

* *
*

. . . man muß nur die Tageszeitung aufschlagen, da purzeln sie schon heraus, die Dualismen!

Linke-Rechte . . . Muß man links stehen, um sozial zu handeln? Radikalismus teilt.

Kapital-Arbeit . . . durch keine Ideologie trennbare Ganzheit.

Freiheit-Unfreiheit . . . Freiheit, 'ne recht wohlklingende Parole! Aber jede neue Freiheit bringt neue Abhängigkeit.

Subjekt-Objekt . . . Mit der Objektbetontheit unseres dreidimensionalen Weltbildes teilen wir die Ganzheit. Tier und Pflanze sind ganzheitlich in die Welt eingeflochten . . . Wir Superegoisten empfinden die Welt als dualistisches *Gegenüber*.

Länge-Breite . . .

Breite-Höhe . . . Genaugenommen müßte unser symbolischer Glaswürfel seine zwar durchsichtigen, aber noch dualistisch gegeneinander gestellten Flächen und Kanten einander zukrümmen. Abrunden . . . zur Kugel? Kugel in dynamischer Drehbewegung . . . Das kapierst du nicht? Ich auch nicht ganz . . .

* *
*

Cheerio . . .!

Scheinwerfer tasten über die Tanzfläche ins bunte Gewoge.

Motorik der Bandrhythmen.

Paillettengeglitzer. Straußenfedern. Chou Chou.

Ballung weiblicher Upperten Reize.

Keine Clownperücken. Keine Pappnasen . . . Prestige! To be in or to be out, that's the question now . . . Jetset-Ball.

Unermüdlich flutet es an den Tischen vorbei. Pralles Lamégewebe. Langbeinige Netzstrümpfe. Silberstaub um kokettierende Augen.

Der Plastikquirler zerdrückt die Nervogastroltablette im hohen Glaskelch. Ihre Magennerven fühlen sich beengt in diesem Glamour . . .

Unsere Augen begegnen sich im blinkenden Eiskübel. Mumm Dry Cabinett.

Rührend deplaziert das kindliche Gesicht unter dem papiernen Dreispitz. Blonde Kotelettspiralen über dem Muttermal. Der selbstgenähte lappige Glanzstoff . . .

Das Schmunzeln in die verzerrte Optik wird immer breiter, bis es rausplatzt.

Cheerio, Christiane . . .!

Das eigene Wort kann man nicht verstehen in diesem Trubel. Der Kohlensäuregischt wühlt sich in den ausgedörrten Schlund.

Mit Schampus vollaufen lassen dieses Baby. Und abschleppen ins Apartment. Wie damals die kleine Doris nach dem Montmartreball.

Eine Luft zum Schneiden ist das! Freymuths drüben . . . Ganz in Puccifarben starten sie satt und behäbig aus ihrer Loge zu 'nem Pflichttänzchen durch den großen Saal des Bayerischen Hofes.

Dierichs hinter der Spiegelsäule. Ihre indiskreten Augen kleben unentwegt an meinem süßen Engel . . . Das gibt Gequatsche . . .! Die Gesichter aus Traudls Zeit, wie unendlich weit sind sie alle gerückt.

Tausendfach verlieren sich die Augen in dieser schillernden Reizflut. Drängendes Fleisch in Lurex gepreßt. Dekolletierte Pogrübchen.

Zum Verrücktwerden aufgeladen heute . . . 'ne asketische Woche lang Chromosomen gespart für mein Baby. Für den Endspurt. Für die Story.

Hallo . . .! James, im Leopardenfell. Nickt rüber zwischen zwei braunen Mädchenarmen.

Und dort ein spiralbemalter Mädchenkörper. Da spült es ihn wieder raus aus dem Gewoge . . . 'ne Klassebiene!

Cheerio, Kleines. Noch mal 'n Schluck . . . das löst die Gefäße.

Das Getöse verschluckt die Worte . . . Die feingezeichneten Lippenspitzen deuten fast geheimnisvoll ein Wort an . . . man kann nichts verstehen. Noch mal . . . ah, PEPIN soll das wohl heißen? Aber nur für heute abend . . .

Alles ist so jung, so sauber hinter der unbeholfenen Schminke . . . Ob sie den Eltern unterschlagen wird, daß Dagmar gar nicht dabei war?

Der alte Ober hetzt plattfüßig durch die Tischreihen . . . schon oft gesehen in all den Jahren, dieses ausgesogene Gesicht.

Zwei Tische links. Der angegraute Texaner starrt wieder ununterbrochen. Lächelt . . .

Hat der etwa schon wieder vor, Christiane auf die Tanzfläche zu schleppen? Und mit seiner PAA-Masche weiter zu beschwatzen . . . sie angeblich als Stewardess unterzubringen. Mein nestwarmes Küken aufspießen . . . das würde ihm ins Programm passen!

Ihre sensiblen Magennerven haben die Gefahr von links registriert . . . Die zwei hellen Augen flehen gequält aus dem braunen Make-up. Na los . . . dem läßt sich zuvorkommen!

Ziemlich gehobenen Gefühls stelzt es sich auf den Plateau-Piratenstiefeln hinter ihr her. Durchschlängeln zwischen den engen Tischen . . . Wir lassen uns reingleiten in den Sog der Tanzfläche.

Rhythmen peitschen ins Gewoge, durchpulsen den konformen Kreislauf.

Erst noch kantige Bewegungen. Dann reißt sie uns mit, die quirlende, schillernde Dynamik.

Immer beschwingter ihre federnden Hopser. Übermütiger unsere Improvisationen.

Communication funkt zurück aus den jungen Augen ... schließt uns in die flutende Ganzheit ein.

Wie eine Messerklinge fühlt er sich an, der Mädchenrücken ... feuchtwarm durch den dünnen Stoff. Schmiegsam willig.

Über uns Dekorationengeglitzer ... Transzendente Folienflora.

Der silbrige Käfig oben in der Kuppel leise schwankend ... schwebend ... schwerelos.

Rotierende Spiegelkugeln versprenkeln ihre Reflexe durch Raum und Zeit ...

* *
*

... den hellen Burberry, den du ihr geschenkt hast, mißhandelt sie wie einen Lumpen. Zwei Lederknöpfe fehlen schon und der Aufhänger ist permanent gerissen ...

Immerhin beruhigend, zwei Eisen im Feuer zu haben ...! Das bißchen Aushungern hat Iris ganz gut getan ... spurt schon viel besser und langsam kommt sogar so was wie Vertrauen auf.

Sie will es ganz genau wissen, wie man Boys becirct ... Wie man sie los wird.

Beim Versteckspielen mit Carolyn neulich ließ sie sich hinter einem Baum väterlich ranpressen ... gar nicht mehr so borstig! Aber immer noch 'ne Portion Ekel um den Mund ... eben doch was Widerliches, so ein dirty old man!

Aber so 'n bißchen sadistischer Spaß ist auch dabei, alles Männliche auf Touren zu bringen ... Sie demonstriert powackelnd die letzten Hits ... Und Radschlagen in der Wiese.

Auf so klebrige kleine Geschichtchen steht sie ungeheuer ... Von der Gemeinschaftssauna. Oder den Schwulereien im Fitnessclub ... Ganz schön neugierig, dieser Milchzahn.

Sag mal, Dagmar, diese Plastiktüte mit den Pornoheften, ist die noch irgendwo im Speicher ...? Weggeworfen, ohh!

Wäre denkbar, daß sie auf so was anspringt. Na ja, vielleicht besser so ... wer kann so 'ner Göre schon trauen ... Ihre Mutti hat ohnehin am Telefon immer so einen seltsam beängstigenden Ton ... wie 'n Strick um den Hals!

Auf deinen Lederlumberjack wäre sie fürchterlich heiß ... Iris! Diese vergammelte Patina findet sie irre. Ganz schön unverschämt, was?

Du ... laß dir doch schnell mal ihr letztes Tonband vorspielen. Lachst dich schief, dieser Jargon ...! Interessiert dich nicht? Na ja, dachte nur ...

Diesen bedrohlichen Nasenflügel, den kennt man ja nach zehn Jahren ...

... von CHRYSLER EUROPE AGENCY ist 'ne Nachricht gekommen ... warte mal ... Wo steckt er denn? Hat jemand den Brief da weggeräumt ...? A, da unter den Zeitungen! Paß auf ...! 4 Wochen Lieferzeit fest bestätigt ...

Engine high potency formula V8 six barrels
Dual hydraulic braking system
Elastometric bumper
Vinyl buckets deluxe champagne white
Rallye wheels 14"×7"
Hydraulic convertible and windows
AM radio ... recorder
Pistol grip shifter
Color 14 ice blue metallic

Freust dich auch so irrsinnig? Wieder offen durch die Gegend bolzen ... Diesmal wir drei. So wünscht sich's Carolyn nämlich ausdrücklich!

Unser letztes Glamourauto vielleicht ... Abschied vom Prestige und Wachstumsdenken? Konsumieren ist nicht mehr Bürgers erste

Pflicht ... Das biologische Gleichgewicht unseres Planeten ist jetzt dran. Der Welthunger. Die Selbstbegnügung ...

Na, wie wär's ... im Juni die Côte d'Azur entlang?

Weißt noch, das kleine Hotel in CAP DEZ ... diese russische Prinzenvilla. Mitten im Platzregen hattest du deinen Schuh verloren ...!

Im Monte Carlo Beachclub die beiden Girls im Strandkorb daneben, die immer rüberschielten ... Richtig geiles Verhältnis war das mit denen ... Haben wir gelacht!

Dagmar reißt den Vierfarben-Autoprospekt von der Nußbaumplatte. He ... das ist doch Harry Felten, klar!

Drückt sich doch überall rein mit seinen Ellenbogen, der Junge ... Ein von unserer Agentur gelegentlich gebuchter Dressman ... doll fotogen! In natura 'ne schauderhafte Type mit Pickelhaut und Toupet ... Nein, der da ist es ... ja, der Blonde am Wagenheck! Mit den beiden Jumbos als Background ...

* *
*

Dachgartenpool mit Gegenstromautomatik. Tennis. Konferenzräume. Schuhputzmaschinen. Grillroom, Austernbar, Taverne, Snack, Diskothek, Boutiquen, alles unter einem Dach. Televisionswand und Bildtelefon in ein paar hundert Apartments ... 'ne Superherberge muß das ja sein ...! Jedes Steak, jeder Martini, alles läuft über Konzernspesen, sagt Birgid.

Da ist man schon ganz happy, überhaupt mit in die Auswahl zu kommen fürs Team ... Wir brauchen weibliche Optik am Messestand ... tönte der Organisationsstab!

Und was sagt Mami dazu? Nee ...! Immer muß sie die Bremse treten. Alles bloß wegen Birgid. Schlechter Einfluß und so ...

Na schön ... mag Birgid 'ne vergammelte Zumpe sein ... Was geht's mich an, wenn sie abends gelegentlich zwei Dates hintereinanderschaltet. Lieber drei glücklich machen als einen unglücklich ... ihr Motto!

Sie kennen dort das Discocenter nicht? Aber Sie waren doch in Brüssel ...

Muß 'n irrer Schuppen sein, was man hört? Gibt dort so was wie 'ne eingebaute Seifenblasen-Automatik, die 'n Schneetreiben über die Tanzfläche pustet. Psychedelische Lichthypnosen. Na, da haben Sie was versäumt...! Quatsch, was heißt da Trommelfellmassage. Ist doch dufte, die harte Brülle...

* *
*

Dann dieser Dienstag...

Mal zurückblättern in den Notizen... also, der 23. April!

Lauer Regen trommelt auf das Fenstersims.

Ihr Vokabelheft ist beiseite gelegt...

Die stoppelige Wange auf eine duftende Strähne Mädchenhaar gebettet... Sanfte Profilschwünge im opalisierenden, irisierenden Televisionsschimmer.

Immer noch bißchen fremd... dieses babyhafte Teenagerfluidum.

Die versteifte Schulter. Die rauhe Wollhüfte... Alles ungewohnt in den tastenden Handflächen. Nicht der vertraute insular pralle Po Dagmars.

Streicheln... sobald der Widerstand 'ne Lücke läßt... Gleiten über poröse Fasern. Über ein Stück samtene Mädchenhaut.

Die Atmosphäre ist geladen mit vibrierender Sensibilität.

Planmäßig... intervallhaft sich hineinarbeiten... hineinstreicheln in die Vertrautheit dieses jungen Körpers.

Doch... macht Spaß, wie das alles kristallisiert, was gestern noch Utopie war.

Unsere Augen kleben auf dem flackernden Bildschirm... Bohrtürme. Kessel. Kabelstränge. Bäume, von Caterpillars niedergequetscht...

Alles verschwimmt bedeutungslos ineinander in diesem sich stets neu formenden Hell und Dunkel.

Nur das knisternde Spannungsfeld der Gefühle...

Immer schlaffer wird der Widerstand gegen die Hand unter dem Faltenrock . . . die sich in bürgerliche Baumwolle wühlt. Erogenes Zellgewebe ertastet, knetet, streichelt, Nervenbahnen weckt . . .

Da plötzlich . . . wie kraftlos kippt ihr Kopf weg, ganz Gefühl . . . Könnte das . . .?

Alarmstimmung. Könnte das eine Art Quantensprung sein?

Ungehindert testet die Hand weiter.

Verschämt vor sich selbst bleibt der Mädchenkopf abgewendet . . . Kleine Zuckungen um den sensiblen Mund. Der Atem . . .

Ist das die Chance?

Ihre Widerstandslosigkeit hat etwas Unerwartetes, Überrumpelndes.

Telebilder zucken, strahlen auf. Fallen zusammen. Verschwimmen auf der Netzhaut.

Jetzt aber handeln . . . reagieren! Funktionieren!

Streicheln . . . weiterfummeln.

Was ist bloß . . .? Wie sanft umklammert von so einer blödsinnigen Bange . . .

Angst? Angst vor dem Fiasko . . .?

Da wäre es nun, das Wunder. Das junge Sehnen . . . die Erwartung.

Vielleicht in Sekunden schon hat sie diese Labilität gespürt.

Lähmendes Nichts . . .

Roboterhaft gepanzerte Gestalten auf dem Bildquadrat . . . Instrumentenwände. Signallichter. Summtöne. Hinter Pleximasken Menschenaugen . . .

Es ist nur noch Nyltex, über das die Hand streicht. Die Chance verreibt . . . verwischt.

Sie richtet sich auf wie aus einem Albtraum.

Entschlossen streicht sie die Haarsträhne aus hektischen Wangen. Wischt es beiseite, dieses dünne Gewebe Zärtlichkeit.

* *
*

Einkommensteuerbescheid an Dr. Leibl zurück.

Internat Quartalsüberweisung.

Benzinquittungen in die Buchhaltung.

Oberbaurat Glückert anrufen!

* *
*

... Sagen Sie mal, wie soll das eigentlich alles weitergehen! Einfach so ... jeden Dienstag ...? Finde alles so entsetzlich sinnlos ...

* *
*

Bebauung nach Baustaffel 9 der Bauordnung. E + 1 + D.

Baukörper	Länge 22 m
	Breite 17,91 m
	Fläche 700 qm
	Höhe 8 m
Umbauter Raum	3600 cbm
Grundstücksgröße	1150 qm
Länge	30 m
Baugrube	3,50–4 m (kein Grundwasser)

* *
*

Das Mädchengesicht hinter der regennassen Taxischeibe entfernt sich weit und weiter ins Dunkel ... Bleischwer winkt die eigene Hand.

Das bißchen Haltung sackt in sich zusammen.

Das Rücklicht dort verliert sich im endlosen roten Lichterband, das permanent von der Autobahn in die City kriecht.

Alles ist wund da drinnen. Aufgeschürft. Übertourt. Als läge die Seele in den Kapillaren.

Out . . .!

Eben war es noch ganz dicht daneben, das Klatschen ihrer grazilen Schritte über die Asphaltpfützen.

. . . doch 'n klarer Fall, daß sie jetzt nicht nach Hause fährt!

Rausgeschoben bis zum letzten Augenblick, dann stotterte es raus aus ihr . . . mit der Hand im Haar.

. . . wäre es möglich . . . würde es Ihnen was ausmachen . . . Sie sind doch diesen Abend ohnehin zu Hause, ja . . .? Dann müßte ich nicht unbedingt wegen Carolyn hier schlafen heute . . .

Ihr Gewissen verkroch sich hinter die Goldregenzweige . . . Zwischenprüfung morgen, früh raus . . . unregelmäßige Verben durchpauken, Lektüre warmlesen . . .

Wo sie sich diese Nacht nun wirklich um die Ohren schlägt, das müßte man wissen! Zu Hause wohl kaum . . . Klar, da steckt was dahinter.

In dem Proteincomputer da oben, diesen 100 Millionen Zellen, tickt es fieberhaft.

Out!

Durchatmen. Alles wie zugeschnürt da drinnen . . . Vielleicht ist es der Smog? Frühjahrsmüdigkeit? Noch ein Stück die Allee entlanggehen am Kanal . . . Sauerstoff.

Christiane . . .

Diese verdammten Teenagerpartys . . . Landgut Euras . . . kennen Sie das zufällig? Liegt wunderschön . . . Pferde. Jagdwaffen in den Gewölben. Spießbraten. Faßbier. Und ein Dutzend nette junge Leute. Ja, ununterbrochen getanzt . . .

So doll, Cris? In jeder Hinsicht?

In jeder Hinsicht!

Wie verdammt schnell sich alles ändern kann.

Zum Vokabeln abfragen ist man noch geduldet! Stundenlang sitzt sie neuerdings über den Schulheften und der Orwell-Lektüre . . . Um Freizeit für andere zu schaffen??

Stundenlang vor ihr auf dem Plüschboden kauern. Zusehen, wie der zerkaute Stift zwischen ihren Zähnen trommelt.

Stundenlang auf die kleinste Bewegung der beiden Perlonknie lauern für ein paar aufregende Zentimeter.

Stundenlang auf prall angesparten Hoden sitzen. Der Sympathikus aktiviert. Hormone und Glykogen peitschen die Sehnsucht hoch.

Können Sie denn nicht vernünftig sein ...? Unser Agreement ist schließlich keine Phrase ... Für mich nicht! Richtig widerliche Augen haben Sie manchmal ...

Sogar die getrockneten Aprikosen lehnte sie ab.

Träge und tintig der Nymphenburger Kanal.

Über die Gartenzäune hinweg strahlt ein blühender Weißdornstrauch in die Dämmerung ... Von lieblichen Düften scheint alles versöhnlich umfangen.

Der Frühling ... So aufregend ist er nicht mehr. Die Multiplizität der Ereignisse erschöpft die Erlebniskraft.

Christiane ... Was steckt bloß hinter diesem Rückschlag?

Vielleicht dieser Einsdreiundneunzig? Zurück von der Marinefunkschule ... Oder Urlaub?

Oder der Student aus Donauwörth ... dieser Pflanzengenetiker, der auf einem Tannenzweig Erbsenschoten und Tomaten reifen lassen möchte ... Kaum, der liegt nicht so ganz auf ihrer Welle.

Möglicherweise in was völlig Neues verknallt?

Oder malt die eigene Phantasie Gespenster?

Kein Wunder, wenn dieses forcierte Drängen nach Sexstoff sie allergisch machte.

Wäre längst alles erledigt, wenn man sich woanders getroffen hätte ... Doch klar, daß im familiären Zuhause die Gewissenskonflikte immer wieder Nährstoff finden. Sie brauchen nun mal die Illusion ...

Dieses verdammte Kribbelgefühl ... zum Wändehochgehen ist das! Die Nervenzellen sind nun mal angeblich die einzigen Zellen des Organismus, die sich nicht erneuern ... Und die haben ganz schön Prügel abgekriegt in diesen Jahrzehnten.

Und obendrein diese Antidepressiva übertouren den Kreislauf, schmeißen das Gleichgewicht ...

Hm ... so ein kollektives infizierendes Geknutsche und Gefummle am verglimmenden Partykamin ... nicht schwer vorstellbar ...! Aber ohne Überzeugung? Dieses Mädchen kaum ...

Letzten Dienstag schon! Seltsam verändert war das alles ... kaum eingetastet das III. Programm, sitzt sie plötzlich auf Distanz im Windsorstuhl.

Irgendwie war es noch ganz komisch, sie aus dem Sessel zu kippen und Meter für Meter in Richtung Couch zu schubsen ... bis ihre Kühle von der Heiterkeit aufgesogen war.

Und heute wieder diese höfliche, entschlossene Distanz. Eine Wende um 180 Grad ...

Die Schottendecke war schon zur Fiaskotarnung bereitgelegt ... Vorher im Bad noch 'n bißchen Sexercise gemacht mit einem dänischen Magazin.

Präzise vorprogrammiert sollte sich das Netz heute endgültig über der Beute zuziehen ... Zum Totlachen, dieser Optimismus!

Sämtliche Gesichtsmuskeln rangen mit der Enttäuschung ... Aber sicher, warum solltest du nicht heimfahren, Kleines ...! Schade, wollten doch noch 'ne Seite im Taoteking ... Wirklich, geht's noch? Dann besorgen wir gleich 'n Taxi, o. k.?

Mit der Verletztheit in der eigenen Stimme kämpfen ... das abgegriffene Leinenbändchen in der Hand.

Dicht daneben der schlanke Mädchenrücken. Hinter der frisch schamponierten Haarsträhne das sanfte Profil. Über den Couchfransen makellose Perlons ... für wen?

Ein Touch von young lady an ihr heute ... Und diese himmlische Nuance Bürgerlichkeit.

Sie wich den gedemütigten Augen aus . . . Ließ die Sehnsucht abprallen an ihrem schmalen Rücken.

Kraftlos spüren, wie das eigene Lächeln erstarrt . . . Machtlos zusehen, wie dieses anmutige Geschöpf minütlich aus der Communication gleitet.

Diesen anonymen Fremdkörper fühlen in unserem ermatteten Kraftfeld . . . Ihr ungeduldiges Atmen . . . Das Schielen nach der Uhr.

. . . doch, bin ganz Ohr. Lesen Sie weiter . . . ja, weiter!

Gelegentlich wandte sie sich forschend um für eine Sekunde, wenn die Leserstimme brüchig wurde . . . Spürte sie dieses Ringen um ein bißchen dünnen Charme?

Ihr Blond über Violett gegossen. Ein Mädchen wie aus Schubertliedern.

Immer wieder das Gesicht in diesen jungen Rücken gepreßt . . . Die kunstvoll gedrehten Korkenzieherlocken wippten verneinend.

Die kleinste Annäherung quittierte sie mit allergischem Seufzer . . . Sie ließ das komprimierte Sehnen nicht eindringen durch die porösen Pullimaschen . . .

Es hat jetzt wieder aufgehört zu nieseln . . . Schwerfällig sackt das eigene Gewicht aufs Brückengeländer.

Der Puls zuckt im Gewebe . . . Sollte es doch mal mit diesem Coronar-Isotopentest versuchen.

Bloß eine einzige Osterwoche mit den Buben beim Skifahren . . . Und schon fällt das Kartenhaus zusammen!

Heute ist 'n Phanodorm fällig. Anders läßt sich dieses Gedankenkarussell nicht abstellen.

Das Schlimme ist . . . man kann einfach nicht anders als dieses Mädchen gernhaben. Liebhaben . . .

Andererseits . . . Was sind schon Gefühlsverdichtungen? Biochemie letzten Endes.

Sich verlieben . . . Da steckt doch auch eine aufdeckbare Struktur dahinter? Als Auslöser Angst . . . Demütigung, Schock oder irgend so was . . .

Kühlen Kopf bewahren! Inmitten dieser sich stets verändernden, subjektiven Vorstellungswelt.

Seltsam . . . heute brachte sie die beiden Bände Queen Anne Möbel und das Teppichbüchlein zurück . . .

Dann das mit dem Samstagjob, hinter dem sie zusätzlich her ist . . .?

Die klammen Finger wühlen nach dem Block in der Tasche. Immer sofort notieren, solche Details! Da an der Laterne . . .

Noch was! Diese Silberkugel an ihrem Handgelenk war neu . . .

So ist das also, professional einen Romanstoff zu leben . . . Energieumwandlung. Seelische Energie in Bestsellerauflagen umwandeln.

Autoreifen peitschen über den schimmernden Asphalt der Nördlichen Auffahrtsallee.

Am Horizont ist eine feuerrote Spalte im Gewölk aufgebrochen.

Carolyn . . . Wieder hatte sie diese hektische Fieberröte um die Backenknochen. Dieses verschleimte Rasseln.

Wahrscheinlich im Botanischen Garten passiert mit Cris . . . Erst rumgetollt wir drei. Dann im Regenwind ausgekühlt unter dieser Hängebuche . . . Die Story fordert langsam ihre Opfer . . .

Und Dagmars Hämmern von unten, wo sie sich ihren neuen Wohnraum ausbaut. Sie will sich separieren . . .? Ein Hämmern, als wolle sie einen Keil zwischen uns beide treiben.

Zu 'ner Quälerei wächst sich das langsam aus, dieses Experiment 17 . . . Es ermüdet.

Womöglich auch den krimigewöhnten Leser . . .?

Das Schreiben von Realität hat auch Schattenseiten . . . Das Leben schreibt nun mal nicht nach Symmetrie und Proportion des Dramas!!

LIVE kann man nicht retuschieren. LIVE befreit sich aus dem klassischen Schema . . . das man uns schon mit dem Schulaufsatz einpaukte.

Ein Jahrhundert lang versucht die Neue Kunst Dogmen, Systeme, Schemen zu durchbrechen ...

Bin verdammt froh, mich für LIVE und gegen den Roman entschieden zu haben!!

Was nun ...? Das mit Christiane läuft verdammt schief ... Möglicherweise die Story umschalten auf Verlierer ... Versager? Demütigung. Resignation. Ausgeschöpfte Energie ... Alles im mikroskopischen Detail.

Die strukturale Wirkungskurve zu diesem Mädchen hat sich verpufft ... den Scheitelpunkt überstiegen.

Alles ausklingen lassen mit der kosmischen, alles umfassenden Zärtlichkeit ... die keine Dualismen kennt. Väterlich verstehen, dieses wundervolle Geschöpf. Das eigene ICH zurückstellen, überwinden ... Die Zeit egoistischer Siege scheint passé ... Die des Gebens kündigt sich an.

Oder vielleicht ersatzweise bei Iris Sex forcieren ...? Liebe ist weitgehend subjektiv. Das Objekt als austauschbar demonstrieren ... Das Risiko mit ihrer Mutti kaltblütig eingehen ...? Der Stoff hätte es jetzt verdammt nötig ...

Aber warum Christiane eigentlich aufgeben ...? Dranbleiben ... weiterkämpfen, auch mit den unfairsten Tricks. Wie bei der kleinen Doris damals ...

Die Fehler der Rivalen geduldig abwarten ... Völlig neue Impulse finden.

Außerdem ... sie wäre nicht die erste, die sich bald mit Begeisterung überzeugen ließe, daß man sehr gut zwei Männer lieben kann.

Sie mit Geld abhängig machen ...? Ihre Bedürfnisse steigern? So was braucht Zeit ...

Oder die Mitleidmasche ...? Doch ja ... waren nicht zu übersehen, ihre anmutig unsicheren Bewegungen, wenn ihr eigener Ton zu schroff geworden war ... Das verlegene Schnüffeln, wenn sie die kleinen Zärtlichkeiten von sich stieß.

Ihr bißchen Gewissen oder Mitleid ... bleibt vielleicht das einzige Kapital.

Was hatten wir da gelesen im Laotse ... auf der ganzen Welt gibt es nichts Weicheres und Schwächeres als das Wasser ... Und doch, wie es aushöhlend dem Harten zusetzt, kommt nichts ihm gleich ...

Sich auflockern. Nichts fordern ... nur geben. Warten, bis man gebraucht wird. Warten ...

Wie sich der Schicksalsfaden auch spinnen mag ... die Wahrheit schreiben.

Alles bleibt offen. Die Zukunft ist latent vorhanden ...

Zwischen diesen mächtigen Alleebäumen rollte schon die bayerisch kurfürstliche Kalesche. Zartes Grün schimmert transparent im Gegenlicht der Neonstäbe.

Da vorne am Wasser haben wir Kinder doch mal Schwäne gefüttert mit Paps. Nach der Scheidung spielte er öfter mit uns. Und lachte ...

Drüben immer noch das gleiche permanente Lichterband zur City ... Mit immer wieder anderen Schicksalen.

Und doch eigentlich ... die immer gleichen gelebten Strukturen.

Das Stechen unterm Brustbein ist wieder da ...

* *
*

... unsere Männer in 3c ...? Männer ist da zuviel gesagt.

Walter ...? Sieht aus wie 'n Glas Milch ... Ja, sitzt an der Teleschreibmaschine ... Das ist vielleicht so 'n Muster ohne Wert ... Der Jüngling quasselt jetzt schon von seiner Pensionsrente im Jahr zwotausendundwasweeßich ...

Ansonsten quatschen sie alle am liebsten von der Gürtellinie abwärts.

Hee! Was wollen Sie denn da mit der Wolldecke ... Oooch, geht das schon wieder los!

Gert Menke beispielsweise, EHS-Fachmann in 4c . . . das is' 'n echter Reißer!

Aus dem wird nie 'n waschechter Konzernhase. Liegt irgendwie schief . . .

Verdammt schlechter Anpasser ist das, meckert der olle Knudsen . . . Schielt nach Lametta, lästern die anderen . . .

Der kann sein Tempo vom freien Markt nicht mehr runtertouren . . . Bei uns läuft nun mal alles durch dutzend Kanäle und Ausschüsse.

Bremsklötze! Paradies für Nieten und Blindgänger . . .! Solche Kritiken hören sie nun mal nicht gerne bei uns.

Wie meinten Sie eben? Ach so, die Füße aufstützen . . . Aha, soll mir's bequem machen . . . so vielleicht? Oder können Sie mir so besser untern Rock gucken, hm . . .?

Menke? Ja, stellen Sie sich vor . . . als die neue Modellserie auf den Markt kam, hat er 'ne Fehlplanung aufgespürt, die angeblich in die Hunderttausende lief . . . Gebohrt und gebohrt . . . Aber niemals wurde ein Verantwortlicher gefunden . . . Bei uns gibt's keine Tiefschläge . . . klärte man ihn auf.

Der olle Knudsen legte ihm die Hand auf die Schulter . . . Hören Sie, mein Junge . . . lassen Sie Dampf ab. Schließlich gibt's ein Preiskartell, das für vernünftige Kalkulationen sorgt. Sollen sich die Wölfe draußen gegenseitig zerfleischen. Bei uns hier gibt's kein ICH . . . nur ein WIR! So steht's ganz vorne im Konzernhandbuch . . .

He! Was ist . . . ich mag das nicht . . . widerlich, wenn Sie so kleine Augen kriegen!

* *
*

Geschafft.

Schleimverklebt baumelt das Ding über den Beckenrand.

Der Wasserstrahl aus dem Golddelphin prasselt unsentimental in die zärtliche Symbiose der Drüsensekrete.

Im Neonspiegel zwei glanzlose Augen. Schlaffe Konturen. Bizarre Haarzotteln, sprayversteift.

Der Mund pelzig und trocken von cineastischen Kußvariationen.

Ein Cola, dann ... Und 'ne Zigarette!

Die heroischen Umarmungen ziehen in sämtlichen Muskelsträngen.

Ausgeleert. Wunschlos. Ziellos. Das Bewußtsein eines Pflastersteins.

Bloß ein Gedanke dämmert dumpf ... Geschafft!

Und ausgerechnet heute wieder mal vergessen, 'ne Bandkassette einzulegen!

Nicht so tragisch ... Haben die Bandaufnahmen den Stoff ohnehin zu sehr in die Breite gewalzt?

Das Gedächtnis ist besser ... konzentriert sich auf die wesentlichen Akzente! Die Erinnerung filtert den Ballast weg ...

Die Seifenfinger gleiten, kneten ins schlaffe organige Gewebe.

Endlich ...! Morgen wird sie eingetragen ins Manuskript, diese aufregendste aller Notizen.

Details? Details fassen, ehe sie sich verflüchtigen ins Raumlose.

Völlig kraftlos Gedanken und Bilder zu kristallisieren ...

Doch. Nicht zu fassen ist das ... Noch vor dreißig Minuten war das eigene vegetative Nervensystem einfach groggy. Der Kampf mit diesen verdammten Mädchenjeans endete in Resignation ...

Peinlich. Sie waren nicht mehr zu halten, diese paar unmännlichen Tränen, die über die eigene Nase wegrollten ... beim Gutenachtsagen.

Der rebellierende Sympathikus schickte unkontrollierte Impulse über die Nervenbahnen. Ein paar läppische Autorenschluchzer erstickten in ihrer Jeansjacke.

Oder galten sie der Story?

Nicht unmöglich, daß auch ein glitzekleines bißchen Masche dabei war, fast unbewußt ...

Seltsam . . . Die Natur, die Struktur ist wie 'ne Wasserwaage? Plötzlich war sie da, die Mädchenhand überm Haar . . . das zärtliche Klimpern der Silberreifen.

Fast hypnotisch sickerte Wärme aus ihren sanften Fingerspitzen.

Explosiv lud sich die Atmosphäre auf zwischen uns.

Verschämte Teenagerbewegungen halfen, dieses Baumwollknäuel runterzustreifen.

Geschafft . . .

Der blasige schneeweiße Revlonschaum zerfließt unter dem Brausestrahl, der das schlaffe Fleisch bloßlegt. Die Ader in der Mitte. Dunkel aufgerollte Haut . . . Tut schon wieder gut, dran zu schieben.

Zwei Millionen Spermatozoen ausgestoßen. Himmlisch war das, bescheiden gesagt . . .

Irgendwas tat ihr weh anfangs . . .? Die abgedämpften Schreie irritierten.

Und dieses Limoglas daneben, das bei jeder Bewegung mitvibrierte.

Fast bis zum Ende war sie immer dabei . . . so eine verkrampfte, läppische Angst.

Na ja . . . Geschafft!

Der abgedrehte Wasserhahn hinterläßt ratlose Stille . . .

War das eben nebenan? Oder Dagmars Tür unten . . .?

Hallo, Cris! Kleines. Liebes . . .

Christiane!!

Hat sie nichts gehört? Oder will sie nichts hören . . .

Das Handtuch frottiert weiter.

In die Falle gegangen . . . so was denkt sie doch jetzt?

Macht nix . . . sie müssen alle dazulernen, diese Küken.

Alles kostet seinen Preis. Nicht zuletzt ein Bestseller.

Schläft sie schon da drüben?

Oder ist was aus dem Lot? Ja, ja . . . das gute alte Christentum sitzt uns 2000 Jahre tief in den Knochen.

Die rosa Himbeerpaste ist noch auf Carolyns Zahnbürste . . . Immer wieder vergißt sie.

Aramis zischt unter die Achsel . . . stäubt in den Raum.

Befreites Durchatmen . . . Das Warten, Bangen, Betteln . . . endlich vorbei!

Der Sisyphosfels ist raufgeschafft.

Verdammt anstrengend, einen Roman zu leben!

Und wie geht's weiter . . .

Die Story hier beenden? Schön wär's, aber . . .

Ist das *Après* nicht viel aussagender als die körperliche Eroberung?

Genaugenommen . . . hier hätte sie eigentlich beginnen müssen, die Story. Das *Objekt dreht sich* . . . so hieß sie doch, diese neue philosophische These.

. . . wackelig reinsteigen in diesen affigen Japanpyjama . . .

Ist sie nicht schon ein bißchen spürbar, die Vergänglichkeit? Dieses leise Bröckeln und Rieseln im Gefühlsgefüge . . .

Die Go-Go-Empfindungen unserer Zeit. Verändert der Orgasmus als chemischer Vorgang das Bewußtsein?

* *
*

8. Mai . . . Muttertag.

Keine Mama mehr haben . . .

War immer mühsamer, sie am Arm in den Luitpoldpark zu führen . . . Bald konnte sie sich nicht mal zu Hause mehr auf den Beinen halten.

Multiple Sklerose.

Die regelmäßigen Besuche, die man sich programmhaft auferlegte. Die Unterhaltungen beim Tee wurden immer hilfloser ... Sie war kaum mehr zu verstehen.

Wie weit bist du mit deinem Buch, Pepin? Bleib dran ... Mach es fertig!

Sie glaubte daran ...

Es blieb ihr verschwiegen, daß wieder mal ein neues Manuskript begonnen war, ohne das alte zu vollenden.

Dann dämmerte sie nur noch im abgedunkelten Schlafraum ... Der Katheterschlauch aus der Bettdecke zum Bastkorb mit dem Plastikbeutel.

Ihre knochigen Hände klammerten verzweifelt ... Sie spürte den Abschied in kosmische Weiten.

Mama ...

* *
*

... die rote Cordhose, doch! Auch die gelbe ... ist man deswegen ein Papagallo?

Pullishirts. Taucherbrille. Badeshorts. Schaltüchlein. Leinenschuhe. Tennisracket. Bücher ... Alles quillt aus dem Koffer.

Kein dolles Flugwetter ...

Laß ihn gleich dran an den Jeans, den Nietengürtel ... ja, den Frotteemantel auch reinpacken! Ah, da sind sie ja wieder, die Topas-Manschettenknöpfe von Traudl ... lange gesucht.

... die Nierenbinde? Sehr witzig ... warum eigentlich so zynisch, Dagmar ...

Wir haben doch unser sonnenklares Agreement ... Die Italienszene ist unerläßlich! Das ist ein Job, Liebes ...! Morgen vielleicht schon unsere Existenz ...

Wer weiß, was aus der Firma mal wird ... Steuerschraube. Leistungsschwund. Wachstumsgrenzen. Nachwuchsfrage ...

Ein Regenschauer trommelt wieder über die Blechsimse.

Da hockt man Stunden und Jahre über den Manuskripten . . . Was ist da schon gegen paar amüsante Tage einzuwenden?

In den nassen Fensterscheiben zerfließt das Grün der Hecken und Bäume.

. . . ihr habt ja keine Ahnung mehr von einer Leistungsgesellschaft. Von den Wirtschaftswunderjahren damals . . . Aus Schutt und Asche eine Wohlstandsnation hingestellt . . . Klar, daß man darüber vergessen hat zu leben. Daß da ein Vakuum klafft . . .

. . . die fünfundzwanzig smartesten Jahre eingetauscht gegen Sicherheit. Firmenanteil. Aktienportefeuille. Und paar Grundstücke . . . Müßte eigentlich genug sein, dir die Früchte untern Nagel zu reißen . . .

Was heißt da . . . mach doch, was du willst. Egal ist dir alles . . . das soll 'ne Einstellung sein? Eine Basis . . . So einfach ohne Communication dahinleben? Wer möchte schon für den Partner so was wie ein wandelndes Bankkonto sein! Carolyn sitzt drüben über ihren Matheheften . . .? Natürlich soll sie nichts hören . . . ohnehin schon für sie belastend, dieses Chaos. Immer wieder betonen, daß alles um die Story geht! Nein . . . doch besser nichts sagen, daß Christiane mitfährt . . .

'ne Menge Stoff hat sie in der Schule wieder versäumt . . . Immerhin, der Husten ist lockerer geworden . . . 'ne Pizza will sie mit uns schon wieder essen gehen, ja?

Wenn Dr. Eichlseder sie wieder aufstehen läßt . . . laß sie raus an schönen Tagen. Sie soll ihre Pfingstferien nicht vor dem Television verbringen!

In NEWSWEEK oder TIME war doch neulich dieser Artikel . . .? Ein aufwachsendes amerikanisches Durchschnittskind erlebt die Totalvernichtung von 1500 Menschenleben auf dem Bildschirm.

Stefan? Ja, das is' 'ne Idee . . . der könnte euch mit dem neuen Mofa über die Pfingstfeiertage in Unterzeismering besuchen. Seine Witze erzählen. Fischen. Segeln . . . Der Ärmste wird schon die Tage zählen im Internat. Sag ihm, sag ihm einfach . . . Paps mußte geschäftlich weg.

Schon ganz gelb draußen, die Löwenzahnwiesen. Wie schnell alles vegetiert in diesen Regentagen . . . Hab dir lange von den Fitläufen keine geklauten Blütenzweige mehr mitgebracht, das stimmt . . .

Ach Liebes . . . Wenn diese nächste Woche doch schon vorbei wär' . . . So 'ne Göre acht volle Tage am Hals. Ununterbrochen strahlender Held sein . . . Aber genau das ist nun das Thema! Sättigung, Abstumpfung.

. . . stell dir doch mal bildlich vor, wie der geplagte Autor seine 2×3 Euvernil im einsamen WC runterschluckt . . . Oder im Dunkel das Cashmereplaid verstohlen unter die Bettdecke zieht . . .

Unbeirrt schichtet sie die Hemden übereinander.

Halt mal Moment da, Dagmar . . . die verflixten Schuhsäcke sind so eng.

Wir sollten uns mehr verstehen, Liebes, nicht alles so dualistisch sehen. Relativ denken! Jede Partnerschaft hat heute ihr Agreement.

Du hast dein bequemes Leben ohne Geschäftszeit, ohne Streß . . . Einkaufen, ohne nach dem Preis zu fragen. Dein Aktiendepot wächst . . . das macht dich unabhängig. Das sind doch Fakten!

Dabei gibst du deinem Partner ebensoviel, das Wichtigste . . . Freiheit! Frei und doch nicht allein und verletzbar sein . . . Doch, Dagmar, das ist 'ne Basis . . . alles andere sind Illusionen.

Ihr Haar fühlt sich sprayig spröde an.

Hm, Magnetofon . . .? Nein, der Recorder wird nicht gebraucht. Gib mal die Plastiktüte rüber . . . mal nachsehen, ob die beiden CN 14 Agfacolor drin sind. Gibt's nämlich da unten nicht überall zu kaufen.

. . . diesmal wird die Minox das Skizzenbuch sein . . . Einfach 'ne Handvoll Fotos erzählen lassen!

Möglicherweise ergibt sich stilistisch wieder 'ne neue Variante . . . *Experiment 17.*

Übrigens große Scheiße! Dieser Titel ist wahrscheinlich nicht mehr verwendbar . . . Da ist aus England was Belletristisches auf den Markt gekommen, mit dem Titel *Das Experiment.*

... ja, schade. Was bleibt schon übrig, als sich wieder was Neues einfallen lassen.

Dagmar zieht den Necessairebeutel über den Fläschchen, Bürsten und Tuben zu ... Geht der Sonnenspray noch rein?

Ihr verkitschter Folkloreanzug mit den mexikanischen Stickereien ... Naiver Glamour. Opposition.

... versteh' dich ja ... Mit dreißig möchte 'ne Frau mal wissen, wo sie hingehört. Aber so 'ne zweispurige Ehe? Ohne Zärtlichkeit ... Ohne Kameradschaft?

Ihre Wunde ist berührt ... der Nasenflügel verrät es.

Draußen im Rondell klitscht immer mal 'n Wagen durch die Pfützen.

Und an Carolyn sollten wir nicht zuletzt denken! Versuchen wir's doch mal ... es würde sich lohnen, Dagmar.

Schmal und starr fühlt sich ihr Nacken an.

Neulich beim Wühlen nach dem Reisepaß in deinem Bookcase, da war er plötzlich wieder ... Erinnerst du dich noch an den Brief unter deinem Kopfkissen, Silvester damals ... im Tschuggen, Arosa. Wie war doch der Text so ungefähr ...

365mal habe ich versucht, dich zu verführen, Dagmar ...

50mal warst du todmüde ...

100mal ging es wegen Carolyn oder irgendwelcher Leute nicht ...

100mal hattest du deine Migräne ... na schön, dann eben 50mal ...

50mal war's einfach viel zu früh oder zu spät ...

50mal durfte man dich nicht mal berühren wegen Frisur, Kleid oder Make-up ... was heißt da frei erfunden?

100mal waren gerade Spannungen zwischen uns, und du zeigtest mit Hochgenuß die kühle Schulter ... doch mindestens 100mal! Kannst ja nachsehen in dieser traurigen Bilanz ...

Lächerlich, da mit Zahlen rumzufeilschen, statt einfach sachlich zu registrieren, daß sich inzwischen nichts geändert hat ...

Eine dicke Brummfliege versucht immer wieder, die trübe Fensterscheibe hochzukrabbeln.

. . . nein, die Lufthansatickets nicht da rein! Ins Handbag natürlich, zum Paß . . .

Sieh nur da draußen, die Sightseeing-Busse . . . Jetzt dröhnen sie wieder dutzendweise zum Schloß . . . Dann schwärmen sie aus, die Pauschaltouristen. Beglotzen die Amalienburg und Magdalenenklause mit ihrem künstlichen Auge – dem Kameraobjektiv.

Wieder 'n Jahr zerronnen . . .

Du . . .! Falls Paps anruft oder Theo . . . sag einfach was von Zürich. Und Hans Heinz . . . sag ihm, in 'ner Woche ist sein Kumpel wieder einsatzfähig . . . dann können unsere Ausgehtage wieder steigen . . . Ja, dem Himmel sei gedankt, unsere Bubenstreiche haben sich durch die Jahrzehnte wacker gehalten . . .

Vergiß bitte nicht, Traudl die siebenhundert fürs Internat zu schicken.

Die vierteljährliche Verwaltungsgebühr für die Wohnanlage pünktlich überweisen!

. . . das Miniradio? Klar muß das noch mit rein . . . aber irgend 'n Pulli rumwickeln. Weißt ja, wie die das Gepäck rumschmeißen.

Übrigens Kompliment, Dagmar . . . das mit Christianes Mutter hast du clever gemanagt . . . die ist echt überzeugt, daß du und Carolyn dabei seid . . .? Das Finale des Stoffes ist gesichert . . .

Aber es wäre mindestens tausendmal schöner, mit dir loszufahren, Liebes . . .

Das gibt 'ne Umstellung . . . keine Kaloriendiät. Keine Fitläufe und Isometric. Keine Nachmittagsnickerchen . . . Jung spielen! Charme versprühen . . .

Spätestens nach paar Tagen steht einem der ganze Zauber bis zum Hals. Man kennt sich doch langsam selbst . . . Nichts ist unerträglicher als diese rosaroten Teenagerträume . . . Und so was sieben Tage in den Ohren haben . . .

... aber genau das ist es, was registriert werden soll! Dieses Unüberbrückbare der Generationen ... Zerfall subjektiver Imagination. Die Vernunft kristallisiert ...

O je, der Koffer platzt ja fast auseinander ... Wenn der beim Zoll in Neapel geöffnet werden muß, na danke!

* *
*

Erst ein kleiner weißer Punkt am Meereshorizont ...

Dann rückt sie immer näher, die Hoffnung. Die Erwartung wächst.

Der Baß der Schiffshupe dröhnt bis rauf zu den Rebenhängen. Die Santa Maria aus Napoli läuft zwischen den beiden Leuchttürmen ein, den salzigen Gischt vor sich herpflügend.

Genau frontal ist sie jetzt reinfixiert in den winzigen Leuchtrahmensucher mit Parallaxenautomatik ... Klick!

Ein Dutzend Schiffe schon haben den trägen Nachmittag durchkreuzt.

Und immer wieder blieb nichts anderes übrig, als allein zur Karaffe Tiberio rosso zurückzukehren unter den Fernet-Branca-Schirm. Die Resignation runterspülen herb und dünn ... Und die schleichende Autorenangst, diese Symbiose von Kunst und Leben könnte eine »Unvollendete« bleiben.

Die winkende Mädchengestalt war auf keinem dieser vollgedrängten Decks zu finden.

Noch einmal an den Obst- und Souvenirständen vorbei. Zwischen Gepäckkarren durchschlängeln, die Betonmole entlang.

Und wieder sich postieren zwischen weiß-gold betreßten Hoteldienern ... Die Minox in Schnappschußstellung. Schärfentiefe 2 m bis unendlich.

Und wieder mal durchkämmt das Auge mit Erwartung den von den Schiffstreppen quellenden Touristenstrom einer Überflußgesellschaft. Nichts ... Sinnlos, noch weitere Schiffe abzuwarten.

Das Meer des Odysseus ist eine trübe Lake und stinkt nach Dieselöl . . .

Hat sie den Flug verpaßt? Christiane kaum? Flugstreik oder so was?

Eine 100-Lire-Münze rollt über den Billettschalter der Funiculare.

Paradiesische Blüten und Zitronenhaine ziehen am steilen Schienenstrang vorbei . . . verblassen hinter ratlosen Gedanken!

Hat sie sich verplappert zu Hause?

Oder hat mein Häschen den Mut verloren?

Steckt irgend so ein Knabe dahinter?

Die Zukunft . . . sie ist latent in uns vorhanden. Die Ereignisse kommen nicht . . . sie sind da. Wir begegnen ihnen auf unserem Wege.

Die 6-cm-Ballyabsätze klappern übers Piazzapflaster durch unendliche Leere . . . Eine dünne Hoffnung vor Augen?

Hier auf der Insel 'ne Woche allein rumsitzen mit dem eigenen *Ich* . . . Nicht auszuhalten wäre das!

Durch die Halle mit fragendem Blick dicht am Concierge vorbei. Nichts . . .

Prego Signore! Der dicke Boy von der Rezeption eilt hinterher. Prego . . . Signorina arrivata . . . hallt es über den Marmor.

Ein endloser Korridor voller Erwartung. Die bronzenen Wandleuchter fliegen traumhaft vorbei . . . Arrivata!

Die Veloursstufen hinaufschweben . . .

* *
*

Moskitos. Kreisendes Sirren um Hände und Ohren, immer wieder . . .

Der mediterrane Morgen dämmert durch den Chintzspalt.

Drei? Oder vier Uhr . . . auf dem Zifferblatt kaum zu erkennen.

Dort am Bügel ihr rosa Jackenkleid . . . von einer ahnungslosen Mami noch genäht.

Zwei Nächte lang war das Bettleinen daneben glatt und leer. Jetzt atmet es darin . . . ruhig, regelmäßig.

Die Nasenspitze in der Ärmelrüsche versteckt. Ein Pickelchen über der Babyschnute.

Was doch Lügen mitunter für wundervolle Blüten treiben . . .

Blitzen, dieses Motiv . . .? Neben ihrem Strohhut auf dem Tisch, dort müßte sie irgendwo rumliegen, die Minox.

. . . aber wozu eigentlich erschrecken, so was Sensibles?

Wozu Papier . . . Dieses Bild hat sich ohnehin eingeätzt da drinnen.

Hähne krähen von weit her.

Die Augenlider werden träge und schwer.

* *
*

Ganz leise von hinten rangeschlichen mit der Minox . . . den Gilette-schaum noch im Gesicht.

Umständlich zieht sie das Shirt übers Haar. Der blasse BH-Hautstreifen kreuzt den langen Mädchenrücken. Unter dem geröteten Schulterblatt das dunkle Muttermal . . . Zwei kindweibliche Pogrübchen über dem Fransenhocker.

Das ganze Motiv umrahmt von der weitgeöffneten Terrassentür. In den Hintergrund ragen Palmen und Zypressen aus 1001 Nacht.

1/30 sec lang vom grellen Flash überblendet.

Panisch ergreift sie die Flucht vor dem winzigen Objektiv, das sie vorbeijagt an geöffneten Koffern und am klirrenden Tablett . . . Sie quietschend über die Betten hüpfen läßt. Schutz suchend hinter dem Samtfauteuil . . . ein Kissen an ihre Blößen gepreßt.

Und wieder eine 1/30 sec zum Bild erstarrt ... Das ewig Weibliche lächelt zwischen Scham und Koketterie ... Ein paar hochgewirbelte Haarsträhnen. Die vom Flash überraschten Pupillen ...

Den Blitzwürfel 90 Grad weitergeklickt.

Der nächste Schnappschuß ziemlich verwackelt, leider. Aus der Hüfte geschossen, noch ehe sie hinter den Türrahmen entwischt ... die Pobacke in voller Aktion. Ihr Blick zurück bißchen angeknockt über das Spiel mit ihrer Würde.

Dann trennt uns die Glastür der Duschnische.

Hinter der marmorierten Scheibe zerfließt ein bewegungslos distanziertes Gesicht. Der Filigranreif schimmert. Gekreuzte Arme über konturlosem Fleisch. Das schlanke, dunkle Dreieck unten. Verschwimmende, verzerrte Transparenz. Doch ... das wäre schon ein Motiv! Aber es scheint genug nun.

Auch die Balgerei dann zwischen Kissen und Decken kann ihre Nachdenklichkeit nicht ganz auflockern ... So 'ne Art Katerstimmung ...? War vermutlich 'n Fehler, darüber zu quatschen, daß sie als Modell für die Story benutzt wird?

Oder hat sie das aus der Balance gebracht ... vorhin auf der Ansichtskarte an die Eltern wieder irgendwas von Carolyn zusammenlügen zu müssen?

Ist doch eigentlich strukturhaft, daß solcher Forcierung der Rückschlag folgen muß. Erstes Bröckeln ...?

Ernüchterung ... dem Sexhobby eines Familienpapis auf den Leim gegangen zu sein. Sie spürt diese verdrängte, dualistische Besessenheit, die nichts weiter will, als sich sattficken an 'ner Schülerinnenbritsche.

Ist das Sadismus? Sich angeilen an ihrer Resignation ... An ihrer Gewissensqual. An der himmlischen Gewißheit, daß sich die Beute wehrlos im Netz verfangen hat ...

Kaum morgens erwacht, fühlt sich ihr schläfrig warmes Fleisch bedrängt.

Und nach dem Balkonfrühstück mit Prosciutto crudo, Provolone und Jazzrhythmen ... diese satte Trägheit. In der Champagnerluft des 41.

Breitengrades, da schwelt sie, die beißende Sinnlichkeit. Diese verselbständigte Körperlichkeit, die nicht in junge Träume paßt.

Nachmittags, wenn wir uns für die Piazza chic machen. Wenn sie vorm Spiegel ihre Ringelpullis, Jeans und selbstgenähten Röcke durchtestet . . . Ahnungslos zwischen dem Bad und den Schränken rumläuft in so einem rosigen Nichts aus Stretch . . . dann erwacht sie wieder, die Begierde, dick und steil.

Wenn wir von Faraglioni oder Anacapri zurückkommen, vor dem Dinner schnell noch ein paar Bahnen durch den Pool ziehen wollen, zieht es die Hände wie magnetisch unter den verwaschenen Kapuzenbademantel, dem sie schon entwachsen ist.

Immer wieder suchen die faunischen Fingerspitzen unter dem Frottee das widerstrebende Fleisch, das sich als Spielzeug mißbraucht sieht. Um Geduld, um Verständnis flehen die gequälten Augen.

Mühsam gelingt es, ihren Blick in den venezianischen Spiegel zu locken. Streicheln und kneten . . . während draußen Zikadenrhythmen in den Abend schnarren.

Mit Abscheu und Neugier kleben die jungen Augen am Spiegelbild . . . Die Verschämtheit versucht, ihre Blößen zu bedecken . . . Den kindlichen Nabel vor zudringlichen Lippen zu schützen.

Mit leichtgeöffnetem Mund erduldet sie die hündische Zunge, die jedes Stück Haut beleckt, das sich bietet . . . Bis das Mädchengesicht im aufgelösten Haar versinkt.

* *
*

. . . süß, wie du schreibst . . . so zärtlich! Warum krieg ich eigentlich nicht mehr davon zu lesen, maestro?

Stilistisch . . . meine Meinung? Was soll man da sagen . . . irgendwie unter die Haut geht das, aber . . . 'ne ungewöhnliche Prosa. Dieser unfixierte Ganzheitsbrei ohne Satzzeichen und so . . .

Dr. Ihle, unser Deutschlehrer, hätte 'ne Bombensechs druntergehauen und über seine Brille gefragt . . . von deutscher Grammatik halten Sie wohl nicht viel?

Ich? Was ich geantwortet hätte ...? Verehrter Professor, in Ihrem dreidimensionalen Bewußtsein müßte es eigentlich langsam dämmern, daß die Syntax ein recht ausgetrocknetes Gebilde ist ... Doch sonnenklar ... warum sollte ein belletristischer Autor diese starren Formen nicht sprengen, wenn sein Ausdruck sich damit intensiviert ...

Hindurchfotografiert durch Myrte und Lorbeer die göttlichen mediterranen Gewächse. Mit Stativ und Selbstauslöser ...

Unser verwachsenes Plätzchen abseits vom Pool im Licht und Schattengesprenkel. Wolkenlos der Himmel über der türkisfarbenen Bucht.

Dort auf der verwaschenen Leinenliege gehen sie dahin, die kristallenen Vormittage.

Unsere vom Schwimmen gekühlte Haut saugt sich mit Sonne an. Dolce far niente.

Eine himmlische Woche lang träumen, es wäre unser beider Leben ...

Manchmal streift der Blick über den Mädchenrücken weg in die Vergangenheit ... Die Dinnerterrasse dort wurde vergrößert. Da hinten war doch mal der Blumengarten des Hotels, wo jetzt der Poolgrill mit dem Schilfdach steht.

Den kleinen Jugendstilpavillon haben die wohl auch abgerissen? Einen Platzregen lang mit Traudl dringesessen, damals.

Ein Eisstückchen vom Lemonsoda in Christianes Hand gleitet wohltuend kühl über die Stirn.

Irgendwas berührt sich immer zwischen uns ... Die Schulter. Die unermüdlichen Fingerspitzen. Sogar ihre rosig perlmutternen Zehen ringeln und greifen rüber.

Manchmal beugt sie sich über der Liege ganz dicht rüber ... Und ihr Haar kommt umfangend, umschließend von oben wie ein Schirm aus blonder Seide, sonnendurchschimmert.

Die Manuskriptmappe döst vernachlässigt zwischen Tennisrackets, Zeitungen, Schwimmflossen ... In dieser flirrenden Sommerluft wird jede Zeile Schwerstarbeit. Ihre Bikinikordel läßt sich recht gut benutzen als Kulihalter.

. . . schon. Bloß dieser direkte Erlebnisstil . . . ohne ICH und so . . . Das alles geht mir 'n bißchen über die Hutschnur!

Seltsam ist es zwar schon, daß es ohne das Wort ICH unmöglich ist, mit abgenutzten Begriffen zu arbeiten. Also . . .

Nicht »ich lese«. Sondern einfach die Zeitung rascheln lassen . . . Stimmt's?

Nicht »ich setze mich«. Eben spürbar die Daunenkissen unter meinem Gewicht einsinken lassen . . .

Nicht begrifflich pauschal »ich bin traurig«. Sondern durch demonstrierende Details indirekt diese Traurigkeit den Leser spüren lassen . . .

Umpolung ins Passive . . . das Objekt dreht?

Verdammt strapaziöser Stil ist das, deine Prosa 2000 . . . Jeden Satz wie in 'ne Fremdsprache übersetzen . . .

Sanft wiegen Oleanderzweige über uns.

Ihr süßlich schwerer Duft vermischt sich mit einer Prise *Sun Tan Spray*.

Alles ist eingesponnen in das unwirkliche Gewebe aus Mädchenträumen.

In der Brise, die vom Golf rüberstreicht, verliert sich die Zeit . . . verklingen die kleinen geflüsterten Zärtlichkeiten.

Manchmal schlüpft der eigene Ringfinger demonstrativ in ihren Messingring am Reißverschluß . . . Paßt nicht mal schlecht dahin, hm?

* *
*

Guck mal die Sandalen . . . die mit den Silberquasten ganz oben im Schaufenster, apart sind die . . .

Mal reinschauen in den Antiqueshop dort unter den Säulen . . . Das Marmorwappen da, könnte sich zuhause über der Dielentreppe verdammt gut machen. Aber Superpreise nehmen die hier . . .

Himmlische Farben, diese neapolitanischen Fayencen . . .

So ’ne gotische Laterne da, müßte bei mir noch irgendwo im Speicher rumliegen . . . Die Lochornamente projizieren sich durch den Kerzenschein herrlich stimmungsvoll auf Wände und Decken.

Vorsicht . . .! Ein Gepäckkarren mit Lackkoffern schlängelt sich polternd durchs Passantengedränge.

Kleines . . . deinem Sonnenspray ist doch gestern die Puste ausgegangen . . .? *Sun Tan Rubinstein. Arden sunshield stick. Juvena sun air gel. Creme solaire. Moisture sun fluid.*

Schon . . . aber ich bin nun mal nicht die Begum, deshalb hol ich mir im Drugstore vorne ein *Nivea*-Öl.

Die holperige *Via Emanuele* runter . . . den zwanzig Meter zertretenen Hundedreck umgehend.

Sieht nicht schlecht aus, der Gürtel mit den beiden Pferdeköpfen als Verschluß . . .

Und ganz hinten die Badetasche in Himbeersamt mit dem blauen Streifen . . . so was kriegste bei uns nicht.

Könnte ein Mitbringsel für Dagmar sein . . . dämmert ein Gedanke hinter dem geblümten Mädchenrücken.

Hand in Hand durch den krummen Mauerbogen mit dem Feigenbaum.

Von der Pizzeria rüber penetrant ’ne Welle verbranntes Olivenöl. Holzfeuerduft. Knoblauch. Thymian.

Sieh mal . . . ist die nicht ulkig, Cris, Bermudashorts mit dem Sternenbannermuster?

. . . Doch schon, wenn man unbedingt seine politische Gesinnung auf dem Hinterteil demonstrieren will . . .

Ah, da gibt’s ja auch diese Badetücher mit dem aufgedruckten Inselrelief . . . was für unsere Sonnenliege, hm?

Wär ’n nettes Souvenir . . . Mußt es ja nicht unbedingt reinkleben in dein Album zu den Flugbilletts und Weinetiketten . . .! Komm!

Wir lassen die beiden Verkäuferinnen weiterratschen . . . schauen uns um da drinnen.

Chic die glänzenden Jerseyblusen . . . Hosen mit Schottenmuster. Strandkomplets. Paillettenpullis.

. . . ein Kostüm? Hosenanzug aha . . . mit Blazerknöpfen.

Ganz deine Farbe, Cris! Wie antiker Seidensamt das Material . . . changiert farblich nach unten, raffiniert.

. . . modello Roberta . . . alta moda! Kommt die Padrona angewatschelt. Probare . . .?

Könntest doll drin aussehen, Cris . . . Und schließlich hast du bald Geburtstag?

. . . so was paßt nicht zu mir . . . will doch keine Jetset-Show abziehen . . . gehen wir schon!

Einladend drängt die Padrona mit umsatzsicherer Witterung ihre junge Kundin in die Kabine.

Irgendwoher nicht unbekannt, das Gesicht dieser asthmatischen Alten . . .? Mal mit Dagmar was gekauft hier . . .? Womöglich schon mit Traudl . . . obwohl, wir sparten damals eisern fürs Haus.

Der angerostete Siemens-Ventilator fächelt zärtlich rüber aus vergangenen Tagen.

Die Padrona wendet ihre Süßlichkeit in eckigem Englisch einem eintretenden Paar zu.

Nirgends ein Stuhl . . . Die steinigen Wege hier auf den hohen Absätzen gehen ganz schön in die Beine . . . Na ja, die vielen Stehjahre damals im Verkauf.

Einfach mal quer übers Thekeneck gelümmelt.

Der permanente Touristenstrom von der Marina rauf, zieht durchs Schaufenster . . . Jahr um Jahr die Strohhüte. Basttaschen. Plastiksandalen. Sonnenbrillenräder. Baumelnde Kameras.

Alles nutzt sich ab . . . auch diese Trauminsel, wenn man ein dutzendmal da war.

Die Glockenschläge des Campanile registrieren hart und unbestechlich unbeschwerte Ferienstunden.

Spaß ist ja o. k. . . . Bloß nicht ganz vergessen, was Capri bedeutet . . . Sättigung. Abstumpfung. Zerfall. Sonst glitscht die Story aus der Balance!

Die sommersprossig knochigen Hände der Amerikanerin reißen drüben packweise Blusen aus den Regalen . . . Und dazwischen immer wieder das heiser schmeichelnde Alta Moda! Alta Moda . . .

Moden. Moden . . . Konsumdiktat. Immer schneller dieser sinnlose Wechsel. Accelerando . . .

Zum Selbstzweck erstarrt, Moden wie Stile und Kunst-Ismen . . . Erst Jahrhunderte. Jahrzehnte. Dann nur noch Jahre und Monate. Und dann? Die Relativität . . . Pluralismus.

Bella . . . Bellissima! Christiane tänzelt mädchenhaft unsicher aus der Kabine.

Die lange Taille mit dem Mittelschlitz und den reiterhaften Rockschößen . . . Der hohe extravagante Kragen. Das fließende Blond über dem Samt. Schwerelos schwebt sie auf ihrer Wolke von Teenagerillusionen. Nur die Romika-Jeansstiefel berühren den Boden der Realität.

. . . doch, gefällt mir schon. Aber irgendwie 'ne Vortäuschung falscher Tatsachen, dieser Glamour . . .

Das wär ein Foto . . . schade!

Die gedrungene Padrona zupft sanft an der Knopfreihe . . . Von der Taille könnte noch was weg, doch . . .

Paar Passanten kleben an der Scheibe.

. . . wie für dich geschaffen, du . . .! Eltern? Ooch, wir haben noch so viel Zeit, uns was einfallen zu lassen . . .

An den Hüften nichts rauslassen . . . Die Hosenlänge? Vielleicht 2 cm hinten.

. . . doch Wahnsinn! Die beschwörenden Augen im goldprunkenden Probierspiegel.

Im *Capanina* wird man sich heute die Köpfe nach dir verdrehen!

Ratlose Bewegungen um den sensiblen Mädchenmund.

Questa sera . . .? Die kettenumschlungene Padrona öffnet den Kabinenvorhang. Alle otto . . . pronto!

Ein ungutes Gefühl bleibt zurück. So begann es mal bei Dagmar . . . Bedürfnisse erzeugt. Abhängigkeit . . .

Die umrunzelten, kühlen Ladyaugen suchen noch immer ruhelos nach textiler Ersatzbefriedigung zwischen den Regalen. Ihr Gatte schielt durch Krawattenreihen nach dem schlabbrigen Vorhang der Umkleidekabine.

Draußen hat sich ein altes Weiblein mit Sackbündel auf dem Stein niedergelassen. Gestriges Italien . . . *Vittorio Emanuele. D'Annunzio. Isonzo. Pius XI. Mussolini.*

Hinter dem bizarren Ölbaum drüben der bunte Kiosk, wo der kleine Stefan unentwegt sein Taschengeld in Pistazieneis umsetzte . . . Und jetzt träumt er von 'ner Motoguzzi.

* *
*

Strukturalismus? Du lieber Himmel, von Platon bis Marx . . . Ismen, Ismen, nichts als Ismen . . . Nennen wir's doch lieber Strukturdenken . . . Was das eigentlich ist . . . Struktur??

Na ja . . . Der Tisch, auf dem du da sitzt, ist jedenfalls statischen Strukturen angepaßt . . . sonst würde er zusammenkrachen . . .

. . . daß es mathematische, physikalische, genetische Strukturen gibt . . . nein, nein . . . will dich nicht erinnern an Prüfungsbüffeleien.

Die große Ordnung im Kristall. Im Samenkorn. Ja, genau . . . auch das atomare Strukturmodell. Und die Zellenstruktur und vieles . . .

Oder . . . Gott schenkte Abraham drei Söhne . . . Mythisch gedacht: Welch gütige Schicksalsfügung . . . Nun Strukturdenken: Die Zeugung erfolgte zum Ovulationstermin . . . zwei Tage vorher wären es Mädchen geworden.

Das Zufällige, Schicksalhafte des Einzelnen tritt mehr und mehr zurück. Wir sind alle denselben Strukturen unterworfen ... dieser höheren Ordnung. Die alles zur Ganzheit verbindet.

Hierarchie ... viel kritisiert. Aber sogar unter Tieren gibt es die naturgesetzliche Struktur einer Rangordnung ... Also nix mit der Gleichmacherei. Leistung!

In diesem Jahrhundert geht es in Kunst und Wissenschaften nicht mehr so um die Materie, sondern um das Transparentmachen von Strukturen ... Etwa Schönbergs Zwölftonprinzip. Oder Picassos Kubismus ...

Je genialer ein Künstler, desto weniger komponiert, malt oder schreibt er. Desto mehr musiziert es, malt es, schreibt es selbsttätig in ihm. Er ertastet die Strukturen, die Harmonie dynamischer Zusammenhänge und registriert sie lediglich.

... nein, hab's noch nicht vergessen, unser dreidimensionales Symbol, den Würfel ... Die gläserne Transparenz der Vierten Dimension läßt uns seine geometrische Struktur wahrnehmen ... Bravo!

* *
*

... laß dir doch runterhelfen. Vorsicht ... Ängstlich steif balanciert sie auf dem knochigen Eselsrücken ... Passantengeschmunzel.

Stütz dich auf den Arm hier, Cris ...! Und jetzt den anderen Fuß rüber ... ja, so.

Bloß nicht so nahe an die Hinterhufe ... so 'ne Kreatur hat mitunter irrationale Launen!

Am fransigen Strick zerren wir den ausgedienten Bergesel in den Schatten des Olivenbaums ... Sie klopft und streichelt dieses professionelle Fotomotiv aus Haut und Knochen.

Der Trinkgeld-Sancho-Pansa daneben grinst geduldig, wenn sie Pfefferminzdrops in den vorgeschobenen Rüssel mit den langen braunen Zähnen füttert.

Dort, wo der Pflasterweg zur Cartusa runterholpert, schiebt es sich immer wieder in die Gegenwart herüber, dieses oleanderumwachsene Gittertor der *Pension Regina Cristina!*

Sooft der Weg hier vorbeiführt ... diese Erinnerung. Dieses dumpfe, lastige Gefühl. Dagmar ... es ging ihr nicht gut damals. Sie war schon im dritten oder vierten Monat. Wir hatten das Teakzimmer nach hinten. Unsere erste Reise auf diese Insel ...

Sie haben sich tief in die Erinnerung gekerbt, diese Minuten am nächtlichen Gartenfenster. Fledermäuse. Im dämmrigen Halbdunkel konnte sich das Gewissen gut verstecken ...

Verstecken hinter Argumenten und Ausflüchten. Jetzt noch nicht, weil ... Aktiendepot einrichten ... Wozu bürgerliche Vorurteile ... Erst Bewährung der Partnerschaft ... Später mal heiraten, wenn und aber ...

Dazwischen das Rauschen der Air-Condition. Und die eigenen Hände, wie sie sich in die ledernen Sesselstützen krallten. Bloß die Freiheit nicht ... die eigene Freiheit. Für nichts in der Welt sie je aufgeben!

Aber Dagmar irgendwie binden damals ... sie schachmatt setzen, das war Absicht.

Es war nie ihre Art zu betteln ... Im matten Schein der Zigarettenglut wischt ihr Handrücken verstohlen um die Wangen.

Die Enttäuschung ... die stillen Tränen sickerten in den lauen Abend. Sie hat nie mehr geweint.

Heeei ... hast du mich erschreckt, Cris ... Nein, Kleines, kein Pfefferminz jetzt ... bin doch kein Esel!

* *
*

In den schon dämmrigen engen Gassen brütet noch die Tageshitze.

Entlangschlendern an erleuchteten Fenstern ländlicher Panetterias. Macellerias. Bottiglerias. Trattorias.

Einen Block rüber auf die kleine wackelige Terrasse ... Dort bei Setanni, da saßen wir unseren ersten Abend ... fast high von dem Panorama der ins Dunkel aufsteigenden Felssilhouette von San Michele ... Weit übers Meer die tausend Lichter von Napoli.

In der Grotta unweit der Piazza ... geradezu peinlich war das schon ... Immer wieder ließen wir uns die riesige Schüssel mit Profitteroles in Schokosauce nachreichen, bis wir fast zerplatzten. Dabei überraschte uns einer dieser ungezählten Fotoboys, die ihre Flashes ungebeten verschießen ... die bunten Polaroids auf die Tische legen.

Sie fand sich dämlich drauf, mit den wie narkotisch halbgeschlossenen Augenlidern.

Kampflustig versuchte sie, das feuchtklebrige Color an sich zu winden ... Der zähe Versuch, es fürs Autorenarchiv noch zu retten, mißlang. Bei der Balgerei kippte das Grissinikörbchen auf den Steinboden. Die geschockte Aufmerksamkeit der Nebentische ließ keine andere Wahl ... als nachgeben. Alles, was übrigblieb von diesem Souvenir in Hochglanz 10 x 10, war 'ne Handvoll Papierschnitzel, die in die Bodenvase flatterten ...

Und dann die abendlichen Streifzüge ... Souvenirs. Korallen und Gemmen ... ein Laden neben dem anderen.

Die kalkweiße Kirche von St. Stefano mit den vielen Kuppeln schimmert im Mondlicht wie eine morgenländische Vision.

Stell dir vor ... genau in dem Jahrzehnt, als Tiberius von dieser Insel aus das Imperium Romanum regierte ... starb Christus am Kreuz.

Weiter bummeln über viele Treppen rauf, durch alte Gewölbegänge ... Da irgendwo war es doch? In einem Mauerbogen ziehen wir einen lappigen Vorhang beiseite ... Der krumme Pizzaofen ... da ist er ja wieder. Umhangen von Kupferpfannen. Knoblauchschnüren. Salamis. He ... es scheint fast, wir haben da was entdeckt ...!

Sie muß ja nicht unbedingt wissen von dem vertrauten Verhältnis zu diesem alten Steinofen. Wie oft man dort saß in den vielen Jahren ... irgendeine liebe Hand berührte. Ist doch alles subjektiv.

Da hängt ein Korb mit Denticefischen, Sogliole, Calamari ... arrivati dalla marina in questo momento. Molto buono!

Dem Gitarristen schnell was zugeflüstert ... Vorbei an Fleischpasteten. Artischocken. Spargel. Oliven. Fischsalaten. Wachteln. Melanzane.

Immer noch der alte Ober. Immer noch das gleiche Lächeln ... etwas müder.

Nein, nimm lieber diesen Stuhl ... da kannst du so schön in die Ofenglut träumen.

Gitarrenakkorde steigen ins gekalkte Gewölbe. Ihr geliebtes *Giocchi Proibiti* ... das uralte romanische Lied. In den Saitenklängen schwingen wir uns mit auf in schwerelose Sphären.

* *
*

Doch Fotos in die Story?? Eigentlich ist es 'ne Blockierung der subjektiven Leserphantasie ...

Andererseits ... die Symbiose *Kunst-Leben* ...? Die Wahrheit der Story nicht bloß behaupten – sondern durch Fotos dokumentieren ... Überhaupt der Trend zur Optik ...

* *
*

... warte mal. Stand da nicht früher mal 'ne alte Villa mit Zypressengarten? Mit Säulen und Zinnen ... Ist die einfach weg?

Mandolinenklänge aus der 60-Megahertz-Lautsprechersäule.

Vor der Neubau-Waffelfassade staut sich eine Touristentraube. Aufgekratzte Heiterkeit. Konforme Täfelchen an die Brust geheftet. Urlaub als Markenartikel ... Dualistische Spaltung des Lebens in Freizeit und grauen Alltag.

... sicher wieder 'n Schiff eingelaufen.

Was so alles über diese Insel weggezogen ist. Phönizier. Griechen. Römer. Goten. Langobarden. Türken. Spanier. Franzosen. Engländer. Und Touristen ...

Durch zerschlissene Strohmatten sieht man das Gedränge zu den hundert weiß gedeckten Tischen, die sich geometrisch um das aufgetürmte Lunchbuffet reihen ... Gelenktes Freizeitverhalten.

Die Antiwelt Urlaub ... ein paar Wochen Mensch sein und der Ursehnsucht nach Freiheit leben. Für den Preis seelischer Verstümmelung. Arbeitsteilung. Ratio ... Job ohne Erfüllung.

Buntes Plastik. Teakresopal. Mythologischer Mosaikkitsch. Reflektoren hinter Pinien und Blumenvasen ... Romantik prezzo fisso.

Die Dias von Palmen und Meer bleiben. Die Jahre versickern im Grau. Verschwendung aller Verschwendungen ...

* *
*

Zwischenfinanzierung zugesichert über *Bau- und Bodenkreditbank* ...

H. P. Blume

* *
*

Sonnenbrillen ins Haar geschoben. Lurex-suits. Leopardenhosen. Nietenanzüge. Goldketten aus weit geöffneten Shirts. To be in or to be out ... als gäbe es sie nicht, die 200 Millionen Hungrigen dieser Welt.

Überall die suchenden Augen der Unerfülltheit.

Wie die Eiswürfel im Camparisoda gehen sie dahin, die späten Nachmittage auf der Piazza.

Über den Tisch gebeugt, ist sie in das Bekritzeln von Ansichtskarten vertieft ... Unermüdlich streicht sie mit immer gleicher Grazie das Haar aus der Wange. Herzig, der süße kleine Ansatz zum Doppelkinn ... Das indische Tüchlein gekonnt ins Haar geknotet.

Angenehm träge, die tägliche Rast nach den Exkursionen ... Sie will alles sehen, alles. Tragara. Faraglioni. San Michele. Monte Solario.

Schau mal, Kleines, die beiden Ehepaare aus unserem Hotel ... Die Dunkle mit dem saugenden Blick ... die ist ganz high! Sind wohl auf dem Weg zur Bastelstunde? Bäumchenwechsledichspiele. Wieso Blödsinn . . . pervers? Es ist keineswegs normal, daß eine dualistische Moral den Trieb in eine fixierte Form gezwungen hat . . . Bist du anderer Ansicht?

Sie hat sich wieder 'ne bunte Panoramakarte vorgenommen . . . Für Onkel Oswald!

Aus bunten Plastiksesseln schlängeln sich braune Beine kreuz und quer . . . Relaxing. Oder effekthaschend. Sinnliche Beine . . . Resignierte Beine, mit Vergangenheit.

Exzentriker. Individualisten. Touristen. Gescheiterte aus aller Welt . . . Eine Bühne, diese Piazza! Die sich täglich aufs neue inszeniert.

Die Großen und Kleinen ihrer Zeit im versöhnlichen Nebeneinander . . . Paradiesische Gelöstheit läßt die Ratio vergessen.

Wo ist eigentlich der Alte mit der roten Zipfelmütze . . . den dutzend Silberringen. Und der gestickten Hängetasche?

Die Eingeborenen bewegen sich ganz natürlich dazwischen . . . tragen Fruchtkörbe, mitunter ein halbes Kalb über der Schulter mitten durch die Szene.

Ist das hier womöglich so was wie Vierte Dimension ohne Philosophiebände?

Die harten Glockenschläge des Campanile zerhacken den trägen Nachmittag.

Es wäre ernstlich an der Zeit, mehr Notizen zu sammeln. Die Sättigungsphase . . . das vorprogrammierte Zerbröckeln der Gefühle zu registrieren! Langsam wird das alles unfair gegen Dagmar.

Dagmar . . . könnte jetzt in Miami oder auf den Bermudas sein . . . Für ihre Agentur?

Was sind das eigentlich für Leute da drüben am Ecktisch, die ununterbrochen rübergaffen? Irgendwelche Bekannte von Traudl . . .? So ein bißchen Casanova-Image, ist das nicht auch ein bißchen schmeichelhaft?

Wieder 'ne Espresso-Duftwelle ... Den Sessel zur Kirchentreppe hin ... das war immer schon so 'n geheimes Feinschmeckerplätzchen. Auf den breiten Stufen dort flanieren Touristenmassen.

Leider nur mehr Jeans, Jeans ... da wo's mal unter luftigen Sommerkleidchen alle Arten von Dreiecken zu sehen gab.

Na ja ... Zu Hause wartet wieder ein Sexsommer. In den Isarauen. Den Sommerbädern ...

Und Iris' praller, wippender Strumpfhosenpo ...

Ein Löffel Gelato fragolini balanciert wieder über die Tischplatte ... Hm ... ich in Gedanken?

Prima, daß wir für Carolyn das hübsche Korallenkettchen gefunden haben. Die wäre auch gerne hier ... Steigt jetzt immer mit Peggy rum im Zwillingslook ... Du müßtest sie mit ihrer Zahnlücke lachen sehen! Ein Dutzend Falten in ihr Gesicht reingedacht und man kann sie sich schon ganz gut als altes Weiblein vorstellen ...

Die Pergola des Grancafé Vuotto flattert verdächtig unter den dunklen Wolkenballen.

Die verdammte Blase zieht wieder ... die Zeitung drauflegen? Bleibt nichts übrig, als wieder 'n Stoß Euvernildragees schlucken ... In Quisisana könnten sie den Pool doch endlich mal heizen.

Sie reicht ihren Rillenpulli rüber zum Drüberlegen ... doch, doch, sei schön vernünftig!

Willst du für deine Buben diese Karte von der MARINA GRANDE ... Oder die mit den drei Felsen? Deinem Freund Hans Heinz und deinem Bruder wolltest du doch schreiben.

Also ... wenn wir wieder mal herkommen, machen wir so kleine Abstecher mit dem Dieseltucker nach Positano, ja? Und nach Procida?

Ihr BIC-Stift kritzelt weiter auf den Karten.

Wenn wir wieder mal herkommen ...

Wieder mal herkommen ... Rührend, so viel kindliche Naivität ... Eigentlich etwas Wunderbares, dieser Glaube.

Langsam heißt es allerdings an die Wendung der Story denken . . .

Das goldene Fischskelettchen am Hals baumelt beim Schreiben immer mit . . . Wird wohl das einzige sein, was von dieser Romanze mal übrigbleibt.

Wir werden sie nie haben, die selbstbemalten Gewürzdöschen auf dem Küchenbrett . . . Das Lamafell am Kamin.

Oder die Schiffslaterne am Balkon.

Nicht den anthrazitgrauen Zwergpudel.

Weder die ziselierten Ringe zusammen aussuchen. Noch die glatten, schlichten . . .

Du fühlst dich vom Autor beobachtet, Liebes . . . wieso? Siehste, siehste . . . Vielleicht war es doch ein Fehler, dir die literarischen Absichten anvertraut zu haben.

Wird sie dir auch so deutlich bewußt, jetzt . . . die Zeitrelativität? Unsere Tage und Stunden hier auf der Insel, wie sie sich dehnen. Wie sonst im verdünnten Alltag Wochen und Monate.

He . . . hast du nicht auch eben ein paar Tröpfchen gespürt . . . nein?

Einen Gruß an Margit drunterschreiben . . . unbekannterweise . . .? Na ja, warum nicht.

Nein, doch nicht da! Die Karte ist für meine Eltern . . . Hab' sie nicht wegen der Felsansicht gewählt . . . die schien mir besonders geeignet, weil so wenig Platz drauf ist zum Schreiben . . . Wenig Platz für Lügen . . . Genaugenommen haben sie das nicht verdient, die Ärmsten. Wenn du sie erst mal kennst, wirst du sie anders beurteilen, glaub mir. Sie werden dich mal mögen . . . doch!

So wie meine Mami überhaupt nicht graue Augen hat . . . sondern braune! So wenig ist sie 'ne verknitterte, verbitterte Tante, sondern sehr, sehr lieb. Und verständnisvoll . . .

Ihre beiden Daumen drücken die Briefmarke sorgfältig ins kleine Rechteck.

Fast plötzlich knallt dieser fürchterliche Platzregen aufs Pflaster . . .

Unter den Cinzanoschirmen rückt alles zusammen.

Auf leeren Marmorstufen zerplatzen Millionen Regentropfen.

Der Boy von der Pensione Residenza huscht mit Schirm und Reisetaschen über die Piazza zur Funiculare.

Residenza ... Mama saß damals so gerne in dem verschlissenen Korbsessel unter dem Feigenbaum ... Zu oft hatten wir dich allein gelassen, Mama!

Tod und Leben ein großer Kreislauf? Struktur ...

Das Geprassel mäßigt sich in einem abrupten decrescendo. O je, die Minox auf der Tischplatte hat Tropfwasser abgekriegt ... Mal nach dem Objektiv sehen!

Der Regen säuselt sich in ein sanftes Piano ...

* *
*

Stell dir vor, so 'ne Biene spürt kilometerweit, wenn der Stock brennt.

Der eindimensionale Mensch hatte auch mal dieselben fernsehenden, fernfühlenden telepathischen Instinkte, ehe sie verkümmerten in Jahrhunderttausenden. Inzwischen ersetzt durch Television und Radar.

Unsere Zeit bemüht sich offensichtlich, diese verlorenen, magischen Kräfte wieder in die Ganzheit einzubeziehen. Joga. Autogenes Training. Parawissenschaften und vieles ...

* *
*

Was soll's ... die Kleine da draußen auf dem Mäuerchen könnte sich wahrlich 'n anderes Liegeplätzchen suchen.

Liegt zauberhaft zur Parkkulisse und zum Pool, unser Lobby-Apartment ... Aber reinglotzen kann eben jeder.

Das modrige Grandhotel-Gemäuer, wie lange trotzt es noch der Vermassung und Nivellierung.

Ganz schön durchgeschwitzt ist das Hemd vom Fitlauf. Die *Via Krupp* rauf in der Morgensonne. Da schnurrt der Kreislauf ...

Was gafft dieses niedliche Kelloggs-Cornflakes-Gesicht immer rüber ... Noch nie gesehen, wie 'n Mann aus der Hose steigt?

Malerisch hingegossen liegt sie zu Füßen des dorischen Säulen-Fragments und verdreht sich den Hals ... Eine Pfauhenne stolziert durch den Rasen.

Fast wieder vergessen ... obwohl Cris zweimal dran erinnerte. Die Euvernilkapsel drückt sich weich aus der Stanniolfolie ... Ein Schluck Arranciata Pellegrino draufgekippt.

Peinlich ordentlich sind Cris' Kleider über den Bügel gefaltet ...

Ein Mann im Hemd ist wohl was unheimlich Interessantes, du kalorienstrotzende Pippi Langstrumpf, da draußen?

Im Aschenbecher diese Handvoll Mosaiksteinchen. Unsere Beute aus abenteuerlichen Kletterpartien durch die Trümmer der Villa Tiberio.

Das Pünktchenhemd aufknöpfen vor den hohen Buschgräsern der Terrasse ... Und dann endlich rein in den Pool!

He ... Fingernägelkauen? Und außerdem noch unter ein männliches Hemd schielen ... tut man so was? 'ne richtige Nymphe wird nie aus dir, du Marzipanschweinchen ...

Aber zugegeben ... 'n beachtlichen Wonnehöcker haste da in deinen Shorts verpackt!

Na bitte ... dann glotz doch, wenn du Langeweile hast. Deinetwegen wird die Jalousie nicht runtergelassen ...

Tick, Trick und Track im Oldtimer ... 'ne Staubwolke hinter sich lassend ... Bis hierher kann man sie erkennen, die bunten Disneygestalten auf ihren Comicstrips. Carolyns einstige Lieblinge ...

Eigentlich schade um Dickens und Twain ...

Na, ist der Slip dünn genug für deine indiskreten Augen? An deine Konfirmation denkst du wohl überhaupt nicht ...

Vermutlich sieht sie kaum was im Gegenlicht?

Wie es plastisch drinhängt, das Paket, im elastischen Gewebe ... So smooth ... das lichtblaue Helanca rundherum.

Die Geschlechter nivellieren. Men's Slips und Ladies' Slips nivellieren auch ... diese duftigen Hüllen schablonierter Illusion.

Angenehm ... wenn man ohnehin seit eh und je in alle Damenschlüpfer der Welt verliebt ist ... mythisch fast.

Unter den Mädchenschulbänken schon ...

Dann im Segelclub-Damenumkleideraum massenhaft geklaut, die glitschigen Dinger.

Von Wäscheleinen runtergeholt ... Sogar aus Mamas Schubladen.

Die zwei braunen Augen drüben schieben sich immer höher über den Heftrand.

Die eigenen Fingernägel kraulen zärtlich. Tasten.

Gekonnter Augenniederschlag ... Hinter diesen Ponyfransen wird es klar, was für ein Spielchen da laufen könnte. Die kindliche Neugier kriecht bedrängend unters hauchige Gewebe ... Communication.

Du möchtest 'ne Sensationsnummer, Kleines? Nee ... würdest petzen, mein Gänschen! Wette, du hast 'ne Psyche wie 'n offenes Garagentor.

Erwartungsschwer, wie es sich da hineinbohrt in tausend elastische Maschen. Sich der kindlichen Neugier anbietet.

In der Andeutung liegt der Reiz ... findest du nicht?

Der kleine nasse Fleck im Blau dehnt sich. Die Hand kriecht von oben in den ziselierten Slipgummi. Obszöne Transparenz ...

Verdammt noch mal ...! Blitzschnell zur Seite gehuscht ... Völlig übersehen den Bademeister. Hat er irgendwas bemerkt??

Er räumt gefüllte Aschenbecher, halbgeleerte Longdrinks draußen beiseite.

Diese verdammte Schmalzlocke! Ohnehin hat er seine Ganovenaugen immer in den unteren Apartments. Neben Trinkgeldrepressalien wohl so 'ne Art sozialistischer Sextribut? Gleiches Recht für alle.

Das rauhe Vorhangleinen preßt sich an die Wange. Abwarten ...

Diese verdammte Göre ... mit ihrer permanenten Gafferei! Da muß er ja aufmerksam werden!

Peinliche Vorstellung ... die Rezeption könnte höflich und diskret bedauern, das Apartment nicht mehr länger frei zu haben ...

Und Cris? Und die Story ...? Könnte die Verandatür zuknallen!!

Eine Hummel hat sich reinverirrt. Brummt über die Plastikfolien der Manuskripte ... über Cris' Schokomints.

Durchs Schilfrohr immer noch das weiße Bademeistertrikot mit dem Hotelaufdruck ... Die sehnigen Arme klappen leergewordene Liegen zusammen.

... mit der Lippe hastig 'ne Nazionali filter aus der Packung ziehen.

Den linken Türflügel bißchen rangezogen ... Jetzt spiegelt sich der Garten-Grill in der Glasscheibe und ein Stück Pool. Bizarre Bademützen durchziehen das sonnendurchschimmerte Türkis in kreislaufbeflissener Regelmäßigkeit.

In der Ecke schaukelt noch das knallgelbe Plastikboot.

Ins Wasser springen ... ah, wär' das schön jetzt!

Der Bademeister mit seinen geschulterten Leinenmatten, endlich ... endlich scheint er auf dem Plattenweg abzuziehen.

Cris unter der Palme drüben, zwischen den vielen alten Leuten ... Immer noch über ihren Vokabeln.

Frottiertuch. Öl. Kamm. Minox. Sonnenbrille. Alles reingeworfen in die Streifentasche.

Wo sind die Badeshorts?

Wie es gegen den Strich geht, dieses drängende Gegaffe der Kleinen.

Endlich raus zu Cris jetzt ... Eine Kostbarkeit jede Minute, jede Stunde, die uns noch zusammen gehört.

Der Slip im Spiegel . . . in diesem Moment nur noch Textil. Dupontmaterial, das kilometerweise aus Webautomaten fließt . . . Runter damit. Soll sie doch schauen, verdammt noch mal, wenn sie's nicht lassen kann . . . Einfach ignorieren.

Der Mädchenkopf ist seitlich auf die Mauer geschmiegt . . . beharrlich, erwartungsvoll.

Wo stecken sie bloß, die Badeshorts?

Nackt durchs goldgerandete Spiegelrechteck gehuscht. Alles ist weggeschrumpft. In die Defensive gedrängt.

. . . ah, da draußen über dem Terrassenstuhl trocknen sie dahin, die Shorts.

Der Teenagerpo räkelt sich faul. Die vergammelten Mokassins schlenkern in den blauen Himmel.

Was ist das nur für eine lähmende Unschlüssigkeit? Wie oft noch die Shorts zusammen- und auseinanderfalten . . . läppische Verlegenheit.

Der Stachel im Fleische.

Hypnotisch fast . . . Sie sind nicht loszukriegen, die zwei braunen starren Pupillen durchs Blättergerank.

Spürbar wärmend strömt der Blutstrom in untere Gefäßregionen ein. Wie sie auf der Haut kribbelt, diese animierende Neugier!

Verschämt und verklemmt beginnen die eigenen Fingerspitzen wie unter einem Zwang zu tasten, zu kreisen . . . Wahnsinn!

Wenn du quatschst, kleines Biest, dann wird es ein Spießrutenlaufen um den Pool . . . durch Weibergetuschle.

Die bunten Comicstrips hängen schlaff von der Mauer dort runter. Onkel Dagobert. Jonathan und Kasimir, weit entrückte Kinderträume . . .

Wie eine Spinne lauert sie im Chlorophyll-Netz auf optische Beute . . . Beharrlich. Suggestiv.

Wie es sich unter der brutalen Neugierde langsam hochhämmert, das Ding. Angst . . . Pfeffer der Lust.

Es zieht und spannt. Der Adrenalinspiegel drückt nach oben. Tausend Nervenfasern beginnen zu schwingen.

Vom Oleander rechts abgedeckt näher an die Terrasse, ins Sonnenquadrat. Noch näher . . . Ein mißglücktes Kumpanenlächeln zu ihr hin.

Plötzlich . . . Fast ruckartig hat sie sich aufgerichtet neben der Säule und beiseite gedreht.

Erschrocken? Das war zuviel für mein Baby? Die Paulus-Evangelien sind eben doch ganz schön tief einprogrammiert.
Süchtiges Streicheln von unten rauf. Ahh . . . Ist das nicht viel aufregender als eure Biologie-Aufklärung?

Hee . . . schau doch wieder. Möchtest sie nicht sehen, die Explosion, von der die Schulfreundinnen flüstern?

Auch das brünstige Röhren prallt ab an dieser kühlen kleinen Schulter.

Vielleicht hat sie überhaupt kaum was gesehen gegen das Sonnenlicht . . . langweilt sich?

Oder hat der Zeigefinger des Kaplans gewonnen? Der vor ewiger Verdammnis warnt. Vor satanischen Lüsten . . . Der Geißel des Fleisches.

Die hohen Schilfhalme draußen wiegen sich in der mediterranen Brise. Arkadische Gefilde . . . Fünfsternekategorie.

Vergebliches Rausseufzen ins fleischige Grün . . . Kribbelt sie nicht schon, die Versuchung, mein Kleines?

Wenn der gute alte Sündebegriff mal ausgedient hat, wird's nicht mehr halb soviel Spaß machen.

Niedlich drücken sie sich durch, die sulzigen kleinen Dinger unter dem ausgelatschten Mickeymouse-Trikot. Nur für Augenblicke drehen sich die rotblonden Rattenschwänzchen. Ein Schielen über die Schulter . . . So was wie Ekel um die zusammengezogenen Brauen.

Ahh . . . die können hörig machen, diese Schäfchenaugen. Ja, schiel doch noch mal! Räuspern. Winken . . .

Rascheln mit der New York Herald. Wenn du wüßtest, kleines Biest, wie du quälen kannst ...

Leise Pfeifsignale locken hinaus ins Grün ... Helltönig eindringlich.

Immer dasselbe holprige Motiv aus gespitzten, trockenen Lippen ... Das Flöten der Syrinx.

Du ...!

Zum Verrücktwerden, dieser Teen-Po von hinten. Auf die Steinmauer gepreßt, geil auseinandergequetscht.

Da ... da tastet sie sich auf heuchlerischen Umwegen wieder heran, die Neugier, an ihr obszönes Ziel ... Bestimmung. Struktur.

Gekonnter Augenniederschlag ... Und wieder die sensationslüstern halboffene Schnute.

Satyrhaft nach oben gekrümmt steigt es aus dem dunklen Haarbüschel. Bietet sich der beißenden Neugier an. Fast zutraulich schon, wie sie alles abtasten, diese faszinierten Mädchenaugen ... Ahh! Communication.

Durch Verhaltensschablonen und Paragraphen hindurch verbinden wir uns für Minuten zu dichter Ganzheit.

Ein Bein über die Polsterlehne gespreizt. Die Hand von hinten durch. Zwei Steine ... Bockstänze.

Liebkosen diese ekstatische Handvoll Fleisch ... Es hämmert und pocht, als müßten die Gefäße zerspringen.

Alles *Sein* ... alles *Ich* verliert sich aus Raum und Zeit.

Als wäre alles rausgesogen aus den Blutbahnen und hineingepumpt in diesen starren Fleischkolben, der sich immer wieder rosig, mächtig aus der Hautrüsche schiebt und zurückgleitet. Hoch explosiv, die feuchtgeschlitzte Mündung.

Im Spiegel diese gestreßte, ausgelaugte Hülle ICH ... PAN sieht mich an durch die Zeiten.

* *
*

... wieder mal 'n paar Beispiele rausgeknobelt für Strukturdenken ... gib bitte mal deinen Leserkommentar dazu, Cris!

Da wäre etwa das Naturgesetz: Communication ... eine Superstruktur ...! Alles ist um des Ganzen willen ... drängt dynamisch zueinander ... Gruppenstreben, auch bei Tier und Pflanze. Das Leben der Ameisen ist wie mit unsichtbaren Fäden verbunden. Wer von dieser Struktur abweicht, krankt ohne die Gemeinschaft und ihre Anerkennung ... Ist o. k., ja?

Etwa der Begriff »sich verlieben«. Diese Verdichtung unterliegt noch ziemlich unbekannten psychischen Strukturen ... Vielleicht Schock? Demütigung? Hindernisse? Innere Leere ...? Jedenfalls wird erkennbar, wie unendlich viele Strukturen des Universums noch durchsichtig zu machen wären.

Sind die Strukturen, die aller Materie zugrunde liegen, starre, endliche Gesetzlichkeiten ...? Nicht legierbare Metalle konnten in der Schwerelosigkeit des Weltraumes plötzlich Legierungen eingehen. Also ... Relativität der Struktur.

Porno ... Nicht das nackte Objekt erregt. Sondern die Struktur, die Beziehung der Dinge zueinander. Und sei es der Postbote am Fenster ... Streichen, dieses Beispiel? Aha ...

Ist nicht letzten Endes aller Mißerfolg, alles Versagen und Gestreßtwerden nur ein Handeln gegen die Struktur ...? Ein Fluß sucht sich doch auch den weichsten Weg um die Hindernisse.

Erfolg ... wäre dann nichts anderes als das instinkthafte Talent, im Einklang mit der Natur Strukturen mehr als andere zu erahnen, zu ertasten, auszuwerten?

Galileis Gesetz vom freien Fall ist keine Erfindung ... es war immer schon da! Er hat diese Struktur nur aufgedeckt, erahnt.
Das mit Galilei findest du überzeugend, ja?

Wie Kant es vor 200 Jahren begriff ... der getreue Spiegel der Schöpfungsordnung sein ...

Sollte man es wagen zu sagen ... Gott = die Struktur. Die Struktur = Gott!!

Eine neue Religion ...? Besser gesagt ... Strukturdenken ist das, was den Platz dogmatischer Religionen, starrer Philosophien und 3-dimensionaler Ideologien und Systeme einnehmen wird.
Das klingt unheimlich nach Größenwahn? Danke für die Blumen ...

* *
*

He! Tiberio ... Wo ist er denn jetzt, dieser verlauste Köter ...

Seit dem Monte Tiberio läuft er uns schon zwischen den Beinen rum ... und ganz plötzlich ist er verschwunden? Haben ihn die Fußtritte aus dem Gleichgewicht gebracht, beim Schnüffeln an dieser Osteria da hinten?

Sieh mal ... Byzantinische Türmchen und Bögen. Verwitterte Säulengänge. Bröckelnde Keramikfresken.

Licht und Schatten zwischen ausgetrockneten Zypressen. Violette Blütenpolster wildern über Balustraden.

Sieht fast so aus, als nagte die Erbschaftssteuer an diesem Zauberschloß aus 1001 Nacht?

Zerquetschte Colabecher, Zigarettenpackungen und Icecreamhüllen ... durchs rostige Gitterportal reingeworfen ... Wie lange noch, dann rollt der Bagger an, verschlingt diese feudalistische Fixierung von Raum und Zeit ... Bald steht auch hier 'ne Tafel ... *Appartamenti Vendosi.*

He, Tiberio ... da bist du ja wieder! Ja wedle nur ... klar freuen wir uns, dich wiederzusehen ... Das geht wohl unter die Haut, so zärtlich von Cris gekrault zu werden, hm ...? Aber verschone uns mit deinen Streptokökkchen, Spirillchen und anderen niedlichen Parasiten!

Ooch ... zwei ganz liebe, kluge Hundeaugen sind das, die da raufschauen, ja. Und wie wär's mit einem Foto von euch beiden? Bombastisch, das alte Gitter als Background ...

An diesem Prachtstück, da hat mal ein neapolitanischer Kunstschmied gut und gerne 'n Jahr rumgebosselt. Vielleicht gerade fürs Essen und Trinken. Und die Ehre ... Ausbeutung? Das gab's mal.

Tiberio . . . Unten durch die Gitterstäbe ist er reingehuscht. Mit hochgeringeltem Schwanz flink herumschnuffelnd zwischen exotischen Gewächsen und den vermoosten Stufen. Der kleine Gauner würde seine Freiheit für kein Brillantenhalsband der Welt eintauschen!

Tiberio . . . da gehörst du nicht rein. Kein bißchen Respekt vor Besitzbegriffen. Das muß ja mit Fußtritten enden . . .! Aha, vierdimensional findest du das . . . einfach quer über sämtliche Katastergrenzen weglaufen . . .

Aber vergiß nicht, Tiberio . . . daß die bisherigen drei Dimensionen ihre volle Gültigkeit behalten . . . der Würfel lediglich durchsichtig wird . . . Du, der versteht das!

An der verwitterten Vase mit Faun und Najaden hebt er sein Bein . . . Ein nasser Fleck strahlt auseinander.

Riesenhaft die stämmige Palme da vorne. Mit ihren Ringen ist eine Epoche gewachsen . . . Schlaff und resigniert hängen die angewelkten Blattfächer.

Duftwellen schwelen aus dem Pinienhain.

An die vergilbte Marmorstatue ist ein rostiges Moped hingeflegelt.

Zikadengesänge schnarren rhythmisch durch die Zeiten . . .

* *
*

Arco Naturale . . . Durch das gigantische Felsenloch schimmert das Meer rüber bis Sorrento. Ein Aliscafo zieht seine lange Spur durchs Blau.

Wir beide umrahmt von urgewaltigem Background . . . Sie übermütig unter dem karibischen Strohhut . . . fotogen rangekuschelt. Windfliegende Mädchenhaare kitzeln um die Nase.

Unsere Minox wackelt unentschlossen hin und her in den klotzigen Händen eines Touristen. Na endlich . . .

Die Sandalen mit den Filigrankügelchen klimpern wieder unternehmungslustig die Felsentreppen runter. Sie knackt ihre Sonnenblumenkerne zwischen angegilbten Vorderzähnen.

Da gibt's noch Bauernhäuser aus geklauten Steinen der kaiserlichen Villen!

Schau ... von hier aus kann man's gut sehen ... das Rebenhäuschen oben auf dem Plateau ... das ist es, das ich unbedingt mal haben wollte ... damals mit Traudl. Ja, das mit der Regenkuppe, hinter den beiden Zypressen.

Zivilisationsmüde ... ja, irgend so was muß es wohl gewesen sein? Frei sein!
Weg vom Büromief ... Vom Leistungszwang. Weg von der Panoramascheibe des Chefbüros, durch die Paps unermüdlich die Verkaufsräume überwachte. Und speziell die Aktionen seiner beiden Söhne ... Die vorprogrammierten Tragsäulen der Firma.

Steil holpert der verwucherte Pfad zu den felsigen Türkisbuchten runter, wo sich weißer Gischt aufbäumt. Das schwammige Gestein, das angesogenes Salzwasser durch tausend Löcher und Ritzen immer und immer wieder rausspült.

Paps ... was für ein Typ er ist ...? 'ne Art Senkrechtstarter. Aufrecht. Asketisch bescheiden. Ein Energiekraftwerk. Aber hoffnungslos 3 D ... Verwurzelter Glaube an Dualismen. An Gewaltlösungen, an Forciertes. An die Manipulierbarkeit der Dinge durch Geld und Macht ...

Schmiegsam spürbar ... die Teenagerschulter daneben.

... die Felsstümpfe drüben ... ja, dort vor der Küste ... Das sind sie, die Sirenusae. Die sich durch Orpheus' List besiegt ins Meer stürzten, zu Stein wurden. Aber möglicherweise existieren und flanieren sie an unzähligen Stränden doch noch munter weiter ... in Minibikinis und ohne.

Die Scheidung im Elternhaus, als ich 'n Bub war? Ooch, kein bißchen unglücklich darüber ... Mit Mama leben war urgemütlich ... Aber wenn bloß das Telefon schnarrte, waren sie alarmiert, die Angstpsychosen zu Paps ...

Unentwegt schiebt sie ihr eingelaufenes Shirt in die Fransenhose ...

Hm, als Juniorchef . . .? Glücklich gewiß nicht! Mit Traudl hatten wir die Kisten schon gepackt für Brasilien . . . Aber die Abhängigkeit war stärker . . . Und Alfons kam auf die Welt.

So was wie Emotion ist spürbar aus dem Druck der Mädchenhand . . .

Und später dann, der Roman . . . Wieder ein Versuch, mich frei zu machen. Jahre bis tief in die Nacht dran gearbeitet. Auch im Büro in der Schreibtischschublade weitergeschrieben.

Auf Geschäftsreisen den Block daneben im Auto.

Zwei halbe Manuskripte weggeworfen, Körbe voll Papier . . .

Warum? Hatte sich alles immer wieder durch neue Erkenntnisse entwertet . . .

Zwei Eidechsen jagen sich die Stufen runter.

Paar tausend Stunden Freizeit und Erholung den Nerven weggestohlen, bis sie rebellierten . . . Heilschlaf. Klinik . . .

Und dann endlich Paps ein Agreement abgerungen . . . 'ne Chance zu schreiben.

Mittagshitze brütet herb aus krummen Nadelhölzern . . . Das Gelb des Ginsters umpolstert klüftiges Gestein. Liebliche Wildheit.

Danke. Ja, schmecken schön salzig, die Kerne . . . fütterst mich wie 'n Äffchen.

In der Grotte da drüben hinter den Büschen gab es nach historischen Überlieferungen dolle Frühlingsorgien. Nymphen und Panisken luden zur Wollust . . .

Sie setzt sich auf die Brüstung, holt ein Steinchen aus dem Schuh . . . Daß du mir das bloß nicht in dein Album klebst!

Die sanfte Meeresbrise flirrt silbrig in den Ölbäumen.

Draußen dehnt sich tiefblaue Weite zum Horizont . . . durchwoben von Mythen und Sagen.

* *
*

Unter lauem Sternenhimmel ... hinausträumen in mondsilbrige Meeresweiten ... Tanzende Punkte draußen ... die Lampade der Fischerboote.

Der betäubende Salzduft des Tyrrhenischen Meers vom Nachtwind herangetragen. Kosmische Dankbarkeit für die junge Wange, die sich wortlos ranschmiegt.

Bizarre Oliven filtern das Mondlicht über den Stein. Für Sekunden fließen wir beide zur Ganzheit zusammen ... wie Himmel und Wasser weit draußen am rosigen Horizont.

Möwenschreie umkreischen die Felsenriffe von Faraglioni ... Urgestein, von der Brandung umspült.

Die gleichförmigen Rhythmen werden weitertosen, wenn längst unsere Begegnung ferne Vergangenheit geworden ist.

Immerfort wirft er sich auf, der helle Gischt, durch die nächtliche Bläue. Zischt brodelnd ab durchs schwammige Gestein ...

* *
*

Morgensonne im Vorhangspalt ... Draußen kratzt der Besen über die Steinplatten. Vom Pool her sanftes Plätschern.

Das Bett daneben ist leer ... Kühles, glattes Leinen.

Auf ihrem Waschtisch ist nichts mehr ... nur die ausgedrückte Colgatetube, säuberlich aufgerollt.

Ziemlich träge war der Fitlauf ... nur halb geschafft heute ... Immer und immer dieses Mädchengesicht vor Augen ...

Gestern auf der Treppe zum Helikopter wandte sie sich noch einmal um. Versuchte sich ein Lächeln abzuringen ... Es war besser so, wieder getrennt zu reisen, wegen der Eltern ...

Als hätte sich nichts geändert ... hat der Bademeister sie wie jeden Morgen dort wieder hingerichtet, die zwei Liegen an unserem Mauerplatz mit den violetten Bougainvilleas. Sonnenschirm. Tischchen. Aschenbecher.

Das Blickpanorama über die Terrasse dehnt sich glanzlos und abgenutzt ins Grün ... Über dem Arm der Steinputte hängt nicht mehr ihr Zebra-Bikini.

Ganz schön rausgeschlittert aus der Programmierung. Diesen Flirt überdehnt, statt 'ne Wende herbeizuführen ... Das Leben kümmert sich eben einen feuchten Dreck um linearen Aufbau, um Symmetrie und Proportion! Live ...

Das Klacken der Tennisbälle dringt seltsam hohl ins Alleinsein.

Das weitoffene Torerohemd, die rote Samthose ... das alles scheint plötzlich ein bißchen lächerlich im Blickfeld der Piazza ... Die fremden Sprachen ringsum haben plötzlich etwas Distanzierendes ...

Wie ein zärtlicher Nachklang zergeht es auf der Zunge ... das Gelato fragolini.

* *
*

Genau vor einer Woche klickte an dieser Stelle das erste Foto ... Dort auf der alten Zisterne saß sie mit der Eistüte, ein Jeansbein angezogen ... Das morgendliche Gegenlicht in den Haarsträhnen.

Diese sieben Tage ... Als hätte sich der Füllstoff von sieben leeren Jahren reingepumpt ... Zeitrelativität.

Die Staubwolke gestern unter dem hochflappernden Helikopter ... Zerstäubende Träume.

Und dann entlang an Rebengärten und brüchigen Steinmauern ... Das Klimpern ihrer Sandalengehänge daneben fehlt ganz schrecklich.

Ach ja, die Cartusa ... Schade, die haben wir nicht mehr geschafft ...

Oder war ein bißchen unbewußte Absicht dahinter, die Cartusa auszusparen ...? Ulkig war das damals mit Dagmar ... Der wabbelige Mönch, der uns durch fromme sieben Jahrhunderte führte ... Wir wußten nicht warum, aber es platzte einfach immer wieder raus, das grundlose Feixen hinter seinem porigen Specknacken.

Weit ... weit ist das weg ... Ein verdammt mieses Gewissen, morgen Dagmars testenden Augen gegenüberzutreten.

Hätte eigentlich wissen müssen, daß dieses Inselparadies nicht geeignet ist für die Demontage einer Romanze . . .

* *
*

. . . genaugenommen – wann konnte ich mich schon jemals verwirklichen in diesen fünfzig Jahren . . .

In der Kindheit lehrte man mich früh genug, mich der eigenen sensiblen Mentalität zu schämen.

. . . die zweiundzwanzig Jahre in der Firma Schritt für Schritt brav Vaters Fußstapfen nachgetreten.

. . . 'n richtiger Playboy, das wäre ich nicht ungern geworden. Zuviel Tiefgang – das war das Handikap.

Schreiben, schreiben . . . Wieviel Kubikmeter Papier hat man vollgeschmiert in den Jahren, ohne durchzuhalten bis zum letzten Satz? Eine ungezügelte Phantasie hat den Erfolg immer weiter in die Zukunft geschoben. Wenn ich's jetzt nicht hinkriege mit letzter Kraft, dann hab' ich – wie Paps so was auf den kleinsten Nenner bringt – fünfzig Jahre lang die Welt verschissen . . .

* *
*

Im Hotelkorridor auf dem Weg zum Lift streifen die Finger den Kristalleuchter. So wie es Cris im Vorbeigehen jedesmal übermütig tat. Zärtlich helles Klimpern, seltsam irrational . . .

Kein bißchen Lust, die Manuskriptnotizen da anzurühren . . .

An der Spiegelleuchte hängt noch der Gummiring, mit dem sie morgens ihr Haar immer zurückknüpfte.

. . . dem Zerfall dieser subjektiven Gefühle nachhelfen, ihn beschleunigen . . .? Warum eigentlich nicht Empfindungen wieder wegmanipulieren, so wie man sie ranmanipuliert hat . . . Paar Annoncenantworten müßten schon zu Hause im Briefkasten vorliegen. Die Reizflut der Großstadt wird alles überspülen.

Forcierte Aufnahme neuer Partnerkontakte, neuer Sympathien. Abwechslung. Man kennt sich doch langsam ...

* *
*

Fast unerträglich, bis morgen zu warten. Flug 127 ... Naples 12.35 via Rome 13.55.

Una bottiglia Rosato Bertini, prego ...! Die verdichtete Sensibilität abdämpfen ... Cris versprochen ... um Punkt acht bei Settani an unserem Ecktisch zu sitzen. Für Augenblicke über die Entfernung hinweg unsere Gedanken zu verbinden ... Ihr Stuhl ist leer. Dicht spürbar ihr Medium.

Sonntagabend. Festa Tarantella. Musik schwingt in der Luft.

Bleischwer lastet es in der Brust ... Zum Kotzen, was soll diese hysterische Verdichtung?

Todsicher hat sie zu Hause längst mit irgendwelchen Boys telefoniert. Und das ist gut so ...

Es geht um die Abrundung der Story. Und um sonst nichts.

An nichts klammern. Keine Empfindungen fixieren ... Dieser Stoff selbst, mit seinen wundervollen Schwingungen nach innen, müßte mir wahrlich genug sein ...

Noch für 'ne Zigarette auf die Terrasse ... Rausschauen, wie diese Parksilhouette, die unsere Tage umrahmte, ins Dunkel versinkt ... Vergangenheit wird.

* *
*

Lieben Sie schnelle Autos. Fünfsternehotels. Hochseejachten ...?

Ein Hauch von Zärtlichkeit ... Ist es auch das, was Ihrem Dasein fehlt?

Liebe am Vormittag ...?

Sommer. Sonne. Süden ... fahren Sie mit ...?

Format 12x6
Samstag/Sonntag-Ausgabe

* *
*

Verdammt noch mal . . . wieder vergessen nachzutanken.

Kennedybrücke. Auto an Auto. Eingereiht in die vierspurige Kolonne, die dem grauen City-Alltag entrollt . . .

Im Rückspiegel die nachgetönten Schläfen mustern.

Den Isarring weiterfahren bis zum Effnerplatz . . . so hatte sie es ziemlich umständlich erklärt, diese schwäbelnde, schnarrende Telefonstimme.

Aha . . . ihre Mama ist es also, die emsig Bekanntschaftsannoncen anschreibt . . . sie möchte verhindern, daß ihr Töchterlein wieder nach Madrid zurückfährt. Wahrscheinlich eines dieser unentschlossenen Geschöpfe, die von allzu besorgten Eltern gelenkt und gelebt werden.

Nichts wäre geeigneter zum Händchenhalten und sich Ranknutschen als dieser laue Juniabend . . . Möglicherweise ließen sich die neuen Autoliegesitze gleich testen?

Die Erwartung . . . ist sie nicht das Himmlischste überhaupt . . .? Bloß niemals die Freiheit blockieren!! Nicht die Zukunft verplanen, verräumlichen . . .

Offenlassen die Sehnsucht . . . nur das heißt leben. Alles andere ist sterben.

Eine Fliege brummert hysterisch über die Sichtscheibe . . . Wie sieht wohl der Raum durch die Netzhaut einer Fliege aus?

Priel . . . Sagte sie nicht rechts raus am Priel, in die Siedlung einbiegen?

Ganz schön direkt quäkten ihre Fragen aus der Telefonmuschel . . .

Sie sind blond? Brillenträger . . . nein? Geschieden? Kinder . . .? Achtunddreißig, aha . . .

Manchmal war es, als wittere sie die Lügen zwischen den Verzögerungen.

... einssiebzig, aha ... Ist Ihr Name denn irgendwie mit dem bekannten Handelshaus identisch ...? Teilhaber, so, so ...

Jetzt links einbiegen ... so war's doch. Und gleich wieder rechts? Der Blinker bleibt wieder mal hängen ...

In dem Block da hinten wohnte doch damals unser Steuerberater Dr. Wager ... Tablettenvergiftung.

Punkt sechs ist es auf dem Kirchturm.

Drittes Häuschen gegenüber der Grünanlage ... Nr. 37.

Die komische Tante mit dem Spaniel, an der Zaunecke ... ist sie das womöglich ... Schon auf Vorposten?

Hallo ... wie herrlich unkompliziert wir uns gefunden haben, finden Sie nicht?

Ganz auf meiner Seite das Vergnügen, Frau Doerig ... Sie hält die Hand ein bißchen zu lange.

Die zwei Augen unter dem verdrallten Kaufhaushut kriechen indiskret über die Oberfläche ihres Gegenübers. Mustern mit wohlgefälliger Kurzsichtigkeit den Wagen. Ute ... ach, die hat doch Ambitionen für schnelle Wagen!

Durchs beleuchtete Fenster unten sind kleinbürgerliche Klamotten erkennbar.

Ute macht sich noch bißchen schön, wissen Sie ... Was sie für diese unzähligen Fläschchen und Döschen ausgibt, du lieber Himmel ...

Ute ... die hungert sich mit ihrem Schlankheitsfimmel noch zu Tode ... Das müssen Sie ihr unbedingt ausreden ...

Ute konnte gestern nicht ... sie war auf einer Soiree des *Exportclubs.*

Die weiche Hutschlappe wippt bei jedem Wort bestätigend mit ... Die Nachbarfenster hat sie stets im Auge ...

... der alte Drachen wird doch nicht beabsichtigen, sich zum Dinner mit dranzuhängen?

Drüben in der Anlage brüllen die Jungen hinter ihrem Fußball her.

Utes Vater ist pangsionierter Staatsbeamter, müssen Sie wissen ...

Sie hat den Hund auf den Arm genommen, der sich an eine souveräne Dogge rankläffte. Candy vergißt manchmal einfach, wie klein sie ist, verstehen Sie ...

Aus ihren Augen strahlt helles, blaues Nichts ...

Ute hat ein paar hübsche Antiquitäten durch den Zoll geschummelt ... Spottbillig das Zeug dort unten.

Das Dachfenster des Häuschens ist plötzlich dunkel geworden.

Ute hat ein großzügiges Angebot für eine touristische Werbekampagne ... Ute war clever genug, Erkundigungen einzuziehen ... Leider eine ziemlich unfundierte Sache.

Ute könnte auch als Sekretärin bei einem renommierten Architekten anfangen, aber ...

Eine Tür fällt hart ins Schloß.

Uteschnackilein ... da kommt sie ja!

Durch weiße Blütenpolster stöckelt es selbstsicher über den Plattenweg.

Zierlichkeit im Ozelotjersey. Ein gutgeschnittenes, katziges Gesicht. Zwei illusionslose, wissende Augen taxieren ...

Positive Ionen stoßen einander ab.

Meine Tochter Ute ...

Sehr angenehm ... Spürbar spannt das eigene Lächeln.

Wir wissen es beide schon ... ein verlorener Abend ...

* *
*

5.45 Uhr...

Da zertrippelt man zwischen Schreibtisch und Kamin die kostbare Zeit... Und dieser angesammelte Berg unerledigter Arbeit bleibt liegen.

So ist Iris... Erst hat sie sich nur ein paar Minuten verspätet. Bald schon zwanzig... Und heute sind's genau dreiundvierzig Minuten!

Todsicher schäkert sie da draußen am Eingangstor wieder mit einem dieser vergammelten Rotzlöffel rum, den sie in Schwabing irgendwo aufgelesen hat.

Na warte, Kleines...! Lange wirst du nicht mehr rumtrampeln auf den hypersensiblen Nervenfasern deines Autors... Dann wird sie zugezogen, die Schlinge!

Deinen putzigen kleinen Lebensstandard werden wir hinaufschrauben in die exklusiven Etagen der Kaufhäuser.

Sollst noch fliegen auf die kleinen, blauen Scheinchen wie 'ne emsige Biene auf den Honig.

In deinen Kälbchenaugen mit den Tuschekrümelchen wird er sehr bald weggezaubert sein... dieser gequälte, angewiderte Ausdruck.

Und es wird nicht mehr nötig sein, die eigenen Orgasmen ängstlich verschämt unter der Mohairdecke abzuquetschen.

Zentimeter für Zentimeter wirst du eigenhändig dein Plisseeröckchen liften... andernfalls wird nämlich der Konsumhahn zugedreht!

Für jeden Lappen sollst du auf allen vieren im Slip 'ne Runde über den Bodenvelours kriechen.

Dich aus- und ankleiden lassen wie 'ne Spielzeugpuppe... In alle zweiundzwanzig Positionen des Kamasutra legen.

Durch elysische Gefilde dieses niedliche Pony reiten.

Verwöhnen und quälen so ein Weibtierchen.

Hündisch belecken den jungfräulichen Flaum.

Deine festen Dittchen und die zwei Pogrübchen beschießen wie 'ne Zielscheibe.

All die Millionen Teenagerzellen bekleckern mit den zähen weißen Schleimfäden der Communication, die sich wie 'ne Brücke zwischen uns ziehen und dehnen werden.

Du selbst wirst sie auseinanderziehen, die kleine rosige Spalte mit deinen gelackten Babyfingern.

Den letzten Rest von Verstand könnte man verlieren!

Alle ausfüllen, diese vaginalen Kindlichkeiten . . . Tausende, Millionen solcher taufrischen, schrumpfeligen Kleinmädchenschnecken . . . Sie alle versäumt zu haben, ein unerträglicher Gedanke!

* *
*

Termin 5. Juni Kellerfundamente.

Termin 9. Juli Maurerarbeit. Zimmereiarbeit.

Termin 22. August Wasser- und Elektroinstallation. Zentralheizung. Fliesen. Platten. Klempner.

Termin 20. September Putzarbeiten.

Termin 8. Oktober Stahl- und Metallbau.

Termin 3. November Rolläden. Verglasung.

Termin 24. November Außenarbeiten.

* *
*

. . . sie eingeladen in ein französisches Etagenrestaurant in Neuhausen, wo einem wenigstens keine Bekannten übern Weg laufen . . .

Ein kantig apartes Ludergesicht, schon leicht abgefeiert.

An der Bar auf James' Party kennengelernt . . . Auf einem Papierset die Telefonnummer hinterlistig notiert, hinter Dagmars dekolletiertem Rücken.

Ihre Aufmachung ohne besonderen Akzent, fast unsorgfältig ... Drunter alles sehr o. k. für ein geübtes Männerauge.

Zahnarztassistentin.

Die dunkle Haarfarbe wahrscheinlich echt ... In den graugrünen Augen war nicht so recht anzukommen.

Die alte Taktik ... in der ersten Halbzeit leisetreten mit Annäherungen.

Beim Nachreichen des knobeligen Salats gab es eine zufällige Berührung, die spürbar machte, daß ihre Welt auf der Haut beginnt und endet.

Es lohnte nicht, mit dem Argument Relativität ihren anarchistischen Thesen zu widersprechen ... diesem kalten Kaffee von der Ungerechtigkeit der Verteilung ... Ihr Ausdruck erhitzte sich ins Aggressive.

Durch polemisierende Wortballungen hindurch wirkte sie immer aufregender, die Magnetkraft dieser sinnlich geschwellten Lippen im angewelkten Großstadtgesicht.

Aber es gab da eine Distanz, ein unsichtbares, verflixtes Dazwischen, das uns trennte ... unsere Communication blockierte. Die Struktur?

Diese etwas gedunsene, rosige Hand, die energisch mit dem Steakmesser hantierte ... das war nicht Christianes zierliches Kuschelpfötchen ...

Die heisere Chansonstimme vom Tonband füllte die Schweigeminuten. Im Tischtuch die zwei blassen Rotweinflecken ... Ihre abgewetzte Boxcalftasche.

Als sie die Brotkügelchen wieder zurückschoß, lockerte sich die Stimmung.

Sooft der Wirt mit der Kellermeisterschürze aus dem großen Steinkrug nachschenkte, fand er ihr Glas leer.

Ihre Poren waren flüchtig überschmiert ... Alles provisorisch an ihr ... unmateriell. Eine intensive Lebensfackel, die an beiden Enden abbrennt?

Orgasmen ... ist das ihr Leben, ihr Sport?

Um die verdammten Hemmungen abzuschütteln, folgte wieder mal jenes Experiment . . . Diese immer gleiche, hinterlistig aufregende Story von dem Kindermädchen Marlis damals . . . Die bei der Oliver-Twist-Einschlaflektüre den Blickwinkel unter ihren Rock immer aufregender gestaltete . . . Bis sie unter dem Buchrand hindurch die rhythmischen Bewegungen unter der Daunendecke ihres Zöglings registrieren konnte . . . Doch, ein entspannendes Einschlafmittel war das.

Und beim Erzählen immer wieder mal ein verschämtes Stocken einlegen . . . um ihre Ermutigungen herauszufordern.

Als hätte man ein Aphrodisiakum in ihren Wein geträufelt, so öffnete sie sich nun und strahlte so was wie Wärme ab. Sie begann ihr Gegenüber aufmerksamer zu testen.

Sich als Autor zwingen, diese Barriere der Gegensätze zu überwinden . . . die eigenen Schwellkörper zu betrügen? Bumsvallera!

Im Auto weben sich bildliche Vorstellungen ihres verschlampten Apartments durch die Phantasie. Vielleicht ist noch die Bettwärme eines anderen Stoßers in den Daunen.

Während der Fahrt über die zweispurige Marsstraße hing die Frage . . . was nun, unbeantwortet in der Luft. Irgendwie verhielten wir uns beide so, als wäre der weitere Programmablauf ganz selbstverständlich.

Und doch schlich sich ein sachtes Unbehagen ran, diesen mentalen Abstand womöglich doch nicht körperlich überwinden zu können. Wer will schon ein Fiasko bauen . . .

So was wie ein Leistungszwang bedrückte sanft.

Das Knie dort aus dem groben Jackenkleid wartete auf ein zärtliches Signal . . . Warum, verdammt noch mal, fand die Hand den Weg nicht dorthin?

Angst vor ihrer Routine . . . ihren Forderungen, den letzten Samenfaden rauszuquetschen?

Angst vor diesen niedlichen, infektiösen Einzellern, die auf der Sexwelle mitschwimmen, von Schleimhaut zu Schleimhaut . . . Trichomas vaginalis.

Ekel vor diesem dünnen, schaumigen Ausfluß, vor verpilzten Scheiden. Die Mikroben sind immer dabei. Hallo Partner . . . danke schön!

Wir stoppten an der Einfahrt ihres Wohnblocks . . . Fast im nächsten Augenblick blinkten hinter uns zwei Autoscheinwerfer. Was will der? Ach so . . . die Einfahrt frei machen!

Die Chance! Unter Zeitdruck ein Gutenachtküßchen . . . Furchtbar in Eile rübergreifen, ihr die Tür öffnen. Irgendwas quasseln von telefonieren, morgen . . . Ciao!

Das Überraschungsmanöver war geglückt. Gas geben . . . die Maschine auf 5000 Touren jagen, wie ein Flüchtiger.

Befreit durchatmen . . .

Ein paar Kreuzungen weiter dämmern sie schon, die ersten Zweifel . . . Idiotisch! Diesen bombastischen Fick zurücklassen . . . verschenken.

Angst vor der Realität . . .? Diese gottverdammte Sensibilität, die immer schon alles blockierte . . .

Oder ist das immer schon so 'ne Art Schutzschicht um die eigene Seele? Um diesen kostbaren Stoff Erlebniskraft . . .

Was bleibt schon übrig, als sich so was einzureden . . .

* *
*

Zeit vierdimensional . . . ist mehr als Uhrenzeit.

Zeit wirkt dort, wo Statik zur Dynamik wird. Zeit ist Qualität, Intensität.

Zeit . . .? Ein Baum beispielsweise . . . ist erstarrte, materialisierte Zeit. Formwerdung.

Zeit ist die konstituierende Komponente des Raumes . . . Zeit und Raum stehen im selben Verhältnis wie Körper und Seele.

Paps? Hättest du dann mal 'n bißchen Zeit . . . Wollte diesen Judowurf über die Schulter bei Thomas mal probieren, es klappte einfach nicht . . . irgendwas mach' ich falsch!

Carolyn ... du warst mit Mami am Weekend so plötzlich verschwunden? Noch dazu mit dem neuen Wagen, der nicht mal eingefahren ist. Habt ihr denn wieder Erika besucht ...? Ach so, bei Oma hat sie dich abgeliefert ...

Stell schon den Recorder leiser, Carolyn ... wie soll man da arbeiten! Und verkleckere bloß nicht den Velours!

Ihr Pinsel läßt Orange in einem leuchtenden Türkis zerfließen.

Aus dem latschigen Harvardsweater, den Mami aus USA mitbrachte, ist sie nicht mehr rauszukriegen.

Und dein Schulaufsatz, ist der wenigstens fertig? Erst Donnerstag abliefern ... schieb's nur wieder raus bis zum letzten Moment! Und vergiß nicht deine Physik-Fünf ...

Paps ... Ich könnte doch morgen mal nach der Schule zu Christiane fahren, Englisch und Mathe pauken. Kommt sie denn überhaupt nicht mehr hierher, wieso?

Kleines, reden wir später drüber ... Laß deinen geplagten Papi mit seinen Notizen da fertig werden ...

Zeit wurde zur dreidimensionalen Begriffszeit verräumlicht. Zur bloßen Uhrenzeit zerschnitten ... Ihre Qualität zum Maßsystem degradiert ... Zweidimensional = mythische Naturzeit. Eindimensional = magische Zeitlosigkeit.

Zeit und Raum ergeben eine Einheit, die ununterbrochen zerfällt und sich stetig erneuert. Ausdruck des Wandels aller Erscheinungen ... Zeit bringt die statische Raumwelt in Fluß.

Zeit ist nicht der Strom, sondern das Strömen ... Zeit ist Qualität.

Paß doch auf, Carolyn! Deine Haarzotteln hängen in den Farbenkasten ... Und das Licht nehmen sie dir auch weg.

Willst wohl unbedingt bald 'ne Brille auf der Nase haben? Laß sie dir schon endlich abschneiden, deine Haarpracht. Wie oft soll ich dich noch darum bitten! Sahst mal so herzig aus mit dem kurzen Stufenschnitt ...

Beinahe Dagmars Mund, der betroffen zuckt.

... doch tausendmal angenehmer zum Schwimmen und Sporteln im Sommer.

Bewegungslos der gesenkte Kopf ... nur der kleine Nasenflügel ist in Bewegung.

Oder ist es wegen Thomas. Könnte mir einleuchten.

Im sensiblen Mundwinkel kräuselt sich ein Lächeln.

Ihr Pinsel hinterläßt im Wasserglas trübes Gewölk. Kreisend tupft er sich in himbeeriges Rot.

Die Strumpfhosenbeine pendeln sich wieder hinüber ins Unbewußte ... Ihre Rundungen deuten sich schon an ...

Diese staksigen Beine ... Irgendeiner wird sie mal himmlisch finden.

Zeit ist nicht abgetrenntes Jetzt ... Gegenwart, Vergangenheit und Zukunft sind nicht Dualismen, sondern untrennbare Einheit ... Vergangenheit wirkt ebenso wie die Zukunft.

Zeitdimension Zukunft, beispielsweise ... Die Ereignisse kommen nicht ... sie sind da. Wir begegnen ihnen auf unserem Wege. Die Zukunft ist latent in uns vorhanden. Unsere Wünsche sind Erinnerungen an die Zukunft.

Zeitfreiheit ist das große Thema der neuen Kunst. Das Thema, das vernachlässigt wurde im abendländischen Denken. Rächt sich mit Zeitangst. Atemlosigkeit. Quantifizierung. Motorik. Accelerando.

Paps ...! Du siehst so komisch aus mit Brille ... muß mich erst an diesen Anblick gewöhnen ... Wann ist eigentlich dein Buch fertig, erlebe ich das noch, Paps?

Hm ...? Weiß schon, Carolyn ... dieses verflixte Buch ... nimmt uns beiden viel Zeit weg? Zeitqualität.

Wie zwei Klammern hängen sich die schlanken Arme um den Hals ...

Wie wär's, Carolyn ... Nächstes Weekend ... wir beide ganz allein in Unterzeismering ...? Und deine Angelrute nicht vergessen! Vielleicht könnten wir grillen?

Mami . . .? Aber sicher nehmen wir sie auch mit! Und Schnuffi . . . So 'n kleines Viecherl mag doch mal nach Herzenslust rumpurzeln im Grünen. Wir beide bauen ihm einen kleinen Laufstall aus Maschendraht mitten in die Wiese, hm?

Die sensible Oberlippe zieht sich versöhnt hoch über dem schiefen Eckzahn.

* *
*

Computer Nr. 64324548/RZ

Café Hag . . . erste Etage. Erkennungszeichen Süddeutsche Zeitung auf der Tischplatte.

Mit dem Höhenflug der Erwartung immer zwei Treppen auf einmal rauf.

Durch die besetzten Tischreihen pirschen . . . Dort am Fenster . . . das kann sie doch unmöglich sein? Sieht aus wie die Zeitungsfrau an der Ecke.

Doch, tatsächlich . . . da liegt 'ne Süddeutsche . . .

Über ihren Orangejuice hinweg wußte sie schon von weitem Bescheid.

Einfach starr dran vorbeigehen. Drüber wegschauen . . .

Zurück in Richtung der Treppe, immer schneller.

Fast schmerzhaft spürbar ihre Blicke im Rücken.

Endlich draußen. Haah . . .

Jedenfalls 'ne Menge Zeit gespart . . . Zwar für den Preis ihrer Enttäuschung. Energieumwandlung.

* *
*

Cris nun schon zweimal die Woche . . . Nee, das muß sie sich wieder abgewöhnen. Sonst gibt's Zeitdruck . . . Sie wird nun konsequent der Planung untergeordnet.

Freitags schwindelt sie sich oft bloß für 'n Stündchen von zu Hause weg. Schwabingbummel mit der Eistüte in der Hand. Oder sie nur mal in den Supermarkt begleiten ... Mami prüft alles, alles nach ...

Manchmal konstruiert sie ein Alibi mit Freundinnen oder der Clique. Dann gehen wir zu Milan, kaukasische Spießchen essen ... Oder bei Boettner Krebse knacken, bei Kerzenlicht ... Alles ist so himmlisch mit dir, Schnups.

Aber montags ... Direkt von der Schule weg ... unsere zwei Golfkäppis über der Cabrioleiste. Raus in unseren Sommer. Dieses doofe Fachdolmetschen kann ich ruhig mal ausfallen lassen ...

Da, wo sich die vierspurige E 6 über die Starnberger Hügel runterwindet, wird sie ganz plötzlich sichtbar, die lange glitzernde Seemulde mit den hundert weißen Booten. Ist das himmlisch mit dir ... Immer wieder schiebt sich 'n Schokomint rüber.

Die drei Zylinder der Evinrudemaschine schnurren gleichmäßig zwischen den Bojen der Rambeckwerft durch ... Und dann Vollgas! Sie am Steuer ... Haarsträhnen spielen wild um das Mädchenprofil.

Wenn der Doppel-V-Bootskörper knallhart auf den Wellen aufschlägt, uns die Bugspritzer erwischen, lachen wir uns abenteuerlich an.

Mal langsam! Schau mal rüber zum anderen Ufer ... das, was so weiß drüben da oben durch die Bäume blitzt, ist Theos Haus ... Dein Bruder, ja?

Theo mit seiner riesigen Familie ... seiner wundervollen Frau, der einzigen, die es in seinem Leben gab. Den geliebten Waldspaziergängen, dem Obstgarten. Seiner Leidenschaft für Barockmusik. Seinem trockenen Chablis. Seinen Venedigbildern von Guardi, Tiepolo und Carlone. Den Bilanzen, Statistiken, Börseninformationen. Und seinem Spaß am Golf ... Theo ist das Rückgrat der Firma jetzt ... Von ihm abhängig sein ist nichts Unangenehmes ... Wir haben ein Vertrauensverhältnis.

Draußen pflügt ein Monoski Bögen in den weiten See. Traudljahre ... Wasserskijahre. Konsum. Prestige.

Da rüber ...! In die verschwiegensten Schilfbuchten lassen wir uns reintreiben ... klatschen den Anker ins Wasser ...

Nein, nicht wegwerfen den kaputten Schäkel ... der kommt als Souvenir an meine Jeansschlaufe!

Schau nur, wie die Fische springen ... Gibt 'n Gewitter heute. Diese Schwüle ...

Beim Aufknöpfen ihres Polyester-Strandsets das verlegene Ausweichen der Mädchenaugen. Die enger werden und irisieren, wenn sie hinwächst zu ihr, die Begierde ... Und dann nur noch das Kreischen und Flattern der Wasservögel. Das Rauschen der Halme.

Wange an Wange, reglos ... Die Wellen spülen sanft an die Bootswand. Die Zeit tickt, spült, fließt.

Kosmische Liebe ... Diese nicht fixierte, nicht verräumlichte Zuneigung. Ohne Egoismus. Ohne Besitzergreifung. Ohne juristische Klauseln ... ist doch das Himmlischste, findest du nicht?

... doch schon, aber ... Ich fürchte, man hat mir schon zuviel 3-D-Bewußtsein reingepumpt ... Zugegeben, irgendwie leide ich unter diesem Offensein. An der Unendlichkeit, an der Relativität ... Brauche Ziele, brauche einfach Boden unter den Füßen ...

'ne Plastiktüte treibt in den schaumigen Schmutzgischt am Strand.

Hand in Hand waten wir ans Ufer. Streifen durch wogende Gräser, Tannenwälder ... Manchmal hält sie für Sekunden den Atem an, als würde sie vom Überschwang erdrückt. Die S-Bahn rollt durch die Wälder.

Wir balgen uns im duftigen Heu ... als gäbe es keine *Story*.

Möchte Carolyn wieder mal sehen ... Daß sie in Englisch 'ne Vier geschrieben hat, das kapier' ich nicht ... möchte ihr helfen! Sie geht viel auf Schülerparties, so ...? An lauen Abenden siehst du sie draußen in Andys BMW knutschen? Na und ...

Gitarre ...? Gitarre übt sie leider sparsam, Kleines ... Sie klebt ununterbrochen am TV-Schirm. Krimis. Abenteuer ... Berge von Leichen. Immer dieselben abgegriffenen Klötzchen aus der Klischeekiste neu kombiniert ... Das Leid ist doch längst nach innen gekrochen. Warum nicht die Schüsse und Kinnhaken darstellen, die unsere Seele martern?

Irgendwo auf einer überfüllten Seeterrasse schnullern wir unseren Eiskaffee aus bunten Strohhalmen. Weit draußen ballt sich das Weiß einer Segelregatta um eine Wendeboje . . .

. . . du Schnups, das wäre doch phantastisch, wenn du mich bei der LUFTHANSA unterbringen könntest, durch diesen Herrn Geither. Erst mal beim Bodenpersonal, klar . . . Ende August hab' ich mein zweites Sprachendiplom . . . Paps liegt mir ununterbrochen in den Ohren, soll was »Richtiges« arbeiten . . . studieren zählt nicht. Er will mich an 'ne Bundeswehrschreibmaschine setzen.

Und immer wieder hinter uns das aufbäumende Gischtdreieck . . . unsere glückliche, lange Spur durch die Sommernachmittage.

. . . das bäuerliche Holzhaus mit den Geranien . . . das dort in der Bucht? Wirklich . . . das ist deins? Carolyn hat mir mal erzählt davon. Wie romantisch . . . und direkt am Wasser! Die alte Weide . . .

Wir schneiden einen weiten Bogen herum. Nee, bloß kein Gerede . . . Bei 4000 Touren dreht sie den Kopf zurück wie auf ein imaginäres Ziel, das sich nicht fassen läßt . . . sich verflüchtigt wie eine Fata Morgana.

Ostufer. Von einem einsamen Fischersteg weg riskiert sie den ersten Wasserskistart. Zweimal sackt sie ab mit der Leine . . . Im Rückspiegel gleitet sie dann endlich steifbeinig über die Wellen mit eingefrorenem Siegerlächeln.

Und immer wieder arbeitet sich der grüne Plastikkamm durch die nassen Strähnen, bis die Seide wieder flirrt.

Die Jungen in der Sprachenschule? Ooch, die machen das gleiche wie alle anderen. Fußball. Autos. Krimis. In Diskotheken laufen . . . Wenig eigene Phantasie. In der Pause endlose, fast ritualhafte Diskussionen . . . die sich im Kreis rumquatschen. Rhetorische Selbstbestätigung. Politische, soziologische Polemik aus zweiter und dritter Hand. Ohne je die Welt zu verändern. Tonkulisse . . .

Durch die Dämmerung paddeln wir das Boot durch die stillen Werftkanäle. Glühwürmchen tanzen in den Sträuchern.

Kleines . . . wieso sollten eigentlich deine Eltern was anderes annehmen, als daß du bei Carolyn übernachtest? Sollten sie wirklich in Nymphenburg anrufen, werden wir doch sofort benachrichtigt!

Dann der Zimmerschlüssel vom Gasthof Berg, mit dem naiv bemalten Holzanhänger.

Der Mädchenkopf in den Kissen, die Schädelform, die heißen Ohren ... das alles fühlt sich unter den Fingerspitzen beim Streicheln mal vertraut, mal fremd an in der Dunkelheit.

Vom Bett aus träumen wir uns zusammen zur Ganzheit mit dem mondsilbrigen Schimmer des Sees. Bis rauf zu den Sternen da oben ... Millionen Welten, die vergehen und entstehen.

* *
*

... der braungebrannte Zweizentner-Bulle, der da eben rübergrüßte? Das ist Oswald, 'n uralter Kumpel aus Traudls Clique.

Genau, ja ... der uns mal beim Geldwechseln im Züricher Bankverein so peinlich verlegen in die Hände rannte! Direkt aus dem Direktionsbüro ha, ha ... Klar, haben doch alle ihre Nummernkonten.

Panische Angst vor Umverteilung. Vor russischen Panzern. Vor dem Wachstum Null ... Da knistert's im materialistischen Weltbild!

Gediegene Familienfirma seit achtzehnhundertsowieso ... Das Citygeschäftshaus war in Schutt und Asche. Er mußte mit eigenen Händen zupacken, paar Jahrzehnte schuften und Hypotheken abstottern. Verständlich, daß er sich seiner Haut wehrt ...

Verständlich, wenn er lautstark poltert über Gleichmacherei und freudlose Wohlfahrtsparadiese. Über die Faulen, die sich in Massen zusammengeschart haben, um den Fleißigen das Erworbene mit wohlklingenden Parolen unterm Hintern wegzuziehen!

* *
*

Computer Nr. 64328441/xyu

Stramme Weiblichkeit hinter solidem Tweed. Ein gutgeschnittenes hanseatisches Profil ... Unter der Bräune haben sich schon Strapazen eingraviert.

. . . da oben in Bremen ist Ihr Zuhause . . .? Ihr Vater Chefarzt der plastischen Chirurgie, so so . . .

Sie nimmt den Tee zeremoniell mit der Untertasse. Beinahe so stilvoll ist alles an ihr wie in einem Dreiakter von Somerset Maugham.

Dürfte ratsam sein, das eigene Vorleben zu reduzieren . . . retuschieren.

In ihrer Stimme schwingt und dehnt sich eine aparte Nuance Platt . . . Schumann. Brahms. Und Debussy sehr . . . Irgendwo, finde ich nämlich, ist die Kunst am Ende.

Katzenmusik nennen Sie Schönbergs Zwölftonsystem . . . wie originell . . .! Da begann die Kunst konsequent mit dem Aufdecken von Strukturen. Ja . . . leider abseits vom Publikum . . .

Unter dem ein paar Zentimeter zu langen Rock sind zwei Nylonbeine übereinandergeschlagen, hinter denen man stundenlang herlaufen könnte.

Süßes Foto . . . zwölf ist Ihre Tochter? Meine hat auch schon begonnen, sich mit Lateindeklinationen rumzuquälen.

Nur einmal zucken ihre Nasenflügel betroffen . . . Über die Scheidung schweigt sie.

Danke . . . bin Nichtraucherin.

Der helle Cashmerepulli zum olivbraunen Tailleur . . . Ja, die traditionellen Klischees! Beige zu braun. Louis Seize zu Louis Seize. Mosel zu Fisch. Sauce Cumberland zur Wildpastete. Akademiker zu Akademiker . . .

Das frechgemusterte Halstüchlein hat sie wieder kritisch im Blickpunkt . . . Tickte da ein Minuspunkt?

Mit dreiunddreißig weiß man schon was von Männern. Dieser morbiden, dekadenten Spezies . . . mit dem gigantischen Selbstbestätigungstrieb und dem weichen Rückgrat.

Ihre Bewegungen sind zurückhaltend und gemessen.

Genau diesen 35er Typ könnte die Story jetzt brauchen, als Gegengewicht!

... phantastisch gefächertes Angebot war das bei der Auktion Weinmüller ... Darunter eine Schokoladenkanne Lausanne 1820 mit Wappen ... leider unerschwinglich! Ja, mein Steckenpferd, Silber und Mahagoni ... schon von zu Hause her.

Diese gepflegte reife Weiblichkeit auspacken ...

Die make-uplosen, hellen Augen von der Waterkant taxieren, kalkulieren ... Sind von der Erfahrung gehärtet.

Hat sie hinter dieser Computernummer was anderes erwartet ...?

Eine 3-D-Persönlichkeit, massiv und stabil? Das vorprojizierte, anerzogene, duale Mannklischee ...

Wehe, wenn ihre Witterung den hypersensiblen, emotionalen, relativen Softman aufspürt ...

... eigenen Boxring im Garten damals. Zwei öffentliche Amateurkämpfe. Der kleine Knick da oben am Nasenbein seitlich ist noch ein Andenken.

Ihre Sonnenbrille ist über das Kopftuch hochgeschoben.

Über Tassen und Kuchenteller kriecht ihr Blick über die Tischplatte, mustert das mädchenhafte Handgelenk ihres Gegenüber ... Ja, vor meiner Heirat damals gerade noch in Physik promoviert.

In einem Industrieforschungslabor arbeiten Sie momentan? Interessanter Job ... Hab leider selbst kaum 'ne blasse Ahnung von dieser interessanten Wissenschaft. Am gewaltigsten fast beeindruckt mich das Winzigste ... das Elektron.

Fast unheimlich ... Das kleinste Bausteinchen der Welt ist also nichts Stoffliches ... ist nur ein System von Beziehungen. Struktur ... Das durchlöchert doch einfach alle starren, statischen Vorstellungen von Raum und Materie! Die Materie scheint plötzlich etwas Illusorisches zu sein ... Vergleichbar mit einem Televisionbild, das aus tausend gesendeten Lichtpartikeln besteht, die kommen und gehen ...

Die Biedermeierbrosche am Revers des strengen Kostüms sieht nach Erbstück aus ... Alles an ihr ist gediegen und frei von Zeiteffekten.

Zärtlich wegstreicheln müßte man diese Reserviertheit, diesen Abstand ... bis sie durchbricht, die süße, weibliche Inkonsequenz.

Das wäre doch ein Riesenspaß, Ihrem Töchterlein das Wasserskifahren beizubringen . . . Keine Sorge, Schwimmwesten in allen Größen sind vorhanden. Im Ernst . . . auf Hochseejachten ist Ihre Kleine schon mitgesegelt, bravo . . . und beim Golf marschiert sie auch mit?

Diese vitalen, sportlich geäderten Frauenhände mit den Sonnenflekken . . . Müßte himmlisch sein, sie zu benutzen, zu demütigen, zu besudeln . . .

Versuchen, irgendeine Kontaktbrücke zu bauen . . . die später ins Apartment führt . . .

Ziemlich klar . . . Hier wird ein Papi gesucht, der mit der Kleinen reitet . . . Mathematikaufgaben ausbrütet, Konzerte, Theater besucht. In jeder Menge Autorität und Prinzipien verströmt. Der wie eine Erzstatue steht gegen jenen Menschheitstrend, der die Bindungen zum Objekt lockert. Der fließenden, reißenden Dynamik trotzt, in der sich alles stetig verändert.

Peinlichst ignorieren alle Mädchenblicke ringsum und sämtliches Pogewackle über die Caféterrasse . . .

Diese Rolle weiterspielen mit letzter Kraft. Wie ein Prüfling durchstehen, dieses Examen . . .

Sie ist der Typ, der entschlossen ist, auf jedes Hoch zu verzichten, um in kein depressives Tief zu stolpern . . .

Wäre ein Hochgenuß, sie runterzuzerren in dieses orgasmische Tief. Sie seufzen und stöhnen hören durch sämtliche vermoderten Traditionen hindurch . . .

. . . Lesen? Schrecklich gerne, wenn die Zeit reicht . . . Sie können sich ja sicher Verantwortung und Streß in einem Handelsunternehmen mit zwei Dutzend Filialen vorstellen . . .

Hesse und Thomas Mann? Da gibt es noch Inhalte, doch . . . Ja, da ließe sich die These wiederholen, daß nach ihnen die Kunst endet . . . Und dann begann das Experiment mit der Sprache und dem Stil. Das Suchen nach den Strukturen . . . Aber es ist nicht ganz hoffnungslos, daß sich Amüsement und Kunst mal vereinen?

Du lieber Himmel ... bloß kein Wort verlieren über eigene literarische Ambitionen ... höchst verdächtig wäre ihr das.

Die galante Geste, eine der Spalierblüten für sie zu klauen, quittiert sie mit einem nachsichtigen Lächeln.

Die abendliche Kühle kriecht unter dem Gartenstuhl rauf an die Prostata ... So ohne weiteres abschleppen läßt sich die kaum ...

... Salzburg, ist das nicht ein atmosphärisches Städtchen ...? Lassen Sie sich dorthin entführen übers Weekend! Karten für das Mozartstreichquartett könnte man telefonisch vorbuchen.

Vorher ein kleiner Ausflug auf die Burg. Dann Salzburger Nockerl im *Goldenen Hirschen* ...

Sie atmet bedrängt durch ... zeitlich sehr beengt momentan.

Den mühsam aufgeschwatzten Planter's Punch hat sie fast stehenlassen.

... 'ne Verabredung anschließend mit netten Geschäftspartnern aus Düsseldorf in einem Schwabinger Apartment ... Kommen Sie mit auf einen Drink?

Sie greift nach ihrer Krokotasche. Da gehen Sie mal schön allein rauf ... zu Ihren Geschäftsfreunden.

Sie winkt einem Taxi ...

* *
*

Da ... 'ne Motte, Dagmar ... schnell! Überall diese verdammten Motten ... Solltest endlich was dagegen tun. Laß doch mal in der Drogerie 'ne Dose PARAL holen ... Für dein Apartment unten wird alles getan ... gehämmert, gebohrt, gebaut. Und hier oben vergammelt alles. Durchgesessene Couchen. Tropfende Wasserhähne. Verschimmelter Käse im Frigidaire ...

Aha ... geht also diese Meckerei wieder los ...! Was hast du gegen die Antiquitäten, die ich unten anschleppe. Zum Teufel ... soll ich mich aufs Klo setzen, wenn du Besuch hast? War doch alles deutlich abgesprochen im Agreement!

Ja, Dagmar ... aber doch nicht alles auf einmal. Kostet 'ne Stange Geld das Zeug, das du dir andrehen läßt ... Warst doch sonst immer vernünftig mit der Kontovollmacht? Versteh doch endlich, Liebes ... Die goldenen Zeiten sind dahin. Sagt auch Theo ... Steuern. Inflation. Steigende Ansprüche, abfallende Leistung. Da sind immer mal 'n paar Verlustjahre drin, in denen wir von der Substanz nagen müssen! Schade ... warum kriegst du eigentlich keinen richtigen Kontakt mit Theos Familie ...? Man kann sich so vielseitig mit den beiden unterhalten ... Könnte mir auf der ganzen Welt keine liebenswertere Schwägerin denken als Mira ... Nicht ein einziges böses Wort all die Jahre ...! Liegt alles nur an deiner Verstocktheit ... Schmarotzer, Nepper und Arschkriecher sind dir eben bequemer!

Laß bloß Pauline aus dem Spiel! Da liegst du falsch ...

So, soo ... falsch ...? Deine eigene Mutti hat geflüstert, daß dich Pauline nach ihrer Scheidung für Möbel und Spannteppiche permanent angepumpt hat ... Nee, kein Unsinn! Auch ihre Klinikkosten mit dem Baby damals ... Na schön, sie stand in der Parfümerie am selben Ladentisch mit dir, aber ...

Purste Einbildung, daß Pauline intrigiert ... Und was für ein Blödsinn ... Autotouren in den Frühling mit unserem Friseur ...? Friseur Rolf ist 'n PS-Fan ... wollte den Wagen testen ... mal richtig auf die Tube drücken ... na und?

Pauline und du ... Schon damals auf dem Schwabylonball habt ihr euch bis zum Morgen emsig weiteramüsiert ... mich mit der fiebrigen Angina allein heimfahren lassen. Vier Sommer warst du wegen Pauline nicht nach Unterzeismering zu kriegen ... Und jetzt dasselbe Getue mit Erika. Du hältst nicht viel von echter Freundschaft? Läßt dich lieber von Speichelleckern hofieren ... 'n Kumpel warste nie ...

Hör mal, du Klugscheißer ... meine Freundschaften gehen dich einen feuchten Dreck an ...! Mit deinem Busenfreund Hans Heinz rennste jede Woche los ... Hast oft genug zugegeben, daß ihr seit eurer Bubenzeit nichts als Gaunereien im Kopf habt ... Immer ist es dein letztes Druckmittel, dieses Scheißgeld ... Schließlich ist es noch nicht mal auf deinem eigenen Mist gewachsen! Dein Alter war es schließlich, der sich 'n halbes Jahrhundert abgeschuftet hat ... 'ne Null wärst du ohne ihn ... 'ne Null! Was biste schon ... ein Spinner. Ein Traumtänzer ...!

Wenn dein Vater wüßte, daß die Kuverts deiner Steuerauszüge monatelang ungeöffnet da rumliegen . . . der würde dir den Kopf abschrauben.

Kotz dich nur aus . . . Noch so 'ne Unverschämtheit und du kriegst eine geklebt . . . ist das klar!

Geklebt? Dann kannst du dir aber die Scherben dieser Vase da einzeln aus dem Gesicht ziehen . . .! Für deine Annoncen, da ist Geld da . . . damit du immer neue Sexobjekte hast. Deinen Gören Geschenke kaufen, ja . . . Und das Apartment am Hohenzollernplatz Nr. 5 mit dem Decknamen Beckmann, das jahraus, jahrein leersteht . . . für den Fall des Falles?
Deine Reisen . . . deine Autos . . . Motorboote!
Und wie rührend übrigens . . . Christiane bei der Hypobank 'n Konto einzurichten. Ja, ich habe geschnüffelt, du mieses Schwein!

Keine Sorge, Dagmar . . . Sie wird nicht mehr hierherkommen . . . deinen Launen ausgeliefert sein . . . ja, Intrigen! Iris' Nachthemd hast du ihr aufs Bett gelegt. Absichtlich, klar . . . Und die komische Nierenbinde überall rumliegen lassen vor den Teenagern . . . Aber was soll's. Christianes Rolle ist ohnehin beendet . . . es lohnt sich nicht mehr, darüber zu streiten . . . und steck's auf, mir wegen Carolyn Schuldgefühle aufzumoralisieren. Es war goldrichtig, vor ihr bezüglich Story und Teenagern die Wahrheit auszupacken . . . Warum den Kindern eine makellose Welt vorheucheln . . . später werden sie mit der Realität nicht fertig. Sie kann nicht früh genug wissen, was sie von Männern zu erwarten hat. Daß sie nach der Schule rumstreunt, ist nicht meine Schuld!

Dagmar, was bringen sie uns überhaupt, diese gegenseitigen Beschuldigungen? Vielleicht ist das nicht mal unsere Schuld . . . diese permanente Opposition. Unsere Struktur ist schuld . . . was sonst. Struktur . . . die Beziehung der Dinge zueinander.

Sinnlos, uns gegenseitig ändern zu wollen. Da hilft kein Kollisionskurs . . . nur Toleranz. Zugegeben, fällt mir selbst nicht leicht . . . trotzdem, ich versuche es . . . Der Ausflug neulich zur Angermeieralm . . . Paps und Tante Rosa betont schlichte Bürgerlichkeit. Du daneben über die buckligen Wiesen stöckelnd im Lurex-Suit und mit geklebten Wimpern . . . Dachte, na ja, ist deine Sache . . .! Oder . . . es macht dir beispielsweise nicht viel Spaß, mitzufahren auf Reisen. Na schön, bitte. Aber es ist schon ein bißchen ärgerlich, von anderen zu erfahren, daß du inzwischen hier Parties feierst ...

Ach ... Wäre dir wohl sehr bequem, so 'n Frauchen, das häkelt und strickt ... Kuchen backt und Marmeladen einkocht. Das du obendrein nicht mal heiraten mußt. Sich dem Maestro in sklavischer Bewunderung unterwirft?

Ja, ja ... es stimmt, Dagmar. Aus unserem Probejahr sind inzwischen zehn geworden. Na schön, zwölf ... Ehrenwort ... deine Eltern wurden nicht wissentlich belogen damals ...! Es hat sich eben alles ganz anders kristallisiert ... Deine Eltern, die verstehen so manches ... Warum bloß bist du allen wohlgemeinten Plänen aus dem Wege gegangen ... Dieser nette pensionierte Professor damals aus der Tengstraße ... Hätte dir so nebenbei Jahr um Jahr ganz schön was beibringen können in Kunstgeschichte. Malerei. Literatur. Sprachen ... Kannst doch nicht mal 'ne Kognakmarke ablesen ... Unendlich viel Zeit hattest du damals, als wir zusammenzogen, du den Lehrmädchenjob in der Karlstorparfümerie an den Nagel hängtest ... Warum bloß konntest du dich nicht anpassen, Dagmar? Nicht kommunizieren ... Alles hab' ich doch unternommen ... versucht 'nen geistigen Partner aus dir zu machen. Hast es nicht begriffen ... Statt dessen baust du 'ne unreale Welt in dir auf, aus Zeitklischees, schnellebigen Modetrends. Persönlichkeit muß von innen her aufgebaut werden ... Dann braucht man außen nichts weiter als zeitlose Schlichtheit ...

Bist auf der Oberfläche hängengeblieben ... ist dir das nicht bewußt? Und zu allem Überfluß noch dieser Kameranarzißmus! Deine allergrößte Liebe bleibt eben immer noch das eigene Spiegelbild! ...

Hörst dich wohl gern ... mit deinem Gequatsche und Gefasel, das nur ablenken soll von Verantwortung! Kenn' doch deine fixe Idee vom offenen Leben ... 4 D! Theorie alles ... Für dich 'ne recht bequeme Philosophie ... Fang doch mal selbst an mit deiner vielgerühmten Überwindung des ICH!

Verantwortungslos, so so ... Nicht an andere denken ... Und dein Aktienportefeuille? Hat sich das etwa nicht Jahr um Jahr aufgestockt, Dagmar?
Ist das 'ne schlechtere Sicherheit als dieser Fetzen gestempelter Heiratsurkunde von Millionen Frauen?
Die nach der Scheidung mit dem Koffer auf der Straße stehen ...

Warum bloß so verdammt zweigleisig leben, Liebes ... Ohne Dialog, ohne gemeinsame Interessen? Gegeneinander leben ... Wozu sich gegen unsere strukturelle Verschiedenheit stemmen, mit Haß und Gewalt. Im Gegenteil, wir sollten die Strukturen nehmen, wie sie sind, mit ihnen harmonieren ... Alles andere endet in Selbstzerstörung. Wer kann schon ohne Echo leben ... Bißchen arg wenig, nur immer deine Schritte durch die Wohnräume trippeln zu hören. Gibt bestenfalls das Gefühl, nicht ganz allein zu sein ...

Die alten Bekannten aus Traudls Zeit haben sich verloren, verlaufen ... Hast dich damals in der Küche versteckt, Dagmar, wenn jemand ankam ...

So, so ... Und was ist mit mir ... Wie oft hab' ich allein rumgesessen? Während du Tag für Tag deinen Sexsperenzchen nachgejagt bist ... Die haben übrigens auch nicht gerade zur Lösung unserer Probleme beigetragen, oder?

Ja, doch ... zugegeben. Mußtest 'ne Menge meiner Eigenarten akzeptieren, tolerieren ... Wenn ich so zurückdenke ... Wir hatten eigentlich mal beide unsere strukturellen Gegensätze ganz schön im Griff, Dagmar ... Und es gab Zeiten, in denen wir uns sehr nahekamen, doch ... mit Carolyn die ersten Jahre. Oder die Wochen in Juan les pins. Vielleicht hast du recht ... es könnte sich doch lohnen, das mit der Überwindung des ICH, hm ...? Na siehste ... bin froh, daß du es auch versuchen willst, Liebes ...

* *
*

Tutzing. Kustermannpark.

Wie aus einem Fontaneroman, diese weiße Mädchengestalt zwischen den alten Bäumen. Brünstig hinterher ...

Spröde abgerissene Antworten. Drauflosquatschen ... was für ein apartes Lingeriekleidchen ... Und das locker gewellte Aschblond ... Einfach drüberstreicheln ... und noch mal. Bin fasziniert von der eigenen Hemmungslosigkeit.

Sie ist ratlos, wie hypnotisiert fast von so viel Selbstverständlichkeit. Vielleicht ein bißchen angeschlagen auch von der Zärtlichkeit dieser fremden Hand?

Weiterquasseln, Süßholz raspeln ... Sie ist das zeitlose Klassemädchen, das mit jeder Minute nur gewinnen kann.

Noch mal über die Schulter runterstreicheln ... ihre Hand zieht sie schnell weg ... Was wollen Sie eigentlich?

Das Büchlein, das sie in der Hand hält ... ah, Gottfried Benn? »Aprèslude«. Wundervoll, finden Sie nicht ...

Gottfried Benn hat ein bißchen Abstand geschaffen von diesem magisch sinnlichen Urkontakt ... Sie hat wieder Boden gewonnen. Plötzlich bleibt sie stehen ... bitte, würden Sie mich jetzt allein lassen!

Ihre Stimme ist sich selbst noch nicht so ganz sicher, ob sie das Spiel endgültig beenden will ... Ihr Blick testet ... gleitet rüber in den Ausschnitt des weitaufgeknöpften Trikothemdes.

Spürbar jäh die Wendung.

Zufällig vor dem Spiegel heute morgen selbst bemerkt, daß bei Dunkelblau die Brusthaare besonders grau rauskommen ... Das hat sie abgestoßen?

Sie läßt ihren Arm nicht mehr greifen. Gehn Sie jetzt ...

Die Heldenrolle ist zu Ende ... nur noch ein schmieriger alter Lüstling bleibt zurück.

Rühren Sie mich nicht mehr an!

Das gedemütigte eigene Selbstvertrauen zischt wie aus einem Luftballon davon, der in sich zusammensackt.

Verbitte mir jede weitere Belästigung! Sie dreht den Rücken.

Kraftlos, wie gelähmt den schwingenden Hüften nachschauen ...

* *
*

Aufgrund der nachbarlichen Klage wegen Nichteinhaltung der Garagengrenzabstände ordnet die Baubehörde mit sofortiger Wirkung die Stillegung der Bauarbeiten Heimstättenstr. 6 an, bis über den Widerspruch entschieden ist.

Bezüglich der durch diese Stillegung angemeldeten nachweisbaren Verluste steht es dem Bauherrn frei, nach BVerwG NJW 1969, 202 selbst ein verwaltungsgerichtliches Verfahren gegen die Nachbarklage einzureichen . . .

* *
*

Ganz hinten in Carolyns Schublade, wo sie ihrem Papi den Bleistiftspitzer immer rauskramt . . . liegen zwei Päckchen Tampax junior.

Gar nicht leicht, sich an den Gedanken zu gewöhnen. Mein Carolynchen . . .

* *
*

. . . wolltest doch mal 'ne Freundin mitbringen, Iris?

Ach Claudia? Neee . . . die is' 'n undichtes Faß!

Iris zieht einen Haselzweig zum Autofenster rein . . . Hat sie wieder an ihren Haaren rumgetönt?

Ich geh jetzt viel mit Natascha los . . . So 'n klein bißchen beknackt is' sie ja . . . aber immer 'n irrer Spaß drin. Sie hat 'n duftes Paillettenkleidchen mit Fransen angeschafft . . . 'n Rätsel, wo sie den Kies herhat . . . Sonnabend sind wir wieder losgegangen . . . beide die rechte Hand im Verband, ja richtig mit Armschlinge und so . . . Warum, warum? Einfach aus Quatsch . . . Aber Schiet ist das . . . immer schön brav nach Hause um zwölf. Dauert noch 'ne Ewigkeit, bis ich siebzehn bin . . . dann hau' ich ab!

Sie knabbert an den Fingernägeln . . . Den Fummel meiner Mutti kann ich nicht ausstehen! Brauch' endlich 'ne eigene Bude . . . Vielleicht zusammen mit Natascha. Oder mit Barbie . . . Barbie? Hab' Ihnen doch schon erzählt von der molligen, der's nur im Auto kommt, wenn der Motor läuft . . .

Die Veloursliegewiese in Ihrem Wohnraum find' ich ungeheuer top ... So was muß ich mal haben ... in Meergrün oder Himbeer ... Paar Dinger aus 'm Trödelladen ... und dann immer wieder mal umstellen. Brauch immer was Neues ...

Sie nimmt den Kamm aus dem Handschuhfach ... Nee, lassen Sie mich doch mal ... so 'n paar Haarsträhnen sollten Sie sich da vorne immer reinziehen, ja so ... Schaut irre jung aus.

Was Sie da für braune Flecken auf den Händen haben ... kann man die nicht wegmachen ... Zappelig fingert sie wieder die Camel-Packung aus ihrer Fransentasche.

Zur Zeit steh' ich ganz irre auf 'n Mofa! Möchte wie die anderen rausschnurren ins Grüne mit der Badetasche hinten drauf. Falls Ihnen mal 'ne Okkasion übern Weg läuft ... Oma würde auch was dazu stiften. Biste einfach nicht mehr »IN«, wennste zu Fuß anlatscht!

Licht und Schatten flimmern durchs Gehölz ... Vogelstimmen.

Na und? Dann organisier dir doch so einen fahrbaren Untersatz ... warum davon träumen?

Gezielt bläst sie 'ne Rauchwolke rüber, mitten ins Gesicht ... Was Sie nicht sagen? Hab meine Antenne ganz draußen ...

Na so ungefähr ... Du schäkerst wie bisher fleißig weiter mit deinen Boys. Nur ein einziger Abend pro Woche ... oder auch ein verschwiegener Nachmittag wird reserviert für den väterlichen Mäzen ... Wie 'ne mathematische Gleichung, die aufgeht, so könnten sich gegenseitig die Wünsche erfüllen ...

Nachdenklich legt sie ihre Wange ans Armaturenbrett ... Für so was halten Sie mich also? Da müßt' ich mich ja selbst anspucken ... Mutti würde mir sämtliche Ohren ausreißen ... Ein für allemal ... zwischen uns beiden läuft nichts Konkretes! Was heißt da geizig mit meiner Lustschnecke ... Ich liebe Peter. Sie wissen genau, daß das sein Ring ist, da. Was heißt, ich kenne ihn kaum ... acht Wochen sind doch 'ne Ewigkeit!

Schon vergessen, Iris ... den zärtlichen Schmelz, mit dem du von Helmut sprachst? Und bald war Bernie der Größte ...

Was heißt Bernie – das ist doch 'n kaputter Typ ... der trägt Spitzenhöschen ...! Außerdem ging er noch mit Liz aus ... Der Junge hatte doch einen Charakter wie 'n eingetretener Stuhl ... Für jedes Mädchen, das er knackte, schnitzte er sich 'ne Kerbe in den Türpfosten! Jetzt fixt er wieder, seit er Paola kennt. Paßt zu ihm, diese Latte mit den Streichholzbeinen. Ditten wie zwei Nägel in ein Brett geschlagen. 'ne anarchistische Bestie ist das. Wehe, wenn die ihre Krallen ausfährt ...

Iris probiert die Polaroidbrille im Rückspiegel, dreht den Kopf selbstgefällig hin und her ... Krieg ich die, ja?

Und wer war der Boy, der damals den Pudel für dich geklaut hat?

Ach Lupo ... Der Junge ist nicht cool, 'ne echte Klette ist das. Da nützt auch kein Bodybuilding ... Außerdem ist er befreundet mit Blacky Pisser ...

Go-Go-Gefühle, ich ...? Emsige Energieumwandlung, wieso?

Durchs weite Grün rasselt ein endloser Güterzug ...

Irgendwo, Kleines, dämmert dir doch, daß Peter auch nicht der letzte sein wird ...

Wozu soll ich mir mein Köpfchen darüber zerbrechen ... er gefällt mir, basta ...! Er tanzt fast so gut wie Snoopy. Sie sollten ihn mal sehen mit seinem Pagenkopf jetzt ... einfach herzig! Und was der Junge anhat, ist Carnaby Street. Ich mag Blonde ... die sind zärtlicher.

Ein Zitronenfalter umflattert die Kühlerhaube.

* *
*

Die Lifttüren schieben sich lautlos auseinander ... Etage 8. Station D ... Sterile Pflegerinnen in Weiß huschen über endlose Korridore.

826. 827. 828 ... Die Nelken schon mal aus dem Papier wickeln.

829. Das zaghafte Klopfen bleibt ohne Antwort ... schläft er?

Die Zeit hat wenig geändert ... Bin wieder der kleine, verängstigte, sensible Junge.

Im Vorraum hängt sein weinroter Morgenmantel . . . Medikamentöses Flair. Paps . . .!

Dort im Dämmerlicht sein mattes Lächeln unter dem weißen Haar. Eine spürbar kraftlose Hand. Eingesackt die Gestalt im Sessel.

. . . doch, geht schon wieder ganz gut, Junge.

Steife Bewegungen . . . Der Verband reicht bis hinten über die Achsel. Nein, mach' ich nicht mehr mit . . . das mit der Bestrahlung. Jahre gespürt damals. Als wäre alles ringsum mitverbrannt durch dieses Kobalt.

Sein Atem zischt geräuschvoll nach jedem Satz durch die Stille . . .

Aber du siehst nicht schlecht aus, Paps . . . Und was für ein herrlicher Blick hier über die Wälder . . . Dort sind wir doch ein paarmal mit unserem Prokuristen Tiedemann damals zusammen rübergeradelt, zur Kugleralm . . . weißt es noch, ja?

Die offene Aktenmappe am Boden ist zum Platzen mit Rechnungskopien gefüllt. Diese seit Kindertagen vertrauten Stöße lindgrünes Seidenpapier . . . Nicht mal hier kann er sich davon trennen. Doch, doch, Pepin, mein Junge . . . früher in den Aufbaujahren der Firma brachte es so manchen Tausender, sie durchzuchecken . . . da und dort die Preise nachfrisieren, besonders bei zahlungsfaulen Kunden.

Am Fenster der vertraute Napfkuchen von Tante Rosa in der Zellophanfolie . . .

Der Hubschrauber flappert wieder draußen . . . Holt den ganzen Tag Verkehrsunfälle rein von den Autobahnen.

Die abgemagerten Füße aus dem Pyjama . . .

Auf Geschäftsreisen damals als Bub auf seinem Schoß sitzen am Steuerrad . . . das war immer das Höchste . . .

Jetzt wirst du dich aber mal gründlich erholen, Paps, was . . . Wieso bis Montag . . . das ist doch übermorgen. Du willst übermorgen schon wieder ins Geschäft reinschauen, im Ernst . . .? Das darfst du doch nicht!

Seine dicken Falten verziehen sich schelmisch.

Wir sitzen fast im Dunkel. Die tausend Tannenspitzen draußen sind nur noch filigrane Silhouette vor dem rosigen Horizont.

Die Kinder . . .? Gut, danke . . . Alfons ist im zweiten Semester. Und Stefan fühlt sich pudelwohl im Geschäft . . . er hatte ja kein bißchen Spaß am Lernen. Mit seinem Charme kommt er bestens an . . . ist ganz Praktiker, der Boy.

Das richtet ihn auf, den lieben Paps . . . Erschreckend zitterig gießt er sich einen Schluck Mineralwasser ein, um die brüchige Stimme zu glätten.

Seitlich durchs Balkonfenster die schachbretthaften Lichtwürfel der umliegenden Klinikkomplexe.

Angst schleicht sich ins Halbdunkel . . . vor der brutal über uns wegstampfenden Zeit . . .

* *
*

S-Bahn.

Tochter mit aufgetakelter Mutter . . .

Im Gedränge berühren sich unsere Hände wie zufällig auf einer Sitzlehne. Communication.

Sachte ihre Hand weiterverfolgen, die Zentimeter für Zentimeter abrückt.

Sanfte Röte zieht vom Ohr über die kindliche Wange . . . ihre Hand bleibt. Der Stromkreis plus-minus ist geschlossen bis in die Hoden.

Den niedlichen kleinen Finger streicheln.

Sie ist reglos starr wie ein Frosch vor dem Reptil.

Stachus . . .! Sehr schade . . . Sie mischt sich hinter ihrer Mutter in die Menge am Ausstieg.

Noch ein verstohlenes Schielen von draußen durchs Fenster.

* *
*

Irgendwas Kleines, Weißes blinkt schon von weitem unter den Klematisblüten hervor . . . dort oben auf der Mauer.

Wenn sie nur endlich mal weiterginge . . . die Tante da, die ihren fetten Dackelliebling zwischen den Astern schnüffeln läßt.

Mißtrauisch beobachtet sie rüber . . . Der Blick einer verwundeten, betrogenen Generation.

Was bleibt schon übrig, als geduldig hin- und herzugehen, die Minuten totzuschlagen.

Drüben in der Morgensonne der Häuserblock Düsseldorfer Str. 13. Irgendwo dort hinter diesen hundert Betonbalkonen ist Christianes Zuhause . . . Wie sehr ihr Bild doch schon verblaßt?

Wenn sie von der Schule kommt, wird sie im Vorbeigehen immer da raufschauen auf diese Mauer . . .

Jetzt hat sich die Frau endlich umgedreht. Schnell raufgegriffen unter die Kletterpflanzen.

Eilig in der Ecke öffnen das grüne Seidenband über der bemalten Schachtel. Ein Würfel türkisches Nougat ist drin . . . ziemlich feucht.

Das Päckchen ist wohl schon Tage da oben. Schnell auseinanderfalten den winzigen blauen Zettel . . .

Seit ich dich liebe, beginnt zwei Schritt von dir die Einsamkeit . . .

(leider von Giraudoux)

* *
*

Pssst . . .! Hören Sie auf, wie 'n Ferkel zu grunzen. Hört man doch bis zum Schlafzimmer Ihrer Tochter . . .

Unbeholfen kneten die Babyhände mit den scheppernden Balireifen, rollen, schieben. Iris . . .

Zwischen Cola und Zigarettenkippen wartet nickelkühl das Biologiemikroskop, das mal auf Carolyns Geburtstagstisch stand.

Die Glasplättchen wie in einem Labor säuberlich bereitgelegt fürs Experiment.

Krumm wie 'ne Runkelrübe! ... Und die vielen, vielen Adern, äh ... Ganz schön verwurschtelt und verwerkelt von Ihren vielen Gespielinnen, das Ding da. Sie Schlimmer!

Ihre Pupillen sollten Sie mal sehen jetzt im Lampenlicht ... wie bei 'nem Fixer! Adrenalinstoß ... ins Nebennierenmark, aha? Macht wohl high wie 'n Stoff?

Das is' vielleicht 'n Apparat heute! Wenn man Liebe mit dem Lineal messen könnte ... das wär' guut ...

Die zwei wasserblauen leeren Augen, mit Revlonschatten gefüllt, betrachten biologisch sachlich ...

Noch 'n Kleenex her, sonst gibt's wieder Sabberei ...

Hm ...? Hexentanz der Spermato ... wie heißt das?

Das klebrige Puddingzeug mal bei 200facher Vergrößerung belinsen, das wär' 'ne Show ...

Na los schon ... Wann kommt denn endlich die Soße ...

* *
*

Moment mal ... Gar nicht die unwichtigste Erkenntnis meines Lebens!

... also gäbe es eigentlich überhaupt keinen Gewinn? Keine Steigerung ...?

Ein Playboy hat drei Freundinnen. Multipliziert er also seine Glücksteigerung x 3 ...? Nein ... das wäre dreidimensional gedacht ... rationaler Selbstbetrug. Er teilt sein Glück in drei Drittel!

Die Relativität gleicht alles aus wie eine Wasserwaage ... Es gibt keine Steigerung. Jedes Hoch bringt neue Tiefen.

Was ist, Carolyn? ... Nein, brauch' noch fünf Minuten ... Spann inzwischen mal das Netz! Und nimm die Schläger mit runter ...

Also, weiter ... Dann gäbe es eigentlich auch keinen Fortschritt? Dann wären ja vor dem Universum alle Revolutionen, Reformen, alles forcierte Streben überhaupt sinnlos ...? Es gibt keinen Gewinn, keine

Steigerung ... Dynamischer Wandel – weiter nichts. Energieumwandlung.

Das Verhältnis von Licht und Schatten bleibt unbeeinflußbar ... Das Paradies findet nicht statt!

Glück käme also nicht vom Objekt ...? Glück müßte dann eine subjektive Substanz sein in uns ... eben so was wie ein Urankern, der sich verstrahlt? Und das Quantum ist möglicherweise bei uns allen gleich?

Du lieber Himmel ... wenn die Menschen das mal rauskriegen, so relativ und ganzheitlich zu denken, dann könnten so ekelhafte Dinge wie Neid, Gier und Unzufriedenheit ihr Gewicht verlieren?

Nicht auszudenken, wenn alle dahinterkämen, wie grotesk eigentlich unser verbissenes Streben ist, dem Schatten mehr Licht abzugewinnen ...

Ja ... komme gleich, Carolyn ... bin schon unterwegs!

* *
*

Carolyn singt in hellen Tönen durchs ganze Haus.

Das Radio schnell abschalten ... diese Seligkeit einfangen ... Ferienanfang!

* *
*

Über den Eiskaffee hinweg taxieren zwei unbestechliche Augen ...

Sie sind der Typ, der Multivitamine nimmt? Regelmäßig Isometric Exercises macht ... Vor Hasch höllische Angst hat?

Sie schnullert am Plastikhalm.

Weiter ...? Der sich in versnobte Maßanzüge zwängt ... und alle sonstigen Zwänge und Verklemmungen einer gestrigen Welt zu gerne abschütteln würde.

Sie gehören zu der Generation, die mit 'ner Maske durchs Leben geht.

Britt Elvstrom 1,74 ... 61 kg ... Alter 26 Jahre ... Studentin der Kunstgeschichte.

Sie zwischen Konsulaten, Kunstgalerien und Studentenbeizen hin- und herzufahren ... das war bis jetzt alles ...

Im Wagen streift sie immer gleich die Pumps ab, flegelt die langen Beine unters Armaturenbrett, daß der Rock über die bronzenen Schenkel kippt.

An dieser glatten weiblichen Haut rauftappsen ...? Nicht schwer zu erraten, das würde 'ne Demütigung einbringen, weiter nichts ...

Permanent klemmt ihre Gauloise zwischen den beiden knochigen Fingern.

... drehn Sie mal lauter! Ja, das ist es, das Adagio aus der Pathétique ... Tausendmal geübt mit siebzehnjähriger Begeisterung ...

Süß, ihre frechen Fransen, die wie Stahlfedern aus dem Haarwirbel springen.

Ihre Nähe strahlt das herbe Fluidum nordischer Tundren aus.

... apart, definieren Sie also dieses Robertakleid ...? Reichlich laut im Design, würde ich sagen ... hätt' mir's wohl kaum ausgesucht ... Durch blaublütige Partyfreunde schaffte ich es mal, bei 'ner Kollektion mit vorzuführen in einem Florentiner Palazzo ... Konnte dafür einen Armvoll dieser Feudalklamotten mit nach Stockholm nehmen.

Ansonsten bin ich aus Schottenjacke und Jeans kaum rauszukriegen ... Klar, immer schon gejobt in den Semesterferien. Dabei um die halbe Welt gekugelt ...

Juwelier Vitzthum meldete sich frühmorgens schon telefonisch ... Der Bote sei zurückgeschickt worden. Das Geschenk wurde nicht angenommen ... Scheiße! Einen Nachmittag umsonst in der Stadt rumgeschnüffelt nach dieser Empire-Gürtelspange ...

Steckt wohl dieser Volpas dahinter ...? Da soll einer klug werden ... Jedenfalls ein Prachtstück, dieses Girl ... so was kann man nur auf 'ner Vernissage entdecken.

Sie war derart belagert ... einfach ganz unmöglich, an sie ranzukommen.

Also verblieb dem geplagten Autor nur die spontane Mutprobe, in ihr Arabella-Apartment vorzudringen ... Und noch ehe sie zum Rausschmiß ansetzte, als Referenz schnell paar exponierte Namen hingeplappert ... Sachs. Volkardt. Graeter ...

Im ersten Moment war sie 'ne glatte Enttäuschung ... mit ihrem fettglänzenden Teint und dem Frotteeturban kam sie vom Balkon-»Sonnengrill« ... Und dann noch das sehr männliche, krokogerahmte Foto am Kaminsims ... Volpas?

Aber der hypnotische Duft von *Arpège* im Raum.

Die Unterhaltung durch die Badezimmertür ...

Und die in den Sessel geknüllten bonbonrosa Spitzendessous ... Das heizte an.

Ulkig, wenn ihre Sonnenbrille so lässig tief auf der Nase sitzt. Das blaue Gauloisepäckchen hat seinen festen Platz in ihrem Celinegürtel.

Liebe ... ooch, das ist eine Erfindung der Poeten ...

Verdammt noch mal ... warum kreuzte sie nicht früher meinen Weg ... Sie wäre genau der Typ für die Story gewesen! Eine Message ... Reflexion einer neuen Zeit ... Fast eine Zukunftsvision ... Das ist eben das Manko beim Schreiben von Wirklichkeit!

* *
*

Après ...

Kühler Schweiß klebt im Nacken ... Ausgeleert.

Unten pappt noch das Kleenex dran.

Durch das Apartmentdunkel die massigen Umrisse des Bookcase ... der beiden Ledersessel und des katalanischen Kerzenleuchters ... die apathisch ihre Zeit abhocken. Hohenzollernplatz 5/II.

Der Mädchenkopf ... hineingeschmiegt in meine Brusthälfte, die sich rhythmisch hebt und senkt mit dem Atem ...

... ganze elf Tage? Ja, 'ne kleine Ewigkeit lang haben wir uns wieder nicht gesehen, Cris ... War nicht zu schaffen. Alle einfach ignorierten, auf die lange Bank geschobenen Erledigungen explodieren jetzt. Geschäftskram. Paar Kilo Vertragsunterlagen beim Notar. Ärger an der Baustelle. Grundstückszankereien. Auch noch lieber Verwandtenbesuch aus Sofia ...

Kaum mehr möglich, eine Manuskriptseite ohne Störung durchzuschreiben.

Obendrein gibt es einige selbst mit sämtlichen Tricks nicht mehr zu umgehende gesellschaftliche Verpflichtungen ... Vorgestern beispielsweise ein Ton-in-Ton-Dinner bei Pamela ... sogenannte liebe alte Freunde. Pinkrosa Cocktailkleid. Pinkrosa Sets. Rosa Lachsforellen. Burgunder Roséweine. Pinkrosa Himbeerparfait. Und himbeersüßes Gequatsche ...

Die Story ...? Die läuft so schlecht und recht ... Übrigens, die Dunkelheit erinnert mich an 'ne fast vergessene Idee. Dich zunehmend formal aufzulösen ... zu entmaterialisieren, abstrahieren ...

Die Chips da schmecken schon bißchen schmalzig.

Wieso abstrahieren? Formzertrümmerung! Dein Wesen durchsichtig machen ...

Wie gut, daß es den Lichtschalter gibt, damit ich mich wieder konkretisieren kann ...! Immer so ein kleines Rätselraten, Schnups ... ob du mich gerade als Romanfigur oder als Mensch siehst? Aha, das dachte ich mir schon, daß sich die Grenzen bereits verwischen ... Da wär' sie also, die gepriesene Symbiose von Kunst und Leben!

Streicheln ... die sanfte Wange, die knorpelige Ohrmuschel hinter der Seidensträhne. Tasten über rauhe Pickelchen am Kinn. Den glatten schmalen Rücken runter.

Jede einzelne Körperzelle ist eine vollautomatisch gesteuerte Fabrik, in der ganze Serien von Produktionsprogrammen gleichzeitig ablaufen, im Organismus zum Konzern zusammengeschlossen ...

He ... was ist eigentlich mit dem Plisseekleidchen ... dachte, du tänzelst heute schon an damit ... nicht gekauft? Was ... überhaupt nichts abgehoben vom Konto ... warum nicht, Kleines?

Mit beengtem Atemholen legt sie ihre Wange in die fremde Handfläche.

Die Korkbrösel vom Rotwein kriegt man nicht von der Zunge.

Irgendwie muffelt es stickig nach Möbeln und Stoffen hier drin. Das ganze Jahr wird nicht gelüftet ... Die Stehlampe mit der alten Spindelrogge ist schief ... Die Kühlbox surrt verdächtig.

Mein Love Apartment ... es dämmert und altert dahin über die vielen Jahre.

Dieses modrige Air hat sie aufgesaugt, die verstohlenen, hektischen Stunden, die es hier dann und wann gab ... Doris. Joanne. Birgit. Und die vielen Eintagsfliegen, die schon aus dem Erinnerungszentrum gelöscht sind.

Durch die Balkontür sieht man die Tram wie 'ne Lichterkette durch die Baumsilhouetten ziehen.

Stell dir vor, Kleines ... der Buchtitel »Libido 17« ist passé! Hab' in einem Sexshop einen Potenzdoper »Libido 6« entdeckt! Zum Verzweifeln ...

Sie wischt die Brösel sorgfältig in die Plastiktüte. Was nun?

Die neue Auswahl heißt: »Live 17« ... »Flair 17« ... »Magic 17« ... »Faszination 17« ... Mal die Zeit drüberlassen!

Der Mädchenkopf lastet sich wieder auf die linke Brusthälfte ... Coronargefäße, die alte Wunde.

Durch die Wand zum Nachbarapartment abgehackte Vokale, verschluckte Konsonanten ... Television.

Ouhh! Schon elf. Was heißt hier egal ... wozu deine Eltern noch mißtrauischer machen, als sie schon sind, Kleines ... Auch von ihrem Abonnement-Theaterabend kommen sie mal heim!

Ein Vibrato von Unsicherheit schwingt in ihrer Stimme ... Wäre alles halb so schlimm, Schnups, wenn du mal 'n paar Worte mit ihnen reden würdest.

Reden? Vielleicht bißchen diskutieren über Dahliana, hm ...? Eltern wollen einen Hochzeitstermin wissen ... Aufgebot bestellen. Brautkleid aussuchen. Pompöse Karten in sämtliche Himmelsrichtungen verschicken. Und noch so 'n paar vermoderte Träume.

... gehört nun mal zum dreidimensionalen Weltbild, daß alles ... sogar noch jeder Funke Liebe schablonisiert, verräumlicht werden muß. Jede Gefühlswelle linear gesehen wird.

Kein Wunder, Enttäuschung und Haß hinterher, wenn sich die Beziehungsstruktur erschöpft hat ... sich nicht erneuert. Statt sich den naturgegebenen Strukturen anzupassen, vergewaltigt man sie. Das Resultat ... Zerstörung!

Und nachher dieses schäbige dualistische Freund oder Feind ... Einen Strauch hassen wir doch auch nicht, weil er verblüht ... Empfinden Wehmut, Dankbarkeit.

Ihr ratloses Schlucken ins schweigende Dunkel.

Von der Straße rauf Gegröle und Heiterkeit ... der Uranbrenner *Jugend* verstrahlt sich draußen in der Nacht.

Ja, es ist traurig, Christiane manchmal fast hassen zu müssen, weil sie die Annäherung an Dagmar unbewußt immer wieder blockiert.

'ne Zigarette ... Das Streichholz erhellt ein versteinertes Mädchengesicht.

Der Eiswürfel, aus dem Colaglas gefingert, landet auf dem nackten Mädchenbauch ... Haahh!

Sorry ... diese kleine Schocktherapie hattest du jetzt nötig ...! Es ist wohl nicht ganz einfach, so 'n Denkmal aus literarischer Bronze zu sein ... hm, Kleines?

Sie kuschelt sich wieder ran ... Das Fischskelett baumelt unentwegt zwischen ihren babyduftenden Dittchen rum ...

Die gotische Laterne ... könntest du sie noch schnell anzünden ...? Himmlisch, wenn sich die Lichtmuster so an den Wänden raufsprenkeln ...

Wir sollten uns lieber fertigmachen, Kleines ... nein, laß schon diese Manie mit Gläser abspülen und Ordnung machen ... warum soll die Hausmeisterin nicht auch paar Mark verdienen.

Mittwoch? Kaum ... zweimal die Woche, das läßt sich im Moment schlecht schaffen, Cris ...

Angenehm, wie sich das eigene Gewissen im Dunkel verstecken kann.

Telefonieren? Ist ziemlich kompliziert ... Aber das mit unserem Versteck auf der Mauer ... ja! Nein ... es stört dich nicht, wenn der Regen die Briefzeilen ganz verwaschen hat?

Aber Kleines ... Vergiß trotzdem nicht ganz, dich ansonsten zu amüsieren, du hast es jedenfalls versprochen.

Doch, ich hab's ja versucht, Schnups ... es hat gerade genügt rauszukriegen, daß ich mit Halbheiten nichts anfangen kann ...

Denk an meine geilen Sperenzchen ... An die literarischen Pflichten gegenüber Iris und so weiter ...

Schnups ... Es gelingt mir zunehmend besser, mich an deine Eigenheiten zu gewöhnen ... mag dich so, wie du bist, basta ...

Denk an das brünette Au pair aus Sydney, das jetzt in Nymphenburg anfängt ...? An Dagmar ... Und Carolyn? An deine Eltern ... Deine Zukunft ... Bleibt da für uns mehr als 'ne Halbheit zurück? Man sollte nicht alles so vermythisieren ...

Wortlose Resignation sickert ins Dunkel.

Von der entfernten U-Bahn-Nachtbaustelle her immer wieder das Rattern der Kompressoren.

Eine Träne rinnt spürbar den Handballen runter ins Kissen.

* *
*

... heute nacht in der Baubaracke eingebrochen? Mindestens 1200 von diesen extrem teuren Bodenfliesen aus Italien sind weg. Und diverses Gerät ... Na, hoffentlich spurt die Versicherung.

Zum Verrücktwerden ist das da draußen ... Na ja, wenigstens ist der Baustop wieder aufgehoben. Die Handwerkertermine sind alle umgeschmissen.

Hätten wir Augustin mit seinen Verbindungen nicht eingeschaltet, wären wir noch für Wochen lahmgelegt!

Unmöglich ... vor November sind wir kaum unter Dach da draußen.

Mal sehen, was nach all den Steuern und Troubles noch übrigbleibt ... Vielleicht 'n Einzimmer-Apartment für Alfons oder Stefan? Wie gut, daß wir die Schwimmhalle gleich vorneweg gestrichen haben ...

* *
*

393917 ...

Läppisch ... Immer so ein flaues Primanergefühl im Bauch ... in Erwartung dieser selbstsicher beschwingten Stimme mit dem aparten Schwedenakzent.

Entmutigend oft belegt ist diese Telefonnummer ... Etwa dieser Volpas?

Den trommelfellbetäubenden Lärm, diese Luft zum Durchschneiden in den Diskotheken Schwabings durchhalten, bis draußen der Morgen dämmert ...

Kopfschmerzen von dem schauderhaften Fusel, den sie in jeder Menge runterkippt.

Bloß noch ein Gedanke ... Aufgeben!

Nur noch die rote Nelke im Haar ist von ihr erkennbar im rhythmischen Gewühl der Beine und Arme ...

Hier hat sie schon mal ein paar Tage als Discjockey ausgeholfen.

Dagmars Reisemitbringsel, die Batikkrawatte aus der Fifth Avenue, muß runter ... schenkt sie irgend so einem vollbärtigen Grölhals, der sie als Apachentrophäe um die fettige Stirn windet.

Macht ihr höllisch Spaß, die männliche Umgebung aufzuregen, aufzustacheln.

Durch den hautengen, kupfernen Seidenjersey drückt sich jede Bewegung ihres unverschämten Hinterteils. Nein ... noch nicht aufgeben.

So was in die Horizontale bringen . . .

Ihre Hände winden sich schlangenhaft narzißtisch, gleich einer indischen Tempeltänzerin.

Energieumwandlung. Und was für Energie . . . ein Kernkraftwerk.

* *
*

. . . langsam kotzt er mich an, der ganze Laden . . . Sind doch keine Gesichter . . . höfliche Masken sind das . . . Anpassungsakrobaten.

10 Uhr, wenn der Kaffeewagen kommt, dieses Gequatsche . . . Ja, alle den gleichen Jargon . . . die gleichen Gedanken.

Piet Wagner, einer von diesen jungen Spießern, macht in der Pause Joga-Kopfstand.

Jimmy Klett sagt, den Rohstoffpreistreibereien ist nur mit Verstaatlichung der Konzerne beizukommen.

Mario Ehrhard sucht immer schnelle Mädchen . . . Hab' ihm überaus deutlich gesagt, er soll woanders üben. Soll's doch bei Edith Brinkmann versuchen, die hat schon paar Jungen von 4 c einen abgelutscht.

Ooch . . . 'ne Ewigkeit, bis so 'n Tag rum ist im Büro! Und diese Opa-Musik aus den Wänden . . .

Sterile Sauberkeit, alles blankgeputzt . . . wie ihre Statuten.

. . . Fernsehaugen, die uns aus der Wand anglotzen . . . Vermutlich von den Bonzen in der Direktionsetage da oben ganz »zufällig« so plaziert, daß sie auf ihren Monitoren den Tippsen zwischen die Beine gucken können . . .

Ob ich beim Firmen-Picknick mitmache? Ob ich mich zum Betriebsbridge oder Tennis eintragen will . . . die können mich mal!

Und mit dieser Schiet-Kantinenkost hab' ich drei Kilo zugelegt. Muß die Eßbremse treten . . . Paddy sagt zwar, man soll nicht gegen seinen Typ hungern . . .

Übrigens bin ich $3^1/_2$ cm gewachsen in diesem Jahr ... wie finden Sie mich?

Dieser Dr. Nowak von der Personalabteilung macht mir Spaß ... Erst legt er mir nahe, laut Konzernhandbuch keine Hotpants im Büro zu tragen ... Dann rechnet er mir zweiundzwanzigeinhalb Tage vor, die ich ohne Attest krankgefeiert hätte ... Wenn der bloß seinen Mund aufmacht, fliegen bei mir die Sicherungen raus ...! Dieser Kapitalistenarschkriecher ...

Die Bonzen werden in den Konzern-Cadillacs rumkutschiert. Uns pferchen sie wie 'ne Viehherde in die Firmenbusse ...

Seine besten Jahre muß man da absitzen, damit die Aktienpakete oben noch fetter werden ...

Ah ... möchte ausbüchsen! Mitfahren im Oktober mit Peggy und Katja nach Rhodos ... Ferien im Revoluzzerstyle. Monatelang nix als Meer, Sand, Sonne.

Irre billig ist alles dort ... Katja sagt, die Boys da unten kann man so herrlich scharf machen.

Möglich, daß ich auch mal bei *Man Power* einsteige? Leasing für Arbeitskräfte ... Kann man sich's einteilen. Halb Arbeit. Halb dolce far niente.

Janssen, dem Abteilungschef von 7 b, fiel bei 'ner Diskussion die Zigarette runter. Niemand von den jungen Leuten bückte sich danach ... viel besseres Betriebsklima als bei uns, sagt Jimmy Klett.

Vorige Woche haben sie uns wieder zusammengetrieben wie 'ne Herde zur Betriebsimpfung ... Schon 'ne Zumutung!

Der olle Knudsen kriegt nächste Woche die goldene Jubiläumsnadel ... Haben schon gesammelt im Büro fürs Blumenarrangement. Hoch soll er leben ...

'ne Treppe rauffallen ... das kann bei uns keiner ...

Menke sagt immer ... vierzig Jahre absitzen, so 'n Leben ohne Höhen und Tiefen, nee! Durch die Gegend laufen als lächelndes Nichts. Da müßt' ich mich ja selbst in 'n Arsch treten.

Die Girls waren mächtig hinter ihm her ... o ja, wir haben dralle Meterware in 3 c!

Menke ist ausgetreten im Juli. »Ohne mich« ... so 'n Tausch, Jugend gegen Sicherheit, sagte er. Hier kann sich doch keiner verwirklichen. Sicherheit macht alt ...! Guck se dir bloß an ... den Schlendorf, den Thalle, den Knudsen ... Abgestumpft, ausgebrannt von der Routine.

Die Jahre rasen einem unterm Hintern weg ... es geschieht nichts.

Er ging wieder zurück in den privaten Großhandel ... Gert Menke. Ein paar Takte zu arrogant war er vielleicht?

Aber er hatte einfach keine Lust, noch was einzufangen von diesem Virus ... Mutverfall und geistige Lähmung.

Unsere Erzeugnisse haben Weltruf!

Wir sind eine lebensfrohe Organisation ... ha, ha, ha!

* *
*

Nimm mal schön brav deine therapeutischen Händchen da weg ...

Immer dieses rätselhafte Lächeln in ihren Augen.

Jetzt ist wohl gleich wieder diese verstaubte Weltschmerzmasche dran ...! Pipo, streich mich von deiner Abschußliste ... vergeude nicht deine Zeit!

Bist 'n smartes Kerlchen, aber sorry ... nun mal nicht mein Typ. Wieso ...? Einfach intuitiv, basta! Oder bitte, wenn du willst, libidinös ... Und schon gar nicht mein Jahrgang ... es muß nicht unbedingt Kaviar mit grauen Schläfen sein.

Take it easy ...

Seit Tagen glitscht es im rechten Ohr ... Mitten in der Nacht mußten wir ja unbedingt noch mit einem Auto voll Jugend zum Baggersee raus.

War gar nicht mehr spaßig, von dieser verrückten Göre ein paarmal reingetaucht zu werden, bis die Luft wegblieb.

Ringsum im Dunkel die selbstverständliche Nacktheit war überhaupt nicht aufregend ...

Pipo ... o. k. findest du mein Ton-in-Ton-Complet ...? Kombinierte Farben definierst du als dualistisch? Na bitte ... warum einfach, wenn's auch kompliziert geht!

Der freche junge Pepitahut ... Ihrer schmunzelnden Ironie ist er zum Opfer gefallen ... Mit Dagmar hatten wir ihn mal in den Arkaden von Milano entdeckt.

Was bleibt schon übrig, als konsequent das Autofenster runterzulassen und dieses als spießig belächelte Etwas mit souveräner Geste dem Fahrtwind zu opfern. Mit verstohlener Wehmut dem langjährigen Begleiter eines Stück Lebens nachschauen, wie er durch die Pfützen rollt. Applaus ...!

Verdammtes Geschreibsel ... ist denn keine Ordnung da reinzukriegen in dieses Chaos von Impressionen.

Bin irgendwie ausgeflippt ... kein bißchen Konzentration ist mehr da ...

Vielleicht läßt sich 'ne Stilmanier draus machen ...? Läuft dann eben unter »relativer Stil« ...

* *
*

... also geplatzt die Bombe ... verdammt noch mal!

Schnups, was soll ich bloß machen, die sind stocksauer ... Mami hat mich direkt ins Gesicht gefragt ... Christiane, wo hast du dich diese Nacht rumgetrieben?? Vermutlich hat sich dein neues Hausmädchen verquatscht ... daß ich eben nicht bei Carolyn übernachtet hätte ...

Vokale und Konsonanten quäken aufgeregt aus der Hörmuschel.

... aber nein, nichts direkt zugegeben ... Verschanzte mich hinter verstocktem Protest ... Privatsache und so. Klar, theoretisch könnte ich bei 'ner Freundin oder sonstwo geschlafen haben ... aber solche Märchen nehmen sie mir längst nicht mehr ab ... Außerdem haben sie schon überall rumtelefoniert. Schnups ... möchte am liebsten meinen Koffer packen! Ich muß da raus ... Diese Ungerechtigkeiten ... dieser

Schrotthaufen von kleinbürgerlichen Begriffen und Schablonen ... Diese Spießer auch noch verstehen ... das ist doch nicht dein Ernst?

Doch, versuch's, Kleines ... Im Affekt handeln, das bringt uns nicht weiter ...! In aller Ruhe deine Selbständigkeit vorbereiten ... wir werden das mit dem Lufthansa-Job jetzt intensivieren ... Möglicherweise kannst du dich nächste Woche schon dort vorstellen.

Es ist unerträglich, Schnups, wenn sie dich permanent zum Playboy abwerten ... Du nutztest mich aus. Verpfuschtest meine Zukunft. Ich schwelgte in Illusionen ... Die Mädchen in der Nachbarschaft haben alle so nette Jungen ... Zum Kotzen, diese vermoderten Träume vom präfabrizierten Bürgerglück ... Sekunde, du ... muß mal schnell nach dem Reis sehen ...

Fünf stumme Löcher im kühlen Kunststoff ...

Hallo, da bin ich wieder ... Was? Einen kleinen FIAT hast du entdeckt ... für mich? Reservieren lassen? Nein ... was soll ich damit ... Übrigens stell dir vor, du ... gestern hab ich in einem Diktatheft unsere Fasanenfeder gefunden! Ins Album, ja ...

Schnups ... Könntest du heute abend nicht ganz plötzlich in unserer Tür stehen ... mit Papi sprechen? Was wäre da noch zu verderben?

Die Schlitze in der gewölbten Kunststoffmuschel warten auf Antwort.

... würde sagen, diese explosive Atmosphäre, sollte man die nicht erst mal abziehen lassen, Liebes?

Ja, ist schon was dran ... Papi mit seinem lädierten Nervenkostüm. Dieses Theater möchte ich dir doch besser nicht zumuten. Klar paßt du nicht in ihre verzopften Vorstellungen ... Moment mal, Schnups, ich hör was draußen ... Nein, war nur die Lifttür!

Befreites Aufatmen zischt durch die Hörmuschel. Mami könnte jeden Moment vom Supermarkt zurück sein!

Was nun ... du meinst, es bleibt nur die Lüge? Das ist doch nicht dein Ernst, Schnups? 4 D ist nicht rechthaben, sondern wahr sein ... hast du mir dutzendmal gesagt.

Die eigenen Finger klammern sich fester um den kühlen, glatten Hörergriff.

. . . ja, eiskalt alles weglügen . . . 'n großer Irrtum alles . . . Sie sollen anrufen hier . . . Dagmar wird es jederzeit bestätigen . . . du warst bei Carolyn, basta . . . Ein kräftiger Schluck aus Vaters Brandypulle, und du hast das nötige Stehvermögen!

Neben dem Telefon liegt Dagmars Schlüsselbund mit dem gesprungenen Turmalinanhänger.

Schnups . . . diesen Berg Lügen weiter vor uns herschieben? Wir haben in Salzburg übernachtet . . . sollen sie es wissen! Soll Paps aus der Haut fahren, wenn ihm danach ist . . . Ich steh' zu dem, was ich tue, sorg dich nicht um mich . . . bleib du an deiner Story. Irgendwann werden sie müde, mir den Glauben an dich wegzureißen . . .!

Übrigens das Neueste . . . Almut hat aus einem Gespräch belauscht, daß sie mich mit so 'ner Jugendaustauschgruppe nach England abschieben wollen . . . Exil? Seit ich bei der Zwischenprüfung durchgerasselt bin . . . nichts als Schikanen! Wie einen Sträfling bewachen sie mich. Alles ist falsch, was ich sage, tue, denke . . . Meine Magennerven haben einen gigantischen Tablettenverschleiß . . . ja stimmt, bin nun mal 'ne sensible Pflanze!

Was meinst du, Schnups . . . bißchen aufheitern? Mit der Clique rumblödeln . . .? Nee danke . . . ich paß einfach nicht mehr zu denen, seit ich dich kenne . . .

Die eigenen Finger zupfen ratlos nervig an der angefransten Telefonstrippe.

Könntest deine Eltern damit ablenken und etwas abreagieren, Liebes . . .

Schnups . . . mir geht's schon viel, viel besser, seit ich deine Stimme höre . . .

. . . ulkig war das, wie wir beide von der Festungsmauer runter die Leute mit Erdnußschalen bombardierten . . . Und im Café Tomaselli . . . Und mit hundertachtzig Sachen offen über die Autobahn, die h-moll-Sinfonie in Stereo . . . Wie 'n Film spulen sich diese Bilder durch meine Gedanken . . . Mümpfelchen! Möchte dich sehen heute, bloß für 'ne Minute . . . Nee, weglassen würden sie mich sowieso nicht. Aber es könnten ja Bierflaschen aus der Icebox verschwinden . . . Ach so, du kannst nicht heute? Steuerberater?

Schade . . . mach dir keine Sorgen, wir . . . Moment mal, Schnups, ich hör' was auf der Treppe. Wenn ich . . .

Klack . . .!

Die Mädchenstimme ist abgerissen. Wieder fünf stumme Löcher im kühlen Kunststoff.

tü tüü . . . tü tüü
tü tüü . . . tü tüü
tü tüü . . . tü tüü

* *
*

. . . du unverbesserlicher Snob! Bei diesem himmlischen Wetter ins Humplmayr setzen . . . zu den Schlemmeropas?

In jeder ihrer Bewegungen liegt kraftvolle Grazie.

Los, Pipo . . . wir holen uns da vorne bei McDonald's Cheeseburgers und 'n Coke und bummeln den Schwabinger Boulevard runter . . . Pumpen mal unsere Lungen voll mit dieser herrlichen Bleiluft.

. . . die ersten Ferien . . .? Die jobte ich mit Staubsauger und Putzlappen bei Familie Chevalier in Grenoble . . . Der Verdienst reichte gerade für die Rückfahrt nach Stockholm.

Den Sommer drauf beschwatzte mich 'ne Semesterkollegin, mitzumachen in San Franzisko . . . Service im »Columbo« . . . einem Obenohne-Restaurant.

Ooch . . . in spätestens einer Woche ist man immun gegen Lustblicke aller Nuancen . . . Aber nicht gegen die polare Kühle der Aircondition . . . Meinen Schnupfen schleppte ich bis zum letzten Tag dort rum.

Ideologie . . . Wozu Ideologie . . . jeder weiß sehr gut da drinnen, was richtig und falsch ist . . .

Sie wollte unbedingt ans Steuer . . . den Schlitten mal testen.

Erst machte sie zwischen überholenden Autos hindurch paar wilde Schlenker, mit dem Resultat . . . die Lenkung hätte einen schauderhaften Fahrbahnkontakt.

Dann jagte sie die Tachonadel auf 190 Sachen . . . Kein Wunder, wie auf Kohlen zu sitzen, bei den schon abgefahrenen Pneus.

Mache mir nichts aus Romanen. Man braucht reale Lebensmodelle, in die man einsteigen kann! Omas Zeit der Ersatzträume ist vorbei . . . und diese musealen Bonmots, Zitate, Intellektualismen aus dritter Hand, die man immer wieder ausgräbt aus der Fundgrube abendländischen Geistes . . . Statt sie im neuen Licht der Zeitwende zu zeigen. Wenn es überhaupt innere Vorgänge gibt, werden sie vorgekaut und fixiert . . . Statt die Leserphantasie nur ahnen zu lassen . . . So verstaubt ist die Malerei nicht! Man geht nicht mit dem Kopf nach hinten in eine neue Epoche . . .

Spät abends strahlte die Schwüle noch aus Asphalt und Gemäuer . . . Nach der Pizza hat sie plötzlich noch die verrückte Idee, mit hochgerafftem Rock im Lenbachbrunnen rumzuwaten.

He! Du verkorkster Spießer, hör schon auf, unter meinen Rock zu schielen . . . Ist es so was Interessantes, ein Slip?

Na bitte . . . dann schau ihn dir doch an da . . . Extraleicht, kochfest, garantiert druckfrei anliegend . . . So was solltest du deiner Frau mal kaufen!

Dieses geile Arschrelief . . . diese Optik läßt einen spürbaren Hormonausstoß in die Blutbahn einschießen.

. . . im Ausverkauf bei Jelmoli entdeckt, das halbe Dutzend neunzehnfünfzig . . . Ist er nun endlich weg, der Mythos . . .? Sie streift mit der flachen Hand 'ne Spritzfontäne rüber . . .

Christiane . . . Sie nimmt alles so schrecklich ernst . . . Aufreibend, dieses ständige Suchen nach immer neuen Lügen und Ausflüchten . . .

Unehrlichkeit hat sie eigentlich nicht verdient! Aussprechen. Schluß machen!

Wie Paps immer sagt . . . Eines Tages kommt die Wahrheit doch nach oben . . . als Wasserleiche.

Ihr weiterhelfen . . . Sepp Geither hat schon die Zusage der Lufthansa . . .

Ihr diesen kleinen Fiat beschaffen . . . basta!

Das eigene Gewissen loskaufen . . . Du lieber Himmel, sie ist jung . . .! Man hat es ja schließlich nicht selbst erfunden, das ewige Werden und Vergehen . . .

* *
*

Ich glaube, meine Seele tut weh!

Irgend so was hat sie doch gesagt, Christiane . . .

Was ist das eigentlich . . . Seele? Das Ding, das mal die sterbliche Hülle verläßt und in den Himmel fährt . . .? Irgendwann muß ja dieser Begriff neu definiert werden . . .

Warum nicht das Objekt drehen . . . Über aller Materie liegt Beseelung . . . mehr oder weniger. Mensch. Tier. Pflanze. Stein.

Dann hätte jeder von uns so 'ne Art Antenne, die mehr oder weniger intensiv Beseelung empfangen kann.

Hochsensible, stumpfe, verbrauchte Antennen.

Ameisen oder Bienen hätten dann so was wie 'ne Kollektivantenne. Der außengeleitete Mensch unserer Tage ist nicht weit entfernt davon.

Verdammt noch mal, das Klopapier geht schon wieder aus!

So eine Antenne ist nichts Statisches . . . Es gibt vergammelte, kaputte oder chemisch-physikalisch veränderte Empfangsantennen.

Was ist das für eine Substanz, die den Kosmos beseelt?

Intensität? Qualität? Zeit? Energie? Communication?

Demokrit vermutete schon, seelische Regungen seien hochmolekulare Gebilde.

Ist Seele das, was diese tausend Vorstellungen in uns entstehen läßt, die sich stetig in uns bilden, zur Verräumlichung drängen und wieder zerfallen . . . ähnlich wie unsere Körperzellen?

Da soll 'n anderer weiterdenken . . .

Der Druckspüler rauscht auf, prasselt durch die Sekunden.

* *
*

Reinbeißen, reinschlürfen in das süße Rot der Wassermelone.

Durch das windquirlige, gegenbelichtete Birkenlaub schimmert der Pool der Apartmentanlage.

Da hat sie doch schon wieder so 'ne Atelierziege dabei ... Bißchen peinlich, immer diese Show hier vor spießbürgerlichen Fenstern und Balkonen.

Dagmars lapisfarbener Badesuit mit den frivolen Sichtlöchern ... Der Sombrero, den sie von den Bahamas mitbrachte.

Langbeinig stelzen die beiden über den frischgemähten Rasen mit ihrem zeremoniellen Camparisoda.

Denaturierte, optische Wesen mit artifiziellen Kohlestiftkonturen ... In einen Kübel Seifenlauge möchte man so was reinstecken!

Was ist man selbst eigentlich für die beiden da draußen ...? Ganz akzeptabel vielleicht ... jedenfalls kein Typ zum Herzeigen ... Einszweiundsiebzig mit Stöckel ... Introvertiert ... na ja. Und schon gar nicht der Jüngste ...

Geld ...? Klar, Geld ist sehr dekorativ ... aber was nutzt es, wenn es sich diskret hinter Papier und Zahlen verkriecht ... ohne Knalleffekt!

Abseits im Baumschatten trödelt Carolyn über ihren Textaufgaben ... Kein Wunder, daß sie durcheinandergeraten ist in diesem Chaos ... Daß sie schlappmacht, Schule schwänzt ... rumgammelt mit Freunden. Eigene Wege sucht ... undurchsichtige. Sie hat es aufgegeben, uns zusammenzuhalten?

Ein snobistisches Getue und Getuschle ist das da draußen im grünen Filigran ... Ist sie am Ende lesbisch, Dagmar?

Undenkbar, daß sie überhaupt was mit Leidenschaft tun könnte.

Ob die eigene Geduld, ihre Sinne zärtlich zu wecken, damals nicht allzu rasch erschöpft war ...? Jetzt noch ... wozu eigentlich?

Aber war es nicht ein bißchen leichtsinnig, sich zu sehr auf ihre frigide Kühle zu verlassen?

Carolyn erzählt, Mami segelt viel am Chiemsee ... macht Bergtouren ... geht zum Bowling. Mit wem?

Letzten Sommer, als wir die 15-qm-Jolle kauften, hat sie schon nach der ersten Wende aufgegeben ... seekrank.

Warum konnten wir nie eine Ganzheit werden, wir beide? Diese dualistische Urfeindschaft nie überwinden ...

Wozu haben wir uns belogen. Uns nicht arrangiert ... gemeinsam alle Sexexperimente dieser Zeit ausgetestet?

Die Melonenkerne spucken sich in ballistischem Bogen zum Fenster raus.

Die andere mit ihrer Polycolor-geblondeten Mähne ... 'ne waschechte Titelseitennarzißtin.

Ungeheuer selbstwichtig wippt ihre Zigarette im Mundwinkel zu den rausgequetschten Banalitäten.

Theatralisch inszenieren sich diese langen knochigen Hände mit den Revlonkrallen in der grünen Kulisse.

Die Heckenrosen hängen schlapp und angerostet im Dorn.

Warst so ein bescheidenes, ruhiges Mädchen, Dagmar, damals hinterm Ladentisch ... Alles ist Optik geworden an dir ... Alles auf die Oberfläche getrieben.

Nach dem Gesetz der Ganzheit müßte dieses billige, klischierte Außen auch zum billigen, klischierten Innen nivellieren?

Oder umgekehrt? Registriert dieses Außen eine schon vollzogene innere Wandlung?

Vorne im Korridor stehen sie schon wieder, die zwei rastlosen Boxcalfkoffer.

Erst waren es die Strandaufnahmen an der Costa Brava und auf Sylt ... Dann die Ledermodenmesse in Milano. Und morgen fliegst du nach Tunis ...

Über deinen USA-Trip hast du nicht ein Wort verloren, Dagmar ... Da war nur das bunte Frottiertuch mit dem Palmbeach-Relief ... Und die Postkarte vom Rockefeller Center.

Was ist bloß mit uns beiden? Sonst gab es immer noch mal einen kleinen Plausch ...

Zehn Jahre, ohne die geliebten Chopinpreludes auch nur einmal gespielt zu haben ...

Wahrscheinlich hat niemand von uns beiden schuld ... allerdings, das mit der Story geht nicht auf dein Konto ...

Als ob sie eine Kluft zwischen uns triebe ... so klang dieses Klopfen und Hämmern von deinem Apartment immer rauf!

Immerhin, du hast nie versucht, deinen Partner zu ändern ... Bist zu stolz, um zu lamentieren, zu betteln wie die andern ... Bleibst unbeugsam.

Eine permanente Heckenschere irgendwo da draußen zerschnipselt den Nachmittag ... Die Stare gruppieren sich schon zu Übungsflügen.

Da steht man nun in den Trümmern einer sogenannten Aggregatfamilie ...

Aus dem Kamin der Porzellanmanufaktur schlängelt sich umweltfeindlich schwarzer Rauch ins Blau.

Warum eigentlich sind in deinen Räumen unten die Jalousien immer runtergelassen?

Was sind das für Anrufe ... mit dem Schweigen in der Telefonmuschel, wenn man abhebt ... Und dann dem Knacken?

Was bedeutet dieses mit Kreide neulich an unsere Haustür signierte Hirschgeweih? Hängt das mit den Gerüchten zusammen, die über dich kursieren?

Diese Geheimnistuereien mit Erika ... das stundenlange Telefongequaßle.

Ganz sicher könnte man mit einem versteckten Mikrophon 'ne Menge erfahren ...

Ironie! Als ob man selbst nur das geringste Recht dazu hätte ... Müßte und würde dich verstehen, dir ein bißchen Spaß gönnen.

Ich stecke den Kopf in den Sand . . . rein nervlich vegetativ, ist jetzt nicht ein bißchen Raum frei für zusätzliche Probleme.

Die beiden haben ihre Liegestühle mit der Sonne gedreht. Die späten Nachmittage werden kühler draußen . . . Nur noch textile Farbflecken schimmern durchs geballte Grün . . . Verflüchtigte Stofflichkeit.

Unser Krebsessen bei Boettner vorige Woche . . . Beängstigend war diese Leere hinter dem Tellergeklapper.

Dieser Zeittrend gesteigerter Erwartungen . . . hat er nun auch dich in seinen Sog gezogen, Dagmar? Zwei oder drei Leben abspulen . . . Aber Carolyn?

So eine verflixte Bange schleicht sich ran. Mit Dagmar würde die eigene Freiheit dahingehen . . . jene Schutzschicht, die gegen inneres Engagement bei Abenteuern immun macht. Gegen diese verhängnisvolle dreidimensionale Fixiersucht . . .

Spürbar unheimlich . . . wie sich alles zeitlich beschleunigt, räumlich verflüchtigt!

Ja, Dagmar . . . Weit, weit sind sie weg, unsere Vespafahrten durch den Inselfrühling von ISCHIA . . .

Carolyn döst im Baumschattengesprenkel . . . Ihre dünnen Arme greifen gelangweilt in die Luft, wie nach irrationalen Phantasiegebilden.

Deine Eltern saßen immer so gerne da draußen auf der Steinbrüstung vor dem Pool . . . Warum kommen sie nicht mehr, Dagmar?

Dein Vater erzählte mal, wie eigenwillig du schon als Baby warst . . . Wolltest nicht atmen, nicht gehen lernen. Später nicht mit anderen spielen.

Du, mit deinen fliegenden dunklen Haaren damals und den orientalisch irisierenden Augen . . . Deinem geheimnisvollen Schweigen . . .

Warst so völlig anders als die unerträglich gewordenen Society-Typen.

Fast so was wie 'ne eingeschleppte Südsee-Insulanerin . . . so fremd, so rätselhaft wie eh und je . . .

* *
*

Supermarkt . . .

Britt beim Anzünden der wohl schon hundertsten Gauloise moralisierend das Feuerzeug auszublasen ist total mißlungen . . . Beim Gerangel zwischen den Stellagen polterte eine Pyramide Libby's Dosen in sich zusammen . . .

Nein, ich war zu Hause gestern . . . habe wieder mal Proust gelesen. Irgendeiner von diesen James-Freunden hatte zwar angerufen, um mich zum Dinner einzuladen. Aber ich hatte keine Lust . . . es klang so ein bißchen, als hätte er mich als Dessert eingeplant . . .

Ihre Oberlippenschwünge sind kühn gezeichnet.

. . . was ich für Kunst halte . . .? Na ja, jedenfalls gewiß nicht, was rational herstellbar, nachmachbar ist . . . Zur Bewußtseinserweiterung, zum konstruktiv Schöpferischen sage ich ja! Aber mehr als alles andere zählt für mich so was wie Beseelung. Gesteigerte Intensität. Magische Ausstrahlung. Transzendenz. Poesie . . . Wie Georges Braque sagt . . . das, was man nicht erklären kann, bleibt das Wichtigste in der Kunst.

Müder Tiger . . . so was geht dir wohl in die Hose . . .? Sie ist nicht mehr davon abzubringen, über die Staudamm-Mauer zu balancieren. Die reißende Isar unter sich . . . los komm rauf! Man muß einfach manchmal über seinen eigenen Schatten springen . . .

Pipo . . . Es ist gar nicht so einfach, dich auf ein Klischee zu bringen . . . Bist zu relativ dazu!

Das hindert dich sicher nicht, deine Girls von der Steuer abzusetzen, hm?

So 'nen Lamborghini-Typ durch Birgid damals in Rom im Tennisclub kennengelernt . . . Er möchte mich unbedingt in einem Werbestreifen unterbringen . . . Arrivederci München!

Und dann vielleicht noch, wenn ich's schaffe . . . 'ne Woche mit 'ner samarten Stockholmer Clique auf 'nem alten Segelkutter durch die Ägäis . . .

* *
*

... ist auch nicht mehr das, mit Anusch ... Die läuft schön brav an der Leine jetzt. Going steady ... Juniorchef im Baustoffhandel. Porsche Carrera.

Und zappeln ließ sie ihren Goldfisch ... Nicht 'n bißchen Perlmutt knallt sie sich mehr auf die Augen!

Nicht viel gefehlt, dann hätte sie noch Frankfurt angepeilt ... Nie gehört von diesem Dr. Sillkorn? Repariert für 'n Hunderter verlorene Unschuld mit Hystoacryl.

Iris niest wieder in die Daunendecke ... Kühl hier drin!

Der eigene Atem stockt einen Augenblick bei der Vorstellung von den Grippeviren, die in tausend Schleimbläschen durch den Raum schweben.

So, so ... deine Anusch ... Scheint jedenfalls so, daß sie mal 'ne Zeitlang den Hormonspiegel der Boys nicht mehr durcheinanderbringt ... Wer zweimal mit demselben Boy schläft, gehört zum Establishment ... Stammte das nicht auch mal von ihr?

Klar ... haben Sie sich doch ins Notizheft eingetragen damals ... Eigentlich schon fertig Ihr Buch ... noch nicht?

Sie preßt 'ne abgeschlaffte Beatnummer durch die Zähne. Fingert sich was aus der Peanutdose ... Ach ja ... Wenn es endlich 'ne Befreiung brächte aus dieser kapitalistischen Sklaverei, von morgens bis abends ...

Was lesen Sie da, Reiseprospekte? Sie wollen im November verreisen?

Erzählen Sie doch endlich die Geschichte zu Ende von diesem Schwabinger Fitclub da ... na, mit dem ausgeschnittenen Loch in der Klowand, durch das sich diese Typen gegenseitig einen von der Stange nuggeln ... Ohh, warum 'n anderes Mal?

Gelangweilt tändelt sie mit dem langstieligen Flohkratzer herum, den Traudl in Taormina mal in einem Antikshop entdeckt hatte ... legt eine Erdnuß in die winzige, elfenbeinerne Hand ... balanciert sie vorsichtig rüber über den Reisekatalog. Mund auf!

Zu beiden Seiten des Navy-Emblems drücken sich die zwei Dittchen spitz in das Baumwolltrikot. Säugetierchen.

Wie schnell doch alles verpufft . . . Die Leere wegblättern mit bunten Bildern . . . Bombay. Delhi. Bangkok. Singapur.

Caro hat heute beim Tischtennis zweimal gewonnen!

Sie schnurrt sich gelangweilt ran. Läßt den sizilianischen Kratzer rüberwandern . . . raufkitzeln über die fremden Gabardineschenkel . . . Einfach ignorieren . . .

Wie wird man so eine Göre bloß wieder los?

Die vergilbte, elfenbeinerne Hand kriecht an den Hosenschlitz, tastet sich wie eine Sonde hinein, piekst in das gelangweilte Banilonpaket.

Sie lauern, diese immer sensationshungrigen Babyaugen. Die Vaselinelippen warten über dem Gabardine.

Die verschnupfte, verrotzte kleine Schneckennase, mit den tausend Viren, die überspringen möchten von Schleimhaut zu Schleimhaut.

Die Katalogseiten knistern durch die Stille . . . Alles ist erschöpft, verflacht . . . Hongkong, Schmelztiegel zwischen Ost und West. Zollfreies Einkaufsparadies. Schwimmende Restaurants . . .

Beharrlich kriechen und kraulen sie, die Spitzen der kleinen Beinfinger . . . wecken schon ein paar Nervenenden aus ihrer vernunftsverkapselten Trägheit.

Horch mal, du! Das Geräusch im Treppenhaus . . . könnte das Dagmar sein?

Die Schritte steigen weiter, langsam, schwer. Entfernen sich nach drüben . . . Baerens? Eine Tür schlägt ins Schloß. Drückende Stille . . .

Heiser verschleimt die Mädchenstimme . . . Gott, haben Sie mich erschreckt! Doch Quark, was Sie sagen, konnte niemals Dagmar sein! Hat sich doch an Carolyns Bett verabschiedet in diesem dollen Perlenkleid . . . Wüßte gern mal, wo sie sich so rumtreibt? Is' doch genau der Typ, auf den sie alle fliegen. Unser tägliches Fleisch gib uns heute . . . Überhaupt nicht eifersüchtig, nee?

Sie kramt wieder nach ihren Marlboro. Ja, ja ich weiß . . . krebserregend . . . Gefäßverengend. Teere. Harze . . .

Alles Scheiße . . . Endlich frei sein! Machen können, was man will. Nicht gelebt werden von denen da oben in der Direktionsetage. Die den Kaviar aus Kilodosen konsumieren, während 'n paar hundert Millionen Menschen nach Protein hungern . . . sagt Jimmy Klett.

Das Feuerzeug flackert auf über dem Puppengesicht, durch dessen grobe Buchtung die Psyche filtert.

Unter den Kinderaugen haben sich zwei dunkle Ringe eingekerbt.

Kleines . . . Freiheit gab's nie und wird's nie geben . . .

Unsere Großväter arbeiteten fürs tägliche Brot.

Die Väter haben bis zum Herzinfarkt für Konsum und Prestige geschuftet.

Und bei deiner Generation, Kleines, richtet sich der Kampf gegen das eigene ICH. Selbstbeschränkung . . . Gegen Faulheit, Gefräßigkeit, Gier, Utopien.

Ihr müßt geistig fertig werden mit der subjektiven Unzufriedenheit. Müßt die Anspruchsinflation abbauen.

Das Leid bleibt als Geißel der Menschheit . . . So sicher wie das Verhältnis von Licht und Schatten immer bleiben wird . . . Dagegen gibt's keine Reformen. Doktrinen. Ismen. Gewaltakte . . .

Ganz süß, wie Sie mir die Nieren immer zudecken, wie 'n besorgter Papi . . .

Ooch, den Kurzgeschichtenband? Den hab' ich hier liegen lassen letztes Mal . . . sind Sie mir böse? Wozu eigentlich so viele Bücher lesen, wenn man alles selbst erleben kann?

A propos erleben . . . Zur Zeit spinnt mich so 'n Typ an aus der Versandabteilung. Bißchen knubbelige Visage. Sandalen mit Socken und so . . . Jammert von seiner Ehe . . .

Bißchen oversexed, dieser Poldi Linsmann . . . Werde doch lieber wieder mit dem Bus heimfahren . . . Wenn man denen 'n kleinen Finger gibt, wollen sie alles, was sonst noch dranhängt.

Ins Crash? Wenig . . . Öden mich langsam an, diese Milchgesichter mit ihrem Marihuanablick.

Bin jetzt öfter mal zu Hause. Television. Oder zusammen mit Oma. Wir zaubern dolle Curry- und Paprikasachen. Dabei quatscht sie sich so schön durch alte Zeiten.

Na ja . . . und Donnerstag Babysitten . . . 'n strapaziöses Baby mit grauen Schläfen, aber sonst ganz lieb . . .

Fußball . . . Mit Freundinnen telefonieren, das kann ich endlos. Oder mit . . .

Muß Ihnen gelegentlich was erzählen . . . würde mich Ihre Meinung interessieren . . .

Das Rotznäschen trompetet wieder in ein Kleenex . . .

Bißchen traurig, selbst auch zu denen zu gehören, die kommen und gehen. Ein Stückchen Glaube zertreten . . .

Erdrückende Leere . . . Kein Funke springt mehr, alles ist verbraucht. Nichts erneuert sich . . .

Kannst du dir so was vorstellen, daß jede Minute Millionen Zellen in uns absterben und sich wieder erneuern?

Der Mädchenrücken ist mollig geworden . . . Sie tanzen nur einen Sommer, diese Anuschkas, Iris, Barbies . . . Dann kommt das Grau.

Sie fummelt am Hifi-Gerät nach ihrem Sound . . . nein, nein, ich mach's nicht laut!

Die neue Winterkollektion in den Kaufhof-Fenstern haben Sie noch nicht gesehen? Satinsuits . . . ganz en vogue! Synthetikpelzjacken in Rosa und Blau. Vermögen könnte man in diese verdammten Klamotten investieren!

Die hektischen Wortsilben stoßen den Rauch aus dem porigen Näschen.

Bloß 'ne Frage . . . könnten Sie mir die zwanzig fürs nächste Mal schon vorschießen . . .? Am Urlaubskredit zahl' ich immer noch ab . . . könnte wahrlich der Konzern zahlen, statt oben dicke Tantiemen auszuteilen. Hab' keinen müden Cent mehr . . . nein, nein, nix schenken . . .! Hab' es satt, Sie immer auszunutzen.

Vielleicht klappt's und ich verkauf Ihren Videorecorder an Freds Vati ... Zwanzig Prozent sind also für mich drin, o.k.?

Oktobersauwetter da draußen. 'n beschissener Sommer war das ... nicht schade drum!

Was ist ... nehmen Sie mich mit in den Indischen Ozean ... Was steht da? Tausend Inseln wie Perlen im Azurblau ... Zweitausend Traumstrände mit wiegenden Palmen!

Ooch ... erst tönen Sie von ausflippen und faulenzen, wir beide zusammen ... und jetzt ...?

Über das Tablettischchen gekrümmt löffelt sie ihr Pineapplecrush aus dem Plastikbecher.

Um 9.20 kommt doch im Zweiten Programm die Jonathanserie?

Die Leere dehnt sich. Alles ist ausgeschöpft. Umwandlung der Energie ...

Irgendwo muß dieser Stoff mal abgeschlossen werden ... warum nicht hier ...?

Der Regenwind rüttelt an den Jalousien.

Sagen Sie ... was ist eigentlich los mit mir? Da bin ich wie 'ne Irre verknallt. Und kaum paarmal weggegangen mit so 'nem Wunderknaben ... läßt mich alles kalt. Kann mich einfach nicht verlieben ...

Bin ich zu jung? Bin ich frigid?

Kleines! Hör mal auf, dich so emsig mit deinem ICH zu beschäftigen ... sonst wird es immer unersättlicher. Kann 'ne Last werden, die dich erdrückt.

... hingeben das ICH an menschliche, berufliche Aufgaben. Ja, Leistung. Nur das bringt Erfolg, macht zufrieden.

Außerdem, die Liebesfähigkeit verstrahlt sich nun mal von einem LOVE IN zum anderen.

Jetzt kommen Sie mir wieder als Seelenastronaut ...? Denken wohl, mein Abendgebet käme aus der Intimspraydose ... nee!

Sie läßt sich geduldig zwei Tuschkrümelchen von der Wange wischen.

Laß dir doch weiterhelfen, Kleines ... Spezialisierung! Ein, zwei Jahre Abendkurse in Datenverarbeitung vergehen auch mal ... Und dann geht's aufwärts!

Unbehagliches Kräuseln um die fleischige Oberlippe ... Ob ich für so was den Nerv habe ...? Barbie sagt immer ... im Zweifelsfalle mach das Richtige!

Aber süß, daß Sie sich um mich kümmern ... Ein Bussi ohne Viren schmatzt durch die Luft.

Ihre stabilen Knie kriechen über den Couchvelours ... Wieder mal dreht sie die verflixte Tonblende heller. Läßt ihr Plastikseelchen vollpumpen von der Rhythmusmaschine.

Das artistisch verdrehte Hinterteil preßt sich geteilt durch die Baumwolle.

Die eigenen Finger blättern sich weiter durch das feste glatte Kunstdruckpapier ... Blättern die Leere weg ... Korallenriffe. Glasbodenboote. Tauchgeräte. Schnorchel. Wimpelfische. Papageienfische.

... nicht barfuß da rumlaufen, Iris. Schaust zwar so schön relaxed aus mit dem leichten Hemdchen da ... Aber bist auf dem besten Weg zu 'ner handfesten Grippe, du!

Bißchen schwerfällig hüpft sie von der Couch runter. Stellt sich mit zusammengekuschelten Armen an die Klimaanlage und läßt sich von der Wärme befächeln.

'ne gewaltige Übergröße, dein Matrosentrikot da ... ach, von Rolf stammt das noch? Ungeheuer »in«, so was Ausgeborgtes als Nachthemd zu tragen ... Wieder mal was gehört von dem ...?

Ach wissen Sie, so 'nen fiesen Knülch übersieht man einfach ... Über Evelyn hat er überall rumgelästert ... sie transpiriert wie 'n verwester Hering ... Die letzte Mark hat er ihr abgenommen.

Sie schaltet den Turboblower auf III ... Könnte ich den nachts laufen lassen? Ooch, das Geschnurre stört mich nicht, ich brauch so 'n Geräusch zum Schlafen ... Ist mir einfach zu ruhig da.

Genießerisch läßt sie den warmen Luftstrom unters Hemdchen blasen, das hochflattert. Kokettiert über die Schulter rüber, ohne die Blößen zu bedecken.

Fremd, beziehungslos ist die Ausstrahlung dieses jungen Fleisches mit den verfrorenen Kringelchen ... Verpufftes Geheimnis. Organisches Zellgewebe.

Hülle um einen Wesenskern. Entwertete Substanz. Entwertung des Sex ...

Weiterblättern ... Schau Ceylon! Stadt der Könige ... Tempel. Pagoden. Bazare. Felsenkloster. Buddhistische Pilger.

In dem Babygesicht entgleist irgend etwas ... Sie kennt das, wenn ihre Macht verfliegt.

Enttäuschung belegt ihre Stimme ... Schiß vorm Staatsanwalt??

Erdrückend die Kluft zwischen uns. Das kindliche Schnüffeln in die träge gedehnte Zeit.

Komm, mein Kleines ... Sie kuschelt sich ran, vergräbt den Kopf in den fremden Pullirillen.

Der Regen draußen hat sich in ein sanftes Moderato hineingesäuselt.

Bewegungslos läßt sie die fremde Hand durch das neuerdings gelockte Haar spielen, das nach Zigarettenrauch riecht.

Ein Quantensprung der Reife für uns beide.

Die feuchten Mädchenhände suchen Halt.

Gleichmäßig, unbeirrbar ... das Ticken der Boulle-Uhr in die Stille. Durch Zeiten und Schicksale ...

Da ist sie wieder, die Genugtuung um die kleine Schneckennase.

Ouh, Kleines ... 9.30 Uhr schon. Schnell einschalten! Zweites Programm ...

O.k. ... Verschwinde bloß mal schnell! Sie zwängt ihre derben Füße in die Ballerinenlackschuhe. Ja ... wollte Ihnen doch heute noch was ganz Wichtiges erzählen ... später, ja?

Ein naives Lächeln, das sie in der Tür zurückwirft . . .

Spürbar, wie Sekunden unsere Begegnung zur Vergangenheit werden lassen.

Im Korridor hört man den Riegel der Klotür einschnappen.

. . . nein, dem ist nichts mehr hinzuzufügen . . . Menschlich ist noch einiges zu lösen, doch.

Der süßliche Schweißgeruch, den sie im verrauchten Raum zurückläßt . . .

Das runtergerutschte Kleiderbündel im Windsorsessel.

Die Tasche aus Neapel mit den Cowboynägeln hängt am Wandleuchter.

Ihr Batman-Feuerzeug zwischen geleerten Gläsern und Tellern.

Das Rauschen der Klospülung draußen . . .

* *
*

Britts stufengeschnittener Pagenkopf kippt nachdenklich zur Seite.

. . . was ich von der Ehe halte . . .? Doch nur 'n verzweifelter Versuch, 'ne Shortstory in die Länge zu ziehen . . .

Geld? Was soll ich mit Geld, Pipo . . .? Macht Steigerung der Bedürfnisse wirklich glücklicher? Immerhin abhängig . . . so viel ist sicher.

Ich brauche Aufgaben, die mich fordern, mich bestätigen. Mich mit immer neuen Menschen zusammenführen.

Der Minicooper ist wieder startbereit mit den neuen Stoßdämpfern . . . und mein totales Existenzminimum hat in einem Koffer Platz.

Ziemlich frech, wie sich ihre beiden unregelmäßigen Vorderzähne beim Lächeln vordrängen . . . Ah, Wassermann, Pipo? Drum dieser Hang zur Übersteigerung und Verklärung der einfachsten Dinge . . .

Mit 'ner Gruppe Kunststudenten haben wir mal auf der Piazza San Marco einen Sommer lang unsere Kohlezeichnungen an Touristen verkloppt.

Immer dieselben Motive, dieselbe horizontal-vertikale Manier ... Schön kitschig Pastelltöne reingewischt, das ging besonders gut weg ...

Aber einige von der Clique hatten schon übern Winter gigantische Stöße vorproduziert und so kam es zum rationellen Teamwork.

Mich haben sie zum Verkaufsköder spezialisiert. Der Umsatz stieg, der Rubel rollte ... Aber der Spaß war weg.

... warum nicht. Für mich ist das Leben so was wie ein Happening durch Raum und Zeit!

Drollig, ihre doppelt eingekerbten Lachfältchen im Mundwinkel ...

Mitten im septemberlichen Hofgarten zwischen den Buchenhainen am Dianatempel überkommt sie wieder so was wie diese permanente Telefonitis ... Sie winkt aus der Zelle, die Münzen sind ihr ausgegangen ...

Ihr lebhaftes Gespräch mit irgend so einer Kunstgalerie nuanciert im Ton zwischen Organisation, Dynamik, Chaos, Zeitdruck ... Ist das dieser VOLPAS?

Der Beaujolais läßt die Hand übermütig unter ihrem Schalkleid raufkriechen.

Eine Verzögerung lang scheint sie zu beschäftigt, etwas dagegen zu tun ... Ihre abwehrende Drehung zu gering, um die über das pralle Nylon kreisende Hand abzuschütteln.

Die bedrohlich ungeduldigen Falten auf ihrer Sommersprossenstirn zu wenig überzeugend.

Sie debattiert, telefoniert weiter in artifiziell gereiztem Ton ... Die Hand ertastet geschwellte Weiblichkeit.

Dieses Fleisch, läßt es sich wirklich herausteilen aus der fremden Psyche?

Zellenplasma ... das die Hand spürt. Das ihr nur für den flüchtigen Augenblick gehören kann ...

* *
*

... und morgen ist das Victoria-Albert-Museum dran. Nachher dann mit der Schülergruppe ein Streifzug durch die Carnaby Street.

Bin über die Sehenswürdigkeiten hier schon bestens informiert, damit ich jederzeit als Fremdenführer einsatzbereit wäre, falls du doch noch ...

Meine Hausleute sind »jolly«. Du würdest sagen, zwei gigantische Schmalznudeln, Mrs. Williams and son.

Die Miete in NEW BARNET ist zwar billig. Aber ein trostloseres Zimmer gibt es auf der ganzen Welt nicht.

Ein abgenutztes Eisenbett und 'ne nackte Glühlampe, die von der Decke runterbaumelt. Der Wasserhahn tropft ununterbrochen ... Das gibt meiner Stimmung den Rest!

Aber ich fülle sie aus, diese Kahlheit, mit unseren Erinnerungen. Hab' schreckliche Sehnsucht ...

Verständlich, daß du bei deinem Zeitdruck nicht kommen kannst. Aber ich kann nicht aufhören zu hoffen ...

Christiane

* *
*

... empfehlen wir für Ihr Neubaugrundstück Heimstättenstr. 6 eine Gartenberegnungsanlage mit fest im Boden verlegten Kunststoffröhren. Die Pumpe schafft den vollen Wasserdruck, der im öffentlichen Netz nicht konstant gewährleistet ist.

Die Pumpe amortisiert sich bereits nach wenigen Jahren, da die Stromkosten unter den normalen Wasserkosten liegen.

Die Anlage ist einstellbar als Kreis- oder Sektorenregner mit ...

* *
*

Britt Elvstrom aufgeben ...

Diesen Streß, diese Tourenzahl stehen die angeschleißten Nerven nicht mehr durch ...

Nach Rom nachfliegen ... sie hätte nichts dagegen, im Gegenteil! Vorausgesetzt, ihr Lebensstil wird akzeptiert. Ciao ... Besitzansprüche.

Geduldig zwischen ihrer Heldenkollektion dort rumsitzen, bis man dran ist. Eine Demütigung nach der anderen runterschlucken ... sich womöglich von diesem Körper abhängig machen. Mit einem Infarkt könnte so was enden ...

Nicht vergessen, das gebuchte Ticket bei CIT wieder annullieren.

Beinahe noch Carolyns allerletzte Ferienwoche dafür geopfert ... in die ohnehin schon ewig rausgeschobene Versprechungen reinprojiziert wurden. Segeln. Schulbücher besorgen. Opa besuchen. Ins Deutsche Museum. Karatekurs anmelden. Samtanzug kaufen. Wir beide ganz allein ...

Britt ... in ihrer dynamischen Fluktuation ist sie so wenig greifbar, besitzbar wie die Lichtpartikel auf einem Televisionsbild.

Die Empfindung für sie hinterläßt ein quälend ungesättigtes, ungeborgenes Gefühl.

Dieses verdammte verstaubte, dreidimensionale Weltbild hängt einem wie ein Bleiklotz am Bein!

* *
*

... ah, die Multivitamin-Dragees sind wieder ausgegangen ... Betty, könnten Sie mir wieder welche mitbringen aus der Apotheke? Am besten gleich die Packung mitnehmen als Muster ... Und wieder 'n Fläschchen von dem Kürbiskern-Extrakt wie gehabt.

Noch was, Betty ...! Bei der Hypobank nach dem Wechselkurs für englische Pfund fragen ...!

* *
*

Heathrow. Riesige Kofferteller rotieren.

Passport. Gate 9.

Gedrängestreß. Touristen. Businessmen mit steifen Aktenkoffern.

Die Tasche mit den Manuskripten baumelt unternehmungslustig am eigenen Handgelenk . . . Der Mikrorecorder ist wieder dabei und sechs Ersatzbatterien.

Der einsatzbereite Autor.

Energieumwandlung . . . Nicht nur Maschinen lassen sich verkaufen. Rohstoffe. Industrieprodukte.

Auch Emotionen . . . Phantasie . . . ein neues Weltbild lassen sich zu Geld machen . . . Hoffentlich!

Treppenfließbänder kriechen rauf in die Halle.

British Airways.

National Westminster Bank

AVIS rent a car

PAN AMERICAN

Giftshop. Bookstall.

Immer wieder irren die Augen durchs Gewühl, tasten über unzählige Gesichter.

Adrenalin sickert aufgeregt in die Blutbahn . . . Fast als wäre ihre Nähe spürbar.

Irgendwo müßte sie doch stehen hinter der Absperrung? Dort, wo vierundzwanzig Stunden lang permanent Arme winken . . . nach Communication angeln.

Ist das Telegramm nicht angekommen?

Drüben vor den TWA-Schaltern eine jugendliche Gruppe . . . Sie wird doch nicht ihre Schülerclique zum Empfang mitbringen?

Fremde Gesichter hinter Blondmähnen.

Die Erwartung pumpt und pulst in den Gefäßen.

Oder wartet sie im Hotel?

Es nieselt an die hohen Taxischeiben ... Viadukte. Lagerplätze. Baukräne. Bunte Reklamen huschen vorbei. Honeywell. Midlandbank. Wrigley's Spearmint. Embassy.

Hat sie was Besseres vor? Einfach sitzengelassen ... das wär 'n starkes Stück!

Immerhin tummelt sie sich schon zwei Wochen hier unter jungen Leuten ...

Idiotisch, auf Teenagerlaunen zu bauen ...! Alles wäre so dezent im Sand verlaufen ... da läßt man sich beschwatzen nachzufliegen!

Seit Oliver Twist, ihnen endlich begegnen, diesen putzigen Backsteinhäusern mit den weißen Fenstern und vielen Kaminen. Und jetzt ...

Der Verkehr ballt sich. Durch die Regenscheibe ziehen die Cityfassaden, vertraut aus Dutzend Scotland-Yard-Thrillers. Ihre Realität befremdet, bedroht fast.

Allein in dieser Stadt ... nee, keine Stunde!

Aber so schnell wird nicht aufgegeben ...

Einfach rausfahren da nach New Barnet ... sie stellen. Nicht locker lassen! Wenn nötig, sie unter so einem Bübchen rausziehen.

Verdammt noch mal, was soll diese kitschige Sehnsucht!

Der Hoteldiener mit seinem Superschirm reißt die Taxitür auf. Wieder dieses Kribbeln bis in die letzte Nervenfaser.

Ein enttäuschter Blick über die Köpfe über den Sessellehnen der Hotelhalle.

Gerade beim Eintragen der Paßnummer ins Meldeformular ... da steht sie plötzlich. Christiane!!

Die drei Kilometer Gefäße öffnen sich zum Zerreißen. Mit tausend Armen umschließen, diese dünnen Mädchenschultern.

Im Lift wird sie von drei alten Tanten in die Ecke gedrückt ... nur ihr Auge über einem Ladyhut.

Durch das Geschwätz hindurch fließt unser magnetisches Feld.

* *
*

. . . wozu ein Taxi, Schnups . . . wir nehmen die Underground da drüben bei Swan und Edgar.

Unter einem Oktoberhimmel, bewölkt wie geronnene Milch, strömt endlos der Verkehr.

Grün . . . Das Fußgängerknäuel an der Ampel setzt sich in Bewegung. Dort rüber auf die Verkehrsinsel . . .! Das war mal so was wie der Mittelpunkt der Welt hier . . .

Überall auf dem Picadillyasphalt hocken sie rum, schmuddelige Gestalten mit Schmalzzotteln und Bärten. Auf den Brunnenstufen des Eros, mit Schnapspullen in der Hand . . . Kiffer. Fixer. Penner. Saharaboots aus zerlumpten Jeans pendeln von den Sperrketten. *Make love not war.*

Christiane mit der neuen schottischen Bommelmütze wirkt vorgestrig daneben.

Ausgerechnet hier, auf der Radnabe des Empire, flanieren sie rum . . . dabei sind die meisten dieser Haschrentner schon abgereist nach Ibiza . . . nach Kreta zum Überwintern in den Höhlen . . .

Ihren Arm einhaken beim Überqueren . . . Da leben sie hinein in ihre platte Gegenwart . . . Schmarotzer einer Leistungsgesellschaft . . . Und finden sie obendrein noch schiet und beschissen, Papas Gebrauchswelt.

Die Lachfältchen unter den Mädchenaugen amüsieren sich.

Zugegeben, Kleines . . . vielleicht ist man bloß neidisch auf so viel Entspanntheit und Bedürfnislosigkeit . . .

Wo man sich selbst nach dem Sinn allzu emsiger Energieumwandlung zu fragen beginnt. Und langsam begreift, was es bedeutet, sich mit Laotse auf niedrigsten Touren zu halten . . . Was bringt es schon, sich selbst und andere für ein bißchen Status zu zerfleischen . . .

Da vorne geht's runter zur Underground!

Spielsalons. Blutrünstige Kinoplakate. Cheeseburgers. Coca Cola. Abfälle über den Asphalt verstreut. Weit und breit kein Bowlerhat ... kein Rolls Royce. Dein Picadilly-Klischee hat dich enttäuscht, Schnups?
Aber keine Sorge, wir pirschen noch nach der Vergangenheit dieser Stadt. Wird dir gefallen im Geoffrey Museum! Alte Bürgerinterieurs, Hausgeräte und so ... Übrigens, morgen ist doch Samstag ...? Da sind überall Antiquemarkets in Chelsea, Marylebone, Portobello! Oder hättest du etwa Lust zum Windhundrennen nach Windsor? Was ist ...?

Auf der belebten Undergroundtreppe einen Augenblick anhalten, die Hand an die Betonwand gestützt ... Beengtes Durchatmen. Ist dir auch so komisch, Kleines ... irgend so ein verdammter Wetterdruck ... Eine Luft zum Schneiden ist das!

Für gedehnte Momente ist ihr prüfender Blick peinlich spürbar auf der eigenen Blässe ... in jeder Falte, in jeder einzelnen Pore ... Für eine Sekunde ist die Distanz zwischen uns ins Groteske vergrößert.

Vom Gedränge an die Wand gepreßt ...

Ihr Ellenbogen hakt sich ein ... Komm, Schnups, 'ne kleine Kaffeepause wird dir gut tun ...

* *
*

... aber klar hab' ich ihnen geschrieben, daß du mich besuchst hier. Man muß meinen Eltern Zeit geben, sich einzustellen ... von ihrem spießbürgerlichen Klischee Abstand zu kriegen ...

Wieder so ein Nieselschauer ... schnell da rein!

Begreiflich, daß es hier die vielen glasüberdachten Arcades gibt.

Goldlettern über dezent traditionellen Ladenfronten. Müllsäcke ... Müllstreik.

Cashmere-Artikel dösen hoffnungslos ins Massenzeitalter.

Kostbare Bruyerepfeifen in allen Formen ... So ein Dunhillfeuerzeug für Stefan mitbringen?

Mit samtweichem Timbre lockt sie den kleinen Bastardköter ran, der draußen im Regenwind zittert.

Geht mit diesem Sommer alles zu Ende? Oder fängt es erst an?

* *
*

Travellers Club. Reform Club. White's Club. Boodle's Club ... So 'ne Herrenatmosphäre stell' ich mir stinkfad vor.

Um die Ecken der *St. James' Street* kann man ihm also tatsächlich noch begegnen ... dem klassischen Gentleman, mit dem rotblonden Schnauzer ... Kreidestreifen mit langen Schlitzen ... enggerolltem Schirm ... Meist Finanzleute aus der City.

Putzig, wie aus 'ner alten Spielzeugkiste ... die Tudorkulisse des *St. James' Palace* mit der *Life Guard.*

Rüberschlängeln durch die unermüdliche Autokette.

Schnups, um Himmels willen ... bitte kein Souvenir mehr. Mein Magen ist immer noch verkrampft, seit du bei *Wheeler's* das silberne Salzfäßchen geklaut hast ...!

Sieh mal! Ist der nicht süß, der Hutladen ... Bestimmt noch aus dem achtzehnten Jahrhundert! *James Lock & Co* ...

Im gesproßten Schaufenster museale Zylinderhüte aus den Epochen der *Georges* und *Edwards* ... Der Dreispitz da ist auch schon ganz schön angeknabbert von der Zeit!

In den spiegelnden Scheiben ihre elegante Silhouette ... im neuen Blazermantel vom *Scotch House* ... Der Streifenschal keß über die Schulter geworfen.

Du ... Ob ich das überhaupt noch bin ...? Wie Kleider und Einflüsse einen Menschen verändern können ... 'ne Art Quantensprung, würde ich sagen?

* *
*

Saddle of Mutton with Yorkshirepudding. Aylesbury Duckling.

Von unten kann man nicht viel sehen durchs geöffnete Butzenfenster ... Mahagoni bis rauf zum nikotingelben Stuck ... 'ne dichtbepflasterte Bilderwand. Und ein Stück Bekrönung eines viktorianischen Ätzspiegels.

Klasse ...! Sie balanciert auf die Treppenbrüstung, schaut von oben runter in das offene Pubfenster ... Mrs. Williams erzählte mir mal, daß die paar tausend Pubs dieser Stadt beinahe so was wie 'ne Psychofunktion haben ...

Ihre weißen Teensöckchen zum Flanellkostüm ... herzig, diese Kontraste!

Das rote Ding da hinten, wo der Rücken dranlehnt ... ist ja 'n Briefkasten??

Wenn sie gerade mal nicht hersieht ... ganz schnell reinwerfen, die Postkarte an Dagmar!

Im Pub, sagt Mrs. Williams, gibt der Engländer seine legendäre Zurückhaltung auf ... quasselt über Politik, Hunde, Cricket und ...

Verdammt noch mal ... gerade jetzt mußte sie sich umdrehen ... Sie hat die hastige Bewegung noch bemerkt? Oder das Klappern des Briefkastens?

Unruhe um ihre Nasenflügel ... Suchen. Forschen. Zweifel in den beiden schrägen Mädchenaugen.

Für Augenblicke schnürt irgendeine Angst sämtliche Gefäße ... All dieser Glaube, all das Wundervolle könnte wieder ins Nichts verfliegen, so wie es gekommen war.

Komm ...! Schwungvoll sie mit theatralischem Übermut vom Treppenabsatz runterheben ...

Starr fühlt sich ihr Körper an durch den Flanell.

Das goldene Fischlein ist aus dem Ausschnitt gebaumelt.

* *
*

Oder sollte man's nicht doch versuchen mit einem völlig neuen Leben ... Einer neuen Einstellung?

Von St. Moritz bis Cannes sich durch ganze Paraden von Glamourgirls hindurchbumsen ... dem Augenblick leben!

Diesen gottverdammten Zwang wegtrainieren, alle Dinge linear in die Zukunft zu projizieren. Fixieren.

Auf einer nicht abreißenden Highwelle aufregender Episoden balancieren, solange es geht. Und später irgendwann mal einen Kumpel finden ...

Mit dieser verräumlichenden Besitzmanie blockiert man doch sich selbst am meisten!

Werde selber langsam neugierig, wie's weitergeht ...

* *
*

... du, war das komisch bei dir zu Hause ...! Weil doch dein Papi der Jüngere ist ... wußte keiner, wer dem anderen in den Mantel helfen soll. So überboten wir uns beide ...

Ihr Tweedbein mit dem abgetretenen *Clark* schiebt sich durchs Brükkengeländer beim Entenfüttern.

Wie nach der Gesetzlichkeit kommunizierender Röhren greift ihr Glaube über ...

Unser Spiegelbild vibriert im Wasser.

Ein kodakchromer Herbsttag mit leichtem Gelbstich ...

Unsere Sonnenbrillen verhaken sich immer wieder ineinander.

Herbstzeitlose in den Rasen hingestreut.

Auf solchen Steinbrocken hab' ich damals mit dem kleinen Alfons die Isar überquert ...

Durch Trauerweiden die Tausendundeinenacht-Silhouette von *Whitehall.*

Wie viele Duelle sind hier im *St.-James-Park* schon ausgefochten worden?

Sieh mal, 'n Yorkshire-Terrier ... niedlich, dieses putzige Knäuelchen ...! Ihr Näschen schrumpft vor Entzücken.

Büroangestellte essen ihre mittäglichen Sandwiches auf den Sonnenbänken ...

Schnups ...! Stratford. Windsor. Canterbury ... das schaffen wir wohl kaum ...? O ja ... im nächsten Sommer alles nachholen.

Du ... himmlisch wär' das, mit dir im offenen Wagen rauf bis Schottland ...

Ein Windstoß wirbelt den Laubteppich auf, vertreibt den Sommer.

Die Brise rauht die Wasserfläche, löscht unser Spiegelbild.

* *
*

Das Taxi hält nahe der Themse bei dem giebligen Pub *World's End*. Diesen Namen gäbe es da schon seit Charles II.

Und dann klappern ihre neuen Lackschuhe die lange Kingsroad rauf.

Altwarenkram. Pubs. Pornobooks. Trattorias. Boutiquen ... Kurzlebiger Plunder mit Musikberieselung.

CHELSEA ... Schwabing von London. Auf solide Althäuser aufmontierte Popfassaden schmutzen, altern hoffnungslos.

Verdammt wenig wird von diesem Oberflächentrend in der Geschichte zurückbleiben ... Verpufftes Pappmaché.

Junge Mädchen im Boutiquenlook. Immer die gleichen illusionslosen Nachtgesichter ... Als hätten sie ihre Jugend übersprungen. Accelerando.

Kaum vorzustellen ... bei Naturvölkern ist das ganze Leben so was wie 'ne einzige Kindheit!

Fast kontrasthaft traditionell, die kleinen grünen Squares, die wir überqueren, mit den georgianischen Reihenfassaden und dem polierten Messing an den Portalen.

Arm in Arm, Schritt für Schritt . . . als wäre es nie anders gewesen, ist die Nähe dieses Mädchens spürbar. Als wäre sie immer schon gegenwärtig . . . da drinnen wie eine Hälfte des eigenen Wesens . . . Als wäre diese Zukunft immer schon latent vorhanden gewesen . . .

Auf Zehenspitzen schaut sie rein durch ein weit geöffnetes Fenster. Sieh mal, wie sich die Zeiten ändern . . . im englischen Kamin steht die Television!

Überfüllt sind wieder die Coffeehouses mit den altenglischen Ladenfassaden noch aus den Tagen, als WHISTLER, WILDE, TURNER hier um ein paar Ecken wohnten.

Wird sich doch nicht wieder so was wie Kultur und ein neues Innen ankündigen?

Nein, nein, Schnups . . . hör auf zu dirigieren hier auf der Straße . . . ich bring' sonst keinen Ton mehr raus!

Zweistimmig summt sich die Melodie vor uns hin . . . *Yesterday* . . . *Now I long for yesterday* . . .

Wer weint ihm schon nach, dem *Swinging London.* Diesem kommerziellen Pop-Jahrmarkt. Diesem seelischen *Cool* . . . diesem Narzißmus, der sich in den Spiegeln der Diskotheken sonnte.

Die Mädchenfinger kommen rüber, wuscheln sich spürbar derb durchs wohlfrisierte Haar . . . So ist's besser . . . laß dich 'n bißchen umstylen.

Also . . . *Dickens' House* in der *Conought Street* . . .? Oder wie wär's nachmittags mit *Captain Scott's Discovery*, 13–16.30 Uhr zu besichtigen . . .

Oder *Wallace Collection*? Das wäre Richtung *Baker Street* . . . Möbel, Bilder, Prozellan . . .

Mit Überraschungseffekt gelingt es, ihr den verdammten Polyglottführer aus der Hand zu reißen und blitzschnell über die Spitzen eines Eisenzauns zu werfen!

Aber sie kniet sofort auf dem Asphalt und fischt das bunte Heftchen zwischen den Gitterstäben wieder raus ... Weicht in graziösem Zickzack weiteren Attacken aus.

Das schwerelos helle Mädchenlachen, das in den trüben Großstadthimmel steigt ... einmal wird es eine endlose Leere hinterlassen ...

Mit Kreide auf 'ne Tafel geschmiert ... Anna Sheppard's Pie. Apple. Crumble and Cream.

Mümpfelchen ... lieber noch 'ne Blase mehr im Schuh, aber zu HARROD'S ...! So einen dollen Käsestrudel wie da oben im *Upper Circle* gibt's nicht mal in Wien ... da sitzen noch die letzten Ladies mit Schleierhütchen, Rougebäckchen und gepflegten Nylonbeinen, stimmt's ...? Außerdem hab ich 'ne Schwäche für die Tierabteilung in der fünften Etage!

Übermütig hüpft sie über die Kreidequadrate auf dem Pflaster ... Find' ich herzig, daß Carolyn von einem Boy Briefe kriegt ... Sie hat ihren Papi angerufen? Richtfest in der Heimstättenstraße, na endlich ...

Zu Harrod's müssen wir uns mehr da rüber halten!

Du Kleines ... nachmittags, im Hotel, lassen wir den Boy wieder die Tüten raufbringen. Und du wieder im Slip in der Badezimmertür ... doch bitte! Oder mal 'ne ganz neue Version?

Für die Sexfüllung der Story ...? Oder ganz privat?

Vergiß nicht, daß es in der Story nicht um *Sex*, sondern um die Überwindung von *Sex* geht!

Sloane Square ... Hoch über viktorianischen Türmchen und Erkern formieren sich die Stare zu Übungsflügen für die große Reise.

Alles ist stete Veränderung ... In jedem Ende liegt ein neuer Anfang.

Yesterday ... Now I'm not the man I used to be ...

* *
*

Trafalgar Square.

Die 55 m hohe Nelsonsäule ... umlagert von Touristen.

Tauben flattern auf Knie, Schultern, Köpfe ... Füttern in Hockestellung ... Pralle Schenkelsäulen münden konisch in Slipränder.

1805 ... Seeschlacht bei Trafalgar. Nelson fiel an Deck des Schlachtschiffes *Victory* ... Nee, mehr weiß ich nicht ... In Geschichte stand ich immer zwischen drei und vier, in Murnau.

Wäre das himmlisch ... Tage und Wochen kreuz und quer über diesen Platz strolchen ... aufgeregt wie ein Kind im Spielzeugstore. Auf Pirsch nach Dreiecken ...

Lästig, ihre diskrete Neugier hinter den grünen Polaroidgläsern ... die sich in die Blickbahnen einschaltet ... Nee, Schnups, verstehen kann ich's nicht, was da so Umwerfendes dahinter sein sollte ... Da dürfte schon 'ne geballte Portion Illusion drinstecken ...! Möglicherweise deine Klostererziehung, die alles so übersteigert. Fast manisch ... Sieh mal drüben die National Gallery ... da gäb's 'ne Menge zu sehen, von Giotto bis Cézanne ... Würde sich mal lohnen, hm?

He ...! Sie blinzelt ins milchige Gegenlicht der Oktobersonne ... Da drüben, in dem Verkehrsknäuel, das ist doch unser Bus 88 nach *Hampstead Heath* ...? Na schön, dann nicht ... aber der nächste kommt erst in zwanzig Minuten! Wird's nicht 'n bißchen spät? Na wenn schon ...

Er ist wieder da, dieser beengende Druck, ohne Freiheit nicht atmen zu können ...

Sie schielt demonstrativ seitwärts, verdächtige Grübchen um den Mund ... da ist was für dich!!

Unter einem Flanellrock schlaffe Wülste, blaues Geäder im käsigen Fleisch. Baumwollgewurstel ... Sabotage ist das, du Biest!

Der Wind stäubt feinen Sprühnebel von den Brunnen herüber.

Oben auf dem Bronzelöwen turnen halbwüchsige Slip-Popos herum ... Nie satt geworden, all diese Optiken zu verschlingen.

Schon die Kinderaugen damals suchten unter dem Tisch von Mamas Freundinnen unermüdlich nach dem geschwellten Bonbonrosa.

Und immer mehr mythische Verdichtung durch Verbote und christliche Zucht.

Später kam die Realität, die viele Illusionen zerschlissen und durchlöchert hat.

Übrig blieb die leere Klischeehülle, ohne Communication. Abstrakte Spiele mit bunten Seifenblasen.

Wäre eigentlich vorstellbar, daß mal in Zukunft chemitrodische Langzeitorgasmen in Verbindung mit libidinös gezielten TV-Kassetten die plumpe Realität weitgehend ersetzen . . .? Nicht bei jungen Menschen natürlich, nein, nein . . .

Gehn wir mal 'ne Runde um die Brunnen, Cris . . . Der permanente Ringverkehr hat den Stein geschwärzt.

Da drüben bei dem *Lyon's Tearoom* erzählte unser Jugendleiter . . . soll einst dieser Gasthof *Golden Cross* gewesen sein. Von wo aus Mr. Pickwick mit den Herren Tupanam per Kutsche nach Whitehall aufbrach. Und sich dabei den Kopf an einem Balken derart anschlug, daß er ihm fast von den Schultern fiel . . .

. . . ja, bleib so! Eignest dich vorzüglich als Deckung. Noch 'n bißchen nach rechts . . . Sie kann es nicht lassen, umzuschauen.

Zwei junge Mädchen auf dem Brunnenrand, die aus 'ner Pan-Am-Tasche futtern . . . Die Picklige hat ihn gleich gespürt, den Blick in ihrem Strumpfhosenzwickel . . . Gegrinse. Getuschle.

Hinter der Blockierung durch Cris fühlen sie sich sicher . . . Macht Spaß, einen Schwanz zu quälen?

Ohne Hemmungen läßt sie die Sonnenstrahlen und die Strahlung der Geilheit unter den Blümchenrock tasten . . . Jetzt müßte man allein sein . . . durch die Trenchcoattasche einen abwichsen.

Zum Verrücktwerden, dieses *Dazwischen* . . . Nur hinter einem Hauch von Perlon bietet es sich an, dieses Ziel alles maskulinen Strebens . . . Diese warme, sanftumschließende, saugende kleine Sperma-Melkpumpe.

. . . so peinlich, Cris . . .? Ihr entgleistes Gesicht glättet sich wieder, als sie den Arm um die Schulter spürt. Na schön . . . gehn wir zu den Treppen rüber! Distanz dehnt sich zwischen uns.

Schrumpelchen, vielleicht war ich bißchen kindisch vorhin? Aber wo ein Wille ist . . . Ooch, sieh doch mal die beiden Tauben . . . niedlich, wie die in der Pfütze planschen, sich aufplustern!

Da!! Eine junge Mutti in Fotohocke . . . Aber der kleine Lockenkopf hat nun mal was gegen Filmen. Ist der nicht süüß, du? Ich möchte mal Kinder . . .

Ja süß . . . unter dem Plisseerock die zwei runden Knie dort . . . Die sich in dynamischem Spiel immer wieder öffnen und züchtig schließen, beim Hantieren mit der Kamera.

Qualvoll kostbare Sekunden, die ihn immer wieder aufblitzen lassen, den long long Hausfrauchenslip.

Wieder stoppt das Kamerasurren, weil der Kleine verächtlich den Rükken wendet. Geduldig wartet die Mutti, balanciert in der Hocke. Die beiden Knie geben es jetzt frei, das Dazwischen. Mit Weiblichkeit gefüllter *Stretch*. Und wieder . . .

He! Unser Bus ist da . . .

Na gut, laufen wir! Scheiße . . .

* *
*

Warum eigentlich alles problematisch sehen? Genießen, nicht nachdenken!

Was ist eigentlich das Problem . . .? Jedenfalls was Dreidimensionales, künstlich Gemachtes. Subjektiv verdichtete Angst. Sorgenvoll lineare Fixierung. Verräumlichung von Vorstellungen. So wie es das Drama anstrebt.

Im Grunde löst die Natur selbsttätig alle Probleme . . . so will es die Struktur kosmischer Harmonie . . . Löst sie möglicherweise auf andere Art, als wir es zielgerichtet erwarten.

Nicht streßhaft gegen den Strom der Struktur schwimmen . . . unsere Vorstellungen harmonisch anpassen.

Alles strebt wieder zur Mitte . . . die Dinge regulieren sich selbst ins Lot . . . Das Leben leicht nehmen, das ist das Schwerste!

* *
*

Frühlingsluft Ende Oktober.

Die Sonne brilliert über den Themsewellen.

Brücken. Werften. Fabriken. Baumgruppen ziehen träge vorbei.

Den Arm um die Mädchenschulter gelegt. Links die Guiness-Bierdose auf das Cordknie gestützt.

Ihre Haare spielen im Wind. Die Spitzen kitzeln zärtlich rüber an die Wange.

Die Jahreszeiten haben wie Erlebnisschichten Schattierungen in dieses Blond gebleicht.

Wir fließen ineinander.

Die Gefäße öffnen sich dem atmosphärischen Hochdruck.

Auf den Deckbänken die Menschen um uns existieren nur als graue Ballung.

Das Teenagergesicht, unberührt vom Bösen, träumt Erwartungen hinein in raumlose Fernen.

Nur noch die Sonnenwärme auf der Haut. Das Plätschern an der Bugwand.

* *
*

Since 1792. *Hatchard's* altehrwürdige Buchhandlung *Picadilly 9. Her Majesty's booksellers.*

Biographien. Historische Literatur. Sachbücher. Romane . . . Ob mein Buch auch mal da im Fenster liegt?

Titel? Nee, immer noch nicht entschieden ...

Emotion 17.

Flair 17.

Magic 17.

Seismogramm 17.

Und wie hieß doch dieser Tanzschuppen in Kensington, Kleines? Implosion, ja! Ließe sich das nicht klauen?

Implosion 17 ... schwer verständlich? Schwer zu verkaufen, schade ...

An der Ampel schrillt ein Crescendo von geballtem Motorenlärm.

Da drüben in der Drehtür vom *Ritz* sind wir am ersten Nachmittag Karussell gefahren ...

* *
*

Und immer wieder die viktorianische Kulisse des Parliaments. Über die Themse gesehen wie ein filigraner Scherenschnitt auf dem rosig abendlichen Horizont.

Zu Stein erstarrtes dreidimensionales Machtdenken.

Stolze Vergangenheit blutiger Dualismen.

Ausgehöhlte Fassade des Empire. Vergänglichkeit der Macht.

Der Raum, eine Sache unserer Vorstellung ... das wußte schon Euklid.

Auf dem Eisengeländer berühren sich unsere Fingerspitzen ... Alles vergeht ... ja, auch unsere Liebe, stirbt oder wandelt sich ...

Schrumpelchen ... mir ist jede Wandlung recht, wenn sie an deiner Seite passiert!

Guck mal, du ...! Ein winziger Marienkäfer arbeitet sich mühsam durch den Blondflaum ihres Arms.

* *
*

Barking. Mile's End. Whitechapel.

Immer wieder die stickigen U-Bahnschächte mit den geilen Strumpfreklamen.

Erst bläst eine kühle Druckwelle aus dem Schacht. Gepoltere. Schepperndes Gerassel. Zwei Lichter aus dem Tunnel.

Schleifendes Kreischen.

... nein, ist noch nicht unsere line! Menschen drängen raus und rein. Die Türen schnappen wieder zu. Das Schlußlicht der Bahn verschwindet im anderen schwarzen Loch.

Whitechapel. Jack the Ripper ... der die Eingeweide seiner Opfer rituell zur Schau stellte auf Wäscheleinen.

Ob es da oben noch ein paar von diesen gasbeleuchteten holperigen Pflasterstraßen gibt. Dieses malerische Elend des Eastend?

* *
*

Die Schuhbänder gar nicht erst lösen ... runter mit den Schuhen, so weh tut alles.

Nebenan plätschert das Badewasser in die Wanne.

Ganz schöner Streß, sie so spät immer nach NEW BARNET rauszubringen. Und durch die schlafenden Vororte zurück im Taxi ... allein mit den relativierenden Gedanken, die kein Entweder und kein Oder finden.

Rausstolpern aus der Flanellhose ... Draußen blinken Hochhäuser wie Schachbretter durch den nächtlichen Hyde Park. Autolichter ziehen endlos durch die Baumsilhouetten.

Einfach zu müde heute für diese paar hundert Meter Fitlauf ...

Väähh ... Farblos das eigene Gesicht im Spiegelquadrat ... Die Sommerbräune ist weg. Die Zeit hat Löcher in die Wangen gefressen ... die Leidenschaft. Ein welkes Kindergesicht ... immer noch matte Erwartung in den Augen.

Auf dem Nachtkästchen das Flugticket BEA 232. Abflug 8.20 Uhr ... Es läßt alles hinter sich Vergangenheit werden.

Zu Hause endlich mal diesen Berg aufgeschobener Besorgungen und Erledigungen wegarbeiten.

Um die Buben kümmern, ehe sich der Kontakt noch mehr verdünnt.

Und wieder mal mit Hans Heinz was Deftiges drehen.

Auf dem Paß liegen die vertrauten Hausschlüssel. Bedrohlich fast. Spüre sie schon unter der Haut, Dagmars kühle Distanz.

Oder war sie in letzter Zeit nicht doch ziemlich verändert? Geduldig ... Fraulich irgendwie ... Klopse hat sie noch gemacht. Abschied oder ein Neubeginn?

Ist sie über irgendwelche Illusionen weggereift? Sie macht wieder Radausflüge mit Carolyn.

Könnten die Zeit und guter Wille zwischen uns nicht so manches einschmelzen? Niemand wird mir so viel Gefühl von Freiheit geben. Vielleicht braucht sie mich jetzt?

Über dem Kofferdeckel hängt Carolyns Schottenkleidchen.

Der Finger taucht ins Wasser ... heiß genug für 'n Sitzbad. Scheißprostata ...

Verwetzte Armaturen. Die geschwungene Wanne. Kühle Marmortäfelung, an der jahrzehntelang Schicksale anonym abprallten.

An den späten Nachmittagen, wenn wir das Gedränge der City hinter uns ließen, war dieses bis ins Personal vergreiste Hotel so was wie eine Oase der Ruhe für uns.

Rührend ... wie sie die ersten Tage an der Hoteltreppe die Schuhe sorgfältig abstreifte, ehe sie die Teppiche betrat.

Ahh ... tut gut, das heiße Wasser ...

Kenwood House und Tate Gallery ... das war zuviel heute. Durchkneten die Beine, entspannen ...

Das Ding dazwischen, wie es unternehmungslustig hochschwimmt ...! Schon zweimal abgeschossen nachmittags ... bei der Geschichte, die sie immer und immer wieder hören möchte ... den aufregenden Schulferien bei der geilen Tante damals.

Und immer wieder stoppte der erfahrene Klito-Mittelfinger genau dann, wenn's am schönsten war. Und immer wieder weiterquälen bis zur Süchtigkeit ... Ja, doch ... die wird mal ganz schön heiß ... später mal, wenn der eigene Spaß langsam nachläßt. Die Spermaablieferung zur Pflicht wird.

Und dann das Après ... Dort drüben auf der Bettkante trommelten die eigenen Finger ein sattes ba ba ra ba. Trommelten sich bedrohlich durch die Leere zwischen uns ...

Verstohlen wischte ihr Handrücken eine Träne weg.

Und dann beginnt sie sich langsam wieder aufzuladen, zu füllen ... die Struktur zwischen uns.

Es gab auch väterliche Stimmungen, hinter denen so was wie Verantwortung pochte ... Wenn sie an die Schulter geschmiegt eingenickt war ... die kleine Schnute aus der Decke spitzte und das Muttermal am Ohr. Der Babyduft der Haut ...

Ganz schön brutal, diesen subjektiven Glauben, der ein Leben, eine Familie tragen soll, einem Bestseller zu opfern. Energieumwandlung ...

Wieder heißes Wasser nachlaufen lassen.

Beim Einseifen fühlt er sich dick und blutschwer an ... Das ist der Bordeaux rosé von *Simpson*.

Ganz schön süchtig geworden in letzter Zeit ... Krümmt sich langsam hoch ... bietet sich der seifigen Hand an.

Nix geht!! Sparen für mein Herzchen. Morgen ist der letzte Tag ... letzte Nachmittag.

Drüben auf dem Kaminsims sind die Tonbänder gestapelt. Für die Story ...?

Vielleicht eigentlich mehr zum Aufbewahren, diese Stimmungskonserven. Illusion des Festhaltens ...

Als sie am Morgen das noch abgedunkelte Zimmer 824 behutsam betrat, sich ans Bett kniete, strahlte alle in der langen U-Bahnfahrt angestaute Sehnsucht aus ihr ...

Unser täglicher Frühstücksplausch mischte sich mit dem Kaffeearoma. Der Hyde Park im Fensterrechteck. Unser Geschmunzel hinter dem verkalkten Zimmerkellner ...

Unsere bei Fortnum & Mason besorgten Gänseleber- und Kaviardöschen. Und das Minisortiment mit den zwölf Honigsorten ... für jeden Tag eine andere. Morgen ist die letzte dran ... mit dem mexikanischen Pampashonig.

Aller Zauber ist in die Tonbandspulen eingeritzt ... Unsere Balgereien. Ihre Zukunftsillusionen. Auch das Schweigen ... Und ihr beschwingtes Summen, wenn sie Ordnung machte oder sich im Bad die Haare schamponierte ... Diese summende Seligkeit verstrahlt.

Manchmal ist da eine Ahnung spürbar ... Freiheit könnte was ganz anderes sein ... Erfüllt sein, nicht mehr offen sein für Surrogate und Flitter. Das Ego überwinden zum Du hin ... Alles auf den kleinsten Nenner bringen.

Aber wie lange hält so was an ...? Nichts ist statisch!

Also Zwischenlösung ... Kompromiß? Nein ... das ist kein Mädchen für halbe Sachen.

Da ist es also wieder, das gute alte, duale Falsch oder Richtig!

Fünf oder zehn Jahre glücklich sein ... wäre das nicht schon irrsinnig viel?

Na ja ... soll sich mal alles erst nüchtern absetzen ... Auch bei ihr die Zeit drüberlassen. Sieht doch alles anders aus dann ...

Wieder abdrehen den breiten, dampfenden Wasserstrahl.

Dieses verwöhnte unersättliche Etwas schwimmt wieder buhlend hoch zwischen den Beinen ... Nix geht!

Die schlaffen Gefäße blähen sich auf im heißen Wasser ... Nur mal drüberstreicheln ... bißchen quälen.

Unverschämt bohrt er sich durch die Wasserfläche ... Nein!!

Im geäderten Fleisch pulsiert es rhythmisch.

Dieses ziehende, himmlische Gefühl fängt an, die Willenskraft zu lähmen. Nein . . .

Die Hand kann sich nicht mehr lösen . . . läßt sich sklavisch benutzen, diese Hure . . . Immer gieriger.

Ahhh . . . Da schießt es rein ins heiße Wasser, das ganze ICH . . . Windet und krümmt sich in tausend weißen Fäden, die sich über die ganze Haut senken und sudeln . . .

* *
*

Teenager, Teenager . . .

Und immer wieder strömen sie rüber von *Maria Ward* . . . Eine Welle neuer Jahrgänge, neuer Gesichter.

Lammfell und Polyesterjacken. Bestiefelte Jeans . . . Neckermann macht's möglich.

Spürbar hat sich die eigene Illusion, die Unruhe abgedämpft . . .

Die pornographische Oberfläche ist transparent geworden . . . Zellenplasma, Organismen. Lebenskameraden, Mütter von morgen, die den Weg ihrer Bestimmung gehen . . .

Sie zerfällt wieder, diese innere Verdichtung, Verräumlichung subjektiver Phantasie. Raumzeitkontinuum dynamischen Werdens und Zerfallens.

Nachholbedarf aus leistungsorientierten Jahren war das . . .

Das Vakuum hat sich gefüllt . . . ein Stück Erlebniskraft abgenützt.

Wo ist es geblieben, das Zeiss-Binokular? Irgendwo verstaubt es in einer Speicherecke . . .

Draußen am Fenster vorbei, die hellen Teenagerstimmen . . . akustische Emotion. Sachlich, übermütig, geltungsbedürftig, herzlich . . .

Alle mentalen Pluralismen wollen das ICH darstellen, bestätigen. Energieumwandlung.

Das Kraftfeld Jugend strahlt in den frostigen Novembertag.

Teiche und Bäche sind geleert . . . Rauhreif liegt in den Wiesenmulden. Und das dürre Geäst füllen die Krähen mit ihren brüchigen Klagen.

* *
*

'ne ganze Woche liegen sie schon unternehmungslustig da rum, die neuen Eishockeyschlittschuhe. Prächtige Dinger, Schliff wie 'n Messer . . . SCM *Toronto*.

Ob sie sich meistern lassen, nach diesen paar Jahren Pause? Jedenfalls mal was anderes als die ewig gleichen Spaziergänge!

Mal an Carolyns Tür klopfen, durch den Spalt reinschauen . . . Na, wie weit bist du mit den Aufgaben . . . fast fertig? Prima . . . dann könnten wir's doch heute endlich mal versuchen im Olympiastadion, hm?

Ihr neuer Wuschelkopf legt sich schief . . . Ooch Paps, tut mir schrecklich leid, bin schon wieder mal ausgebucht . . . Mittwoch ist doch immer Tischtennis-Party. Andreas holt mich sechzehn Uhr ab. Soll ich abtelefonieren, Paps?

Unsinn! Viel Spaß, Kleines . . . pauk schön weiter!

* *
*

. . . daß bloß die Wasserleitungen nicht wieder einfrieren, wenn der Frost kommt . . . Ja, alles ist abgesperrt.

Bademantel, Waschlappen, Bastschuhe . . . verschimmelt doch alles bei der feuchten Kälte da.

Handtuch Nr. 112 . . .? Ach ja, Stefans Internatsnummer . . . Mein Kleiner, endlich wird viel, viel Zeit für dich sein.

Wieder hat sich die müde Sonne hinter den Wolken verkrochen . . . In der Panoramascheibe der weite See von dunklen Böen aufgerauht.

Wo ist das sommerlich heitere Gewimmel weißer Boote da draußen geblieben? Wo Christianes sanfte Gitarrenklänge?

Alles war wie ein Wunder, als wäre sie noch einmal zurückgekommen, die Maid mit dem Goldhaar aus Märchen und Träumen weiter Kindertage ...

Aber nun heißt es runtersteigen von diesem permanenten High ... Zurück in den Alltag banaler Geschäfte und menschlicher Pflichten.

Das Manuskript überarbeiten. Noch mal alles aufwühlen ... scheußliche Angst vor der Sehnsucht ... Gut so ... daß sie in London ist.

Fast schicksalhaft bietet sich eine Lösung dieser Romanze an ...

Es wird keinen Knacks geben ... Nichts weh tun. Für sie eine Erfahrung lediglich ... Ihr Optimismus wird sich auf Normalmaß einregulieren.

Zwischen den jungen Leuten dort in London ... wie lange wird es dauern, bis ein Funke springt? Immerwährende Struktur ...

Noch glaubt sie an unsere Zerreißprobe ... sie glaubt mit all ihrer Mädchenkraft.

Die Zukunft ist latent vorhanden ...? Wohl kaum statisch, mehr ... trendhaft. Willensmäßig beeinflußbar.

Christianes sensible Fingerspitzen tasteten sich gerne über diese mächtigen, krummen Balken ... Der Kontrast des Derben zum englischen Teesilber faszinierte sie. Und zu den Delfter Fayencen, der eleganten Streifenseide.

Der Scheibenleuchter mit der vertropften Wachskerze ... Es waren unsere Stunden, die da herunterbrannten ...

Die fast täglichen Briefe aus der Fordham Road, New Barnet ... Bald werden sie kürzer sein und immer seltener.

... daß sie überall nur unser London sieht, wenn sie mit der Clique rumgammelt.

... sie sich 'ne olivgrüne Cordhose in der Carnaby Street kaufte.

... in dieser Snoopy-Diskotheque alle bis vier Uhr tanzten, schon weil der Eintritt ein halbes Pfund kostete.

... sie ganz in unserer Zukunft lebt.

... endlich Yorkshire-Pudding probieren durfte bei Mrs. Williams.

Feuchte, klamme Stille im Sommerhaus ... Es war alles wie ein Traum ... war es überhaupt?

Draußen am Balkon immer noch der zerschlissene Korbstuhl von Mama ... Viele Sommer saß sie da. Immer besorgt um uns alle ... Immer steifer, immer unbeweglicher.

Die Bronzeuhr mit dem wackligen Revolutionshahn drauf ... Eigentlich sinnlos, sie noch aufzuziehen, trotzdem ... Der Finger stippt den Perpendikel an ... weiches Ticken füllt die Leere. Zerhackt die Zeit ... Die Sekunden tropfen wieder so träge und gehaltlos wie früher. Zerfließen, verrinnen.

Ist unsere Lebenszeit nicht zu kurz, um eine Chance zu verpassen? Den Sprung zu verzaudern ...? Wozu sich eigentlich so viel kümmern um das nachsichtige Lächeln der Umwelt ... Gibt es noch ein Zurück in dieses fixierte, bürgerliche lineare Weltbild ...? Relativitäten prallen ratlos aufeinander ...

In der Spinnwebe im Fensterwinkel zappelt eine müde Fliege ... Sie hat aufgegeben.

Keksreste liegen da noch rum. Kein Wunder, wenn Mäuse reinkommen im Winter.

Die Gardinen riechen modrig ... hat's da irgendwo reingeregnet?

Am Sekretär fehlt eine von den vier Bronzerosetten.

Auf dem Radio eine verkleckerte Tube Revlon Touch and Glow fluid. Dagmar ...

Wäre es nicht an der Zeit, die Dinge mit Dagmar zu ordnen ...? Was geht in ihr vor? Ist sie noch verbissen in die Illusion der großen Erfüllung?

Das Schloß an der Vitrine dreht sich zäh ... wohl eingerostet. Alle Schlüssel abgezogen?

Madeira ... war das nicht immer so ein Zauberwort für Dagmar? Dort zusammenfinden?

Was soll der verklebte Joghurtbecher zwischen den Büchern! Der Papierkorb ist vollgepfropft bis oben hin. Obendrauf die Papierrose vom Volksfest.

Ganz vorsichtig runterheben vom Sockel, die brüchige Pietà ... Damals mit Traudl aus Siena mitgebracht. Drei Tage hatten wir gefeilscht. Siena ... Der Bademantel wickelt sich sorgfältig um die Terrakotta.

Vorsichtig runtertragen über die steilen, knarzenden Treppen zum Bootsraum ... Hinter dem spleißigen Balken ist der Kippschalter ... die Alarmanlage.

Das Motorboot ist hochgezogen überm Wasser ... Verdammt noch mal, warum ist es nicht geschrubbt worden! Der Bug verkrustet mit Schmutz und Algen ... Oder ihn dranlassen diesen Sommer?

Der verschrumpfelten Jeansjacke da am Haken könnte 'ne Reinigung auch nicht schaden ... Vorsichtig verstauen all das Zeug im Kofferraum ... Hinterm Reserverad, ganz zerquetscht, da liegt es, Christianes Golfkäppi, das sie soo gesucht hat ...

Fahl ist die Wiese unter den Schritten ... Vertrocknete Beeren hängen im kahlen Gesträuch.

In der verkrümmten alten Weide, aus der die letzten gelben Blattzungen rieseln, haben wir mit Dagmar vom Fenster aus beobachtet, wie Alfons sich mit seinem Freund Helmuth Matzke die erste Zigarette anzündete.

Die Zeitschichten sind nebeneinander, ineinander verwoben ... untrennbare Ganzheit.

Dort am Grillrost, von wo der beizende, vielversprechende Holzkohlengeruch immer rüberzog ... Als gehörten sie dazu, Traudls gerundete Bluejeanshüften vor der Feuerstelle ... Ihre sorgende Hingabe blieb unverstanden durch den Flitter eigener verfälschter Vorstellungen.

Die kühle Novemberbrise trägt einen Duft von Erde und Fäulnis mit sich ... Am Horizont die Dunstglocke der Großstadt.

Farblos das Seeufer drüben. Wieder ein Stück Ufer verbaut?

Auf der Anhöhe der weiße Würfel ... Theos Haus, sonst im sommerlichen Grünpolster versteckt ... Geborgenheit. Ordnung.

Das Wasser spült und spritzt durch die fauligen Stegbretter ... Den kreischenden Möwen gehört jetzt der See.

Die Zukunft ist latent vorhanden ...? Wie ein Blinder versuche ich, sie nach ihrer Gestalt abzutasten.

Ist es verstummt, das helle Lachen, in dem alle mädchenhafte Seligkeit vibrierte?

Steif knöpfen die Finger den Lumberjack über den Hals hoch ... Jede Steigerung kostet ihren Preis.

Dieser Novembertag werde *ich* morgen sein ...

Den vergilbten Schilfgürtel entlang paddelte Carolyn ihr Schlauchboot durch viele Sommerferien.

Im seichten Wasser blinkt eine alte Blechdose in der Sonne, rollt mit dem Seegang hin und her zwischen Schmutz und Schaumblasen.

Dort knipste die Minox Christianes Foto beim Schwänefüttern.

Wasseralgen winken herauf aus moorigem Grund des Ursprungs.

Ganz vorne am Steg saß sie oft zwischen den venezianischen Pfosten und träumte hinaus in die Weite, während der Wind ihr Haar kringelte.

Sehnsucht ... Subjektive Imagination ...? Alles ist letzten Endes Biochemie ...

Laub tanzt auf glitzernden Wellen ... Aus dunklen Wolkenrändern schiebt sich die Sonne wieder ins Blau.

Müde allen Programmierens, aller Ratio ... Spürbar ist das Zucken und Pumpen unter dem Nappaleder.

Gleichmäßig rollen die Wellen heran ... Das Kommen und Gehen ... kosmischer Atem. Energieumwandlung.

Die Hautzellen saugen sich voll mit Sonne ... Für Augenblicke zerfallen Raum und Zeit.

Die Wellen spülen durch das ICH hindurch.

* *
*